河出文庫

盲獣・陰獣

江戸川乱歩

JN225552

盲獣・陰獣◉目次

盲獣

レビュー団の女王

十年以前、浅草歌劇全盛時代に、少女歌手として売出した水木蘭子は、今レビュー全盛の浅草に――浅草の中でもレビュー第一の帝都座に返り咲きをして、レビュー界の女王とうたわれていた。

その水木蘭子が、きょうはいつにない早起きをして、午前十時ごろ、上野公園の美術館に自動車をのりつけた。同伴者は、内弟子の沢君子。君子は美貌では座中第一、当年十六歳、水木先生のレスビアン・ラヴァーとやっかまれていた。ついでにいっておくが、先生の蘭子はすでに三十歳を越した、あらゆる意味で、今を盛りと輝きわたる爛熟《らんじゅく》の花であった。

美術館には秋の展覧会が開かれていた。レビューの踊り子が美術鑑賞とは、あまりにもしおらしい話だが、蘭子が眠いのを我慢して、彼女にとっては早起きの午前十時に、ここへやってきたというのは、わけがあるので、実をいうと、蘭子はなにも美術鑑賞などが目的ではなく、彼女のなまめかしい肉体をモデルに制作された、問題の彫刻『レビューの踊り子』を見るために、すなわち大理石にきざまれた彼女自身の肉体美を、つくづく眺め楽しもうために、わざわざ雨の中を、やってきたのである。

彫刻家里見雲山が、人づてに今度の展覧会制作のモデルを依頼したとき、蘭子は商売の宣伝にもなることゆえ、こころよくモデル台に立つことを承諾し、ちょうど出演契約の切れ目だったのを幸い、半月あまりのあいだ、雲山のアトリエに通よったのであった。

むろん大理石像が完成したときには、作者の招待を受けて、見とれるほどよくできたわが姿の石像を鑑賞したのだけれど、それだけでは物足らぬ。はれがましい展覧会場に陳列された、わが肉体の魅力を、心行くまで眺めないでは我慢ができなかったのだ。

「先生、これならよく見られてよ。ばかに淋しいのね」

君子が一歩会場に足を踏み入れたとき、師匠をかえりみて、なんだか物足りないという調子でいった。

「お天気が悪いからさ、静かだろうと思って、わざとこんな日を選んだのだよ」

蘭子は途中の西洋画、日本画には眼もくれず、彫刻陳列室へと急いだ。

窓外の細雨に、場内は薄暗く、監守の娘たちも、うそ寒く淋しげであった。入場者は一区画に一人か二人、それも足音にも気をつけて、場内の静寂を破るまいとしているように見えた。

場内中央の、彫刻大陳列室は、ことさら淋しかった。林立する無言の彫像どもが、異国の廃墟へでも迷い込んだように、異様に森厳な感じであった。

男の裸像どもは、筋肉という筋肉を、筋ばるだけ筋ばらせて、猛獣のように立ちはだかっていた。

女の裸像どもは、腿をすぼめて、恥かしそうにしているのや、あらゆる恥部をさらけ出して、弓のようにそり返っているのや、みだらに寝そべっているのや、肉体の作りなす美という美が、はれがましくも、雄大な群れをなしていた。

見物人は、あちらに一人、こちらに一人、それも彫像の蔭に物の怪《け》のように隠顕するばかりである。恐ろしいような静けさだ。

「先生、ちょっと。まあ。気味がわるい、あれ、ごらんなさい」

君子が突然、先生の洋服のスカートを引っぱるようにして、強くささやいた。

彼女の眼のさし示すところに、問題の蘭子の大理石像があった。ほとんど等身大の純白の蘭子が、全裸体で、異様に身をかがめ、ある舞踏の姿勢を取ったまま、凝り固まっているのだ。一と目それを見たものは、ハッとして、思わず立ち止まるほど放胆な、なんともいえぬすばらしいできばえ。この彫像は特選に入選していたのである。

見ると、その彫刻の台座にのぼりつくようにして、熱心に鑑賞している一人の人物があった。いや、鑑賞といっては当たらぬ。彼は決して見ているのではない。まるで犬や猫を可愛がるように、滑らかな大理石の肌を、両手をひろげて、撫でさすっているのだ。

「まあ、あの人、なにをしているのでしょう」

さすがの蘭子も、これを見ると、ポッと赤くなって立ちすくんでしまった。

「きっと、先生の崇拝者よ。でも、いやねえ。あんなに撫で廻したりして」

君子はわがことのように気味わるがった。

その人物というのは、むろん男で、もう三十四、五歳の分別盛りの年配だ。黒の冬外套を着て、黒い鳥打帽を、眉が隠れるほどもまぶかくし、大きな青ガラスの目がねをかけている。外套の下からチラチラ見えるのは、上等の大島紬だ。紳士である。それが、たとえ誰も見ていないと信じていたにもせよ、このざまは何事であろう。

蘭子たちは、別の彫刻の台座の蔭に身を隠して、じっと男の様子を見ていたが、しばらくすると、彼が決して正常な人間でないことがわかってきた。

この紳士は盲人なのだ。頭を下げて、眼は自分のふところを眺めるような姿勢で、小首をかしげながら、両手だけが、まるで無気味な触角のように、ヘラヘラと彫刻を撫で廻している様子は、どうしても盲人としか思えない。

「めくらよ、あの人」

「そうのようだわね」

なるほど、盲人だとすれば、ああして撫で廻してみるほかに、鑑賞のしようがないわけだ。しかし、それにしても、第一めくらが美術展覧会を見にくるというのもおかしい話だし、ただ鑑賞するにしては、あの撫で廻し方は、あまりにも執拗である。君子のいうように、盲人のくせに蘭子の名前にあこがれる、生意気な崇拝者の一人なのであろうか。

触覚ばかりの人間が、恋人の裸像を愛《め》でる有様は、ゾッとするほど、もの凄いものであった。滑らかな大理石の肌を、五本の指が、蜘蛛の足のように、無気味に這い廻った。目――鼻――口――男は花びらのような唇を長いあいだ楽しんでいた。それから、胸――腹――腿と、全身を撫で廻す手のひら。

撫でられているのは、彼女自身の彫像なのだ。肉体のどんな小さなふくらみも、どんな小さな窪みも、如実に刻み出された彫像なのだ。

蘭子は見ているうちに、不思議な錯覚に陥って行った。大理石像と彼女自身の肉体とが、異様にこんぐらかって、男の無気味な手のひらが、直接わが肉体を撫で廻しているかのように感じられるのだ。ムズムズと、全身を虫の這うような、なんともいえぬ感触。彼女は思わず両手で胸を押えて身をかがめた。男の手のひらが石像の乳のあたりに行ったからだ。彼女の乳房の鋭敏な神経が、直接それを感じたからだ。

くすぐったい感じが、だんだん焼きつくような痛みに変って行った。彼女は、からだのあらゆる部分にそれを感じた。まっ青な顔に、あぶら汗がにじみ出してきた。さすがの三十女も泣き出しそうな渋面になった。

顔をそむけても、見なければ見ないで、よけい不快な想像がわく。

「先生、ここの番人に言いつけてやりましょうよ。なんぼなんでもあんまりひどいわ。黙っていることはありゃしない」

君子が憤慨してささやいた。

蘭子も、もう我慢ができなかった。

「ええ、そうしよう。世の中には、いやなやつもあったものねえ」

二人は相手に知れぬように、陳列室を出て、廊下を歩いていた制服の男を見つけた。

「は、そうですか。どうもけしからんやつだ。待っていらっしゃい。追っぱらってきますから」

男は、蘭子の名前も顔も知っていたので、特別の好意を示し、早速彫刻室へ走っていったが、やがて、曲り角まで戻ってきて、

「もうあすこには、誰もいませんよ。だが、どんなやつでした。まだその辺をウロウロしているかもしれない。あなた方、探してみてくれませんか」

と声を低くしていった。

そこで、君子がお師匠様の命を受けて、こわごわ行ってみると、広い彫刻室には、二、三の見物人がいたけれど、さっきの盲人の姿はどこにもなかった。

「まあ、素早いやつ。いつの間に逃げてしまったんでしょう」

君子があきれて叫んだ。

出口のほうの廊下は、ずっと向こうまで見通しになっている。そこにも人影さえないのだ。見物人たちに尋ねても、誰も気づかなかったらしく、はっきりした答えは得られなかった。

蘭子たちは、もう彫刻を見る気になれず、腹立たしく、そのまま会場を出た。そとには、秋の細雨がシトシトと、陰気に降りしきっていた。

「なんだか変ね。どうしてあんなに素早く逃げることができたんでしょう。ひょっとしたら、私たち、幻を見たんじゃないかしら」

君子が無気味そうにいった。

「まあ、おどかしちゃいやだわ」

蘭子は思わずゾッとして顔色を変えた。

浅草の小屋へ出勤してからも、その日一日、あの盲目の蛇のような執念深い男の愛撫が肌について、忘れようとしても忘れることができなかった。

「ああ、いやなものを見てしまった。美術館なぞへ行くのじゃなかった」

彼女は、それが何か恐ろしい出来事の前兆のように思われて、気に病まないではいられなかった。

うごめく触手

そのことがあって三日ばかりのちのある夜、水木蘭子の自宅での出来事だ。

彼女は舞台をすませて宅に帰ると、一日の疲れを休めるために、近所の按摩《あんま》を呼ぶ習慣になっていた。

その晩も、寝間着になって、寝室の蒲団の上に坐って、待っているところへ、女中に手を引かれた按摩さんがはいってきた。

蘭子は、楽屋風呂のほとぼりが、まださめきらぬからだを按摩にゆだねていたが、どうも揉み方があまり上手でないのに気がついた。

「按摩さん、はじめてだわね。近頃あすこの家へきたんですか」

と聞いてみると、下手くそのくせに、しかつめらしい三十面の男按摩は、妙な咳ばらいをして、

「へえ、二、三日前に参りましたんで。ちょうど今晩は、いつもこちら様へ参るものが、仕事に出ておりましたもんですから、代理でお気に召しますまいが」

と、いやみらしく答えた。

「そこを、もっと強くしてくださいな」

蘭子は癇癪を起こして、肩をゆすぶりながらいった。

「へへへへへ、ここんところでございますか」

按摩は、妙な笑い方をして、ちょっと力を入れたが、すぐまた元の下手くそな揉み方になって、揉むというよりは、撫でまわすのであった。それが、なんとなく、長襦袢をへだてて、蘭子の豊かな肌ざわりを楽しんでいるようにさえ思われるのだ。

「ああして、一日舞台に出ていらしっては、さぞかしお疲れでございましょうね」

按摩は、蘭子の肩を撫でまわしながら話しかける。

「お前さん、私の商売を知っているの」

蘭子も仕方なしに相手になる。

「それやもう、よく存じておりますよ。この近所でも、評判でございますからね。レビューのほうでは日本一の女優さんだってね。わたくしも眼があいていたらと思いますよ。その大評判のお方を、こうして揉ましていただきながら、めくらの悲しさに、美しいお顔を見ることもできないのでございますからね」

なんという、いやらしいやつだ。蘭子は、よっぽど「もう揉まなくてもいいから、帰ってください」といってやろうかと思ったが、相手は按摩だ。どこへ行って、何をしゃべるか知れたものでないと思うと、人気稼業の悲しさに、強いこともいえぬのだ。

按摩め、図に乗って、おしゃべりをつづける。

「それでも、有名な女優さんとお話もできますし、その上、肌にまでさわらしてもらえるのですからね。按摩って商売は、考えてみれば、ありがたいもんです。こちら様の舞台姿にあこがれている、若い人たちが聞いたら、さぞ羨ましがるこってしょうね。あの連中ときたら、好きな女優さんの絵はがきを抱いて寝るというほどなんですからね」

按摩はますますいやなことを言いながら、くすぐるように、わきの下のうしろを揉んでいたが、次は腕だ。左手で蘭子の手を握り、右手で肩から手首へと揉みおろす。按摩のニチャニチャした手のひらと、蘭子の手のひらとが、ベッタリくっついていて、ある箇所を揉むときには、その手のひらを握っている指先に、グッと力がはいるのだ。おお、気味のわるい。

腕がすむと、また肩に戻って、今度は胸の辺まで、撫でおろすように手が延びる。その拍子に、何気ないふうで、指先が、チョイチョイ乳房に触れるのだ。

「そこは、もういいんです」

「ああ、左様でございますか。エヘヘヘヘ」

といやな笑い方をして手を引くが、いつとはなく、知らぬ間に、また胸のほうへ、蜘蛛の足みたいな指先が延びてくる。

蘭子は、その無気味な感触から、ふと先日の美術館のことを思いだした。あのとき、撫でまわされていたのが大理石の彫像ではなくて、自分のからだであったら、ちょうどこんな感じがしたにちがいないと思うと、気のせいか、この按摩の手のひらの這いまわる様子が、あのときの男のやり方そっくりに感じられる。

美術館の男は、鳥打帽を深くかむって、大きな色目がねをかけていたので、容貌はわからぬが、あの男もちょうどこの按摩みたいな、いやらしい顔をしていたのではないかしらと思うと、ゾーッと寒気がして、もうどうにも我慢ができなくなった。

「按摩さん、勝手だけれど、きょうはもう、それまでにしておいてください。疲れてしまって、眠くってしようがないから」

いつもは、横になって、腰の方を揉ませながら、平気で寝入ってしまう彼女であったが、今晩は、とてもそんな気にはなれぬ。いや、ほんとうは眠くもなんともないのだけれど、それを口実に、一刻も早くこの按摩の無気味な触手から離れたかったのだ。

按摩は、残り惜しげに療治をやめて、「ありがとうございました」と礼をいって帰って行った。その「ありがとう」というのが、美しい女優さんを揉ませてもらってありがとうというふうに聞こえて、蘭子は彼が帰ってからも、しばらくのあいだ、からだじゅうがムズ痒いような不快を感じないではいられなかった。

その晩はそれですんだのだが、翌晩になって、いつもの時刻に今度は顔馴染の若い按摩がやってきたので、

「ゆうべは、お前さんがきてくれぬものだから、困ってしまった」と小言をいうと、

若い按摩はけげん顔で、

「だって、あなたのほうから断わりにいらしったんじゃありませんか」というのだ。

「いいえ、断わりになんかやるものですか。お前さんはわきへ仕事に行ったからといって、代りの人がきたじゃないか」

「代りの人が？　へえ、こりゃおかしい。ゆうべ、あたしが、こちらへ伺うつもりでうちを出ますとね、出合いがしらに、こちらのお使いだという男の人が私をつかまえて、先生は今夜帰りがおそくなるから、こなくってもいいといったのですよ。それで、ほかへ廻っちまったんです」

なんだか話が変である。

「男の人って、うちには使いにやるような男の人なんていやしないわ。ほんとうに私の家からきたといったの？」

「ええ、たしかに水木とおっしゃいました。声の様子では、三十五、六の男の人です」

それを聞くと、蘭子はギョッとして、

「変にしわがれた、浪花節語りみたいな声じゃなかった？」

「そうそう、そんな声でしたよ。なんだかいやにネチネチした物のいい方をする人でした」

蘭子はもうまっ青になって、声を震わせながら、せきこんで尋ねる。

「それで、あの、お前さんのとこへ、二、三日前にきた新しい按摩さんで、三十五、六の人がありゃしない？」

「いいえ、そんな人ありませんよ。もう一年も前から、うちには先生のほかに、弟子は私たち三人きりなんです」

果たして、果たして、ゆうべのやつはにせものであった。先ず本ものの按摩を断わっておいて、自分が同じうちの按摩に化けてやってきたのだ。

だが、あいつは、一体全体なんのために、そんな策略を弄《ろう》して、わざわざ蘭子を揉みにきたのであろう。ただ、この有名なレビューの踊り子と言葉をかわし、その肌に触れたいためとしか考えられぬではないか。

道理こそ、あいつ、いやにからだを撫でまわすと思った。もしかしたら、あれは、このあいだ美術館で蘭子の彫刻を愛撫していた、あの薄気味のわるい男ではあるまいか。彼は、間接に大理石の肌ざわりを楽しむだけでは満足ができず、盲目を幸い、按摩に化けて、大胆にも、蘭子の触感を盗みにきたのではないかしら。

「きっとそうだわ。そうにちがいないわ」

蘭子は按摩をすませて、床にはいってからも、そのことばかり考えていた。

なんという執念深い盲人の恋であろう。恋には慣れた蘭子であったが、こんな無気味な経験ははじめてであった。

だが、この出来事がこれだけですんでしまったのなら、めくらが、奇妙な方法で女の肌を盗んだという、珍聞を残したにすぎないであろうが、この無気味な盲人の執念は、決してそんな生やさしいものではなかった。

執念の花束

それからまた数日たって、ある日蘭子がこれから舞台に出ようとして、半裸体のすさまじい姿になって、鏡台の前で最後の化粧をしているところへ、浅草の興行界では顔なじみの花屋の若い者が、恐ろしく立派な花束を持ちこんできた。

「蘭子さん、ごひいき様からです」

若者はニヤニヤ笑いながら、花束を楽屋の入口に置いた。

「まあ、素敵な花束ねえ。一体どなたから」

蘭子は、一目見ると、驚喜の叫びを発して、その贈り主を尋ねた。花束などを直接女優部屋へ持ちこむのは珍らしいことであったし、第一、こんな立派な贈り物を貰ったのは、蘭子にしてはほとんど前例のないことだ。

「贈り主は、蘭子さんが、先刻ご存じでしょう。わっしのほうは、ただひいきからだといって、ご注文を受け、代金をいただいたばかり、先方様の名前も知らないのですよ」

　若者はそらうそぶいている。

「変ねえ。ほんとうにお名前を知らないの？」

「心当たりはないのですかい。そんなはずはないのだがねえ」若者は妙な顔をして、「しかし、わっしは、これを届けさえすりゃ、用事はないのだ。あとはそちらでよろしいように」

　と言い捨てて、サッサと帰って行った。

　花束に名刺でも添えてないかと探してみたが、何も見つからぬ。そうこうするうちに、浅草の興行はあわただしい、もう開幕のベルだ。蘭子は疑問の贈りものを楽屋に残したまま、舞台へと駈けつけた。

　十年間も舞台生活をしていると、別段舞踊の素養がなくとも、なんとか一と幕くらいの振りは創作できるものだ。今度の幕は、プログラム中の呼び物、蘭子の立案になる、踊りと歌の一人舞台である。

　蘭子は舞台中央に進んで、にこやかな舞台顔を作り、手を上げて合図をした。

　スルスルと巻き上がる緞帳、ムッとおそいくる人いきれ、ゴーンとはじまるピアノの伴奏。

「水木ーッ」「蘭子ちゃあーん」「ラン、ラン、ラン、ラン、ラン、ラン」

不良少年や半纏《はんてん》着の兄さんたちの胴間声。

それらのものが、甘いお酒のように蘭子に作用した。彼女は見物の有象無象を脚下に見おろして、いい気持になって踊りの第一歩を踏んだ。

やっとお尻を覆い隠す薄絹の衣裳。手も足もむき出しの原始踊り、ハワイあたりから発生して、世界の檜舞台を征服した、大昔の単調な夢幻的音楽、野蛮部落の盆踊り、それを日本化し、蘭子化した、一種異様の舞踊がはじまった。

彼女は踊りながら、嫋々《じょうじょう》たる南国の哀歌を歌った。物悲しく、なげやりで、しかも挑発的な、椰子の葉蔭の恋歌を歌った。いとしのジョセフィン・ベイカーが、お尻をふりふり、パリのミュージック・ホールで歌ったであろうように。

若い見物たちは、メソメソと泣きだしたいような、甘い陶酔にひたって行った。行儀のわるい不良少年も鳴りをひそめて、レビューの女王の一挙手、一投足に見入っていた。

まばゆいフットライトに、ぎらぎら光るレイヨンの太腿が、舞台ばなに顎をのせて、ポカンと口をあいて、瞬きもせず見上げている勇敢なる見物の頭の上を、桃色の巨大な蛇のようにのたうちまわった。

蘭子は思いきり足を跳ね上げながら、あるいは、いとも微妙に腰部を揺り動かしながら、耐え難き流し眼で、見物席をチロチロと眺めた。彼女の演技に、人々がどんなに酔っているかを、確かめるためだ。

どの顔もどの顔も、阿呆に見える。彼女は光り輝く女王様で、見物たちはすべて、その女王様に果敢《はか》ない思いをよせている、身分いやしき家来どもだ。いや、取るにも足らぬ奴隷どもだ。

だが、その中に、たった一人、阿呆でない男がいた。少なくとも阿呆に見えぬ男がいた。彼は平土間の中ほどに腰かけて、じっと首をかしげて、物思いにふけっている。なまめく踊りを見ようともしなければ、まして、ポカンと口をあけてもいない。眼は大きな黒目がねで覆われているが、決してこちらを見ている様子ではない。全視線一斉に蘭子を見つめている中に、ポツンと、一人だけ、無気味な異端者だ。

蘭子は踊りはじめると間もなくその男を発見した。そして、踊りながら、ただその男だけに注意を払っていた。これでもか、これでもかと、なやましき姿態の限りをつくすのだが、男は不感症のように見向こうともしない。しまいには蘭子の方で怖くなった。

「まあ、なんて変なやつだろう。あいつは、一体ここへ何を見にきたんだろう」

彼女の踊りを見てくれないと思うと、蘭子はかえって、その男に心惹かれた。なんだか、その男だけが自分より偉いものに思えた。

しばらくすると、男が何を思ったのか、ヒョイと黒目がねをはずして、彼女のほうへ顔を向けた。

蘭子は踊りの順序で、クルッとひと廻りしたところだった。そして、正面を切った時、目がねをとった男と、パッと顔を見合わせた。

男は「蘭子さん、わしだよ」といわぬばかりの面持で、のび上がるように舞台を見上げていた。そのくせ、両眼は縫いつけたように、固くとじているのだ。めくらなのだ。彼が先ほどから舞台を見なかったのは、見ようにも眼がなかったからだ。

「ハッ」と息を呑むと、蘭子の歌が途絶えた。踊りの手が乱れ、足がくずれた。

彼女の異様な仕草にびっくりした見物席は、一刹那、墓場のように静まり返った。

蘭子は倒れそうになるのを、やっと踏みこたえて、額に手を当てると、無理にしぼり出すような笑顔を作った。そして、舞踊をつづけようと努力した。

だが、どうにも我慢ができなかった。

彼女はすべてを悟った。美術館で大理石像を撫でまわしていたのも、にせ按摩になって彼女の肌をもてあそんだのも、さっき花束を贈ったのも、みんな、みんなこの男だったのだ。ああなんという恐ろしい執念。蛇は獲物を前にして、じっと息をころし、機会のくるのを待ちかまえているのだ。

蘭子は病気をよそおい、楽手たちに合図をして、舞踊を中途で切り上げると、楽屋へ駈けこんでしまった。

「まあ、先生どうかなさいましたの」

内弟子の君子が、びっくりして、うしろから追いすがってきた。

「君ちゃん、お前ね、さっき花束を持ってきた花屋の若い衆を探し出して、ここへ連れてきておくれ。まだその辺に遊んでいるだろうから」

「あの人がどうかしたんですか」

「なんでもいいから、早く連れてくるんだよ」

先生の一喝に会って、君子はあわてて、楽屋口へ出て行った。

蘭子は見舞にくる弟子たちがうるさいので、部屋の戸を締め切って、イライラしながら待っていると、幸い、若い衆は近所にいたとみえて、間もなく君子と一緒にやってきた。

蘭子は例の立派な花束を、なにか怖いものでもあるように、おずおず指さしながら、

「これを頼んだ人に、お前さん会ったのかい」

と尋ねてみた。

「会ったよ。だが、どこの誰だか、見たこともない人さ。それがどうかしたの？」

若者はけげん顔に答える。

「で、その人の眼は？　黒目がねをかけてやしなかった？」

「ホーラごらん。知ってるくせに。おっしゃる通りでございますよ。黒目がねをかけ

た、めくらの旦那でございましたよ」

果たしてあいつだ。蘭子はあまりの気味わるさに、眼の前が暗くなるような気がした。

「いいのよ。いいのよ。もうお前さんに用はないのよ」

彼女は若者の腹がけのどんぶりにお札を入れてやって、ツイと窓の方を振り向いてしまった。

「おやおや、きょうは蘭子さんどうかしていらっしゃるよ」

捨てぜりふで若者がでてゆくと、蘭子は例の花束を乱暴につかみ上げて「チェッ」と舌うちしながら、窓のそとへ投げ出してしまった。

ちょうどそのとき、窓の下を通りかかった、浅草名物のチンピラ乞食が、時ならぬ花の雨に、びっくりして窓を見上げたが、誰が捨てたのかわかったので、口笛を吹き鳴らしながら、それを拾い集めて、ヒョロヒョロとどこかへ姿を消してしまった。

しばらくして、君子に命じて客席を覗かせてみると、もう無気味な盲人の姿はなかった。彼は充分目的を達して、小屋を出て行ったのであろう。

盲人が去ったと聞くと、病気を言い立てて帰宅するつもりでいた蘭子も、気を取りなおして、また舞台へ出ることにした。

もうそれからは、レビューがはねるまで、なんの変ったこともなかった。ただ、蘭子のところへ、彼女の愛人、小村昌一から電話がかかってきたほかには。

「先生、昌ちゃんよ」

忠義な君子が、わがことのようにはしゃいで、電話を取りついだ。

「今夜都合はどう？」

蘭子の若いパトロンが、可愛らしい声で、電話の向こうからささやいていた。

「ええ。いいわ。どこ？　いつものところ？　それともうちへいらっしゃる？」

蘭子も相好《そうごう》をくずして、うきうきと答えた。

「僕もうきているんだ、いつものうちへ。もうはねる時分でしょう。じゃあね、これから自動車を迎えに出すからね。僕行くといいんだけど、みんなに会うとうるさいから」

「ええ、じゃあ、そうしますわ」

そして、電話が切れた。

「先生お楽しみ」

君子がお世辞をいった。

「誰にもいわないでね」

「そりゃもう、心得てますわ」

さて、座がはねると、約束の車が楽屋口に着いた。踊り子たちには、それぞれパトロンがあって、毎晩その時分になると、楽屋口には、意気な背広にステッキを振りまわしているのや、インバネスの襟に顔を埋めたのや、さまざまのお迎えがやってくる。自動車とても珍らしくはないのだ。

蘭子が安物の毛皮の外套に身を包んで、楽屋口を出ると、自動車から運転手が走ってきて、彼女の耳に「小村さんからでございます」とささやいた。

蘭子は人目をかねるように、小走りに自動車の中へ姿を消した。

車が走り出した。と、不思議なことに、ちょうどそのとき、別の自動車が楽屋口に止まったかと思うと、また運転手が飛びおりて、そこに居合わせた番人に尋ねた。

「水木蘭子さんのお迎えです」

「蘭子さんは、たったいま帰ったばかりですよ。どこからです」

番人は不審そうに答えて、運転手をジロジロ眺めた。

運転手は困ってしまって「なに、いいんです」とごまかして、その場を立ち去ったが、この自動車こそ小村昌一からよこしたものであった。

とすると、先の車は、一体どこからきたのだ。なぜ小村の名を騙って蘭子をおびき出したのだろう。なにも知らぬ彼女は、それから、どこへ連れて行かれたのか。そして、どんな目にあったのか。

鏡の裏

蘭子は彼女の乗った自動車が、小村昌一からのものと信じきっていた。だが、しばらく走ると、どうやらいつもの家とは方角が違うことに気がついた。

「運転手さん。どこなの、一体」

「エヘヘヘヘ」

運転手のやつ、変に笑うばかりで答えない。失敬な、こいつレビューなんて知らない武骨者の、どうせ左翼趣味しか持たないやつにきまっている。水木蘭子をなんだと思っているんだ。

「一体小村さん、どこで待っているのさ、ハッキリいわなければ、降りちゃうわ」

「困ったなあ。旦那がね、教えちゃいけないっていうんです。なんだかあなたをびっくりさせるつもりらしいんです」

それなら、しいて聞かないほうがいい。折角昌ちゃんが苦心をして趣向を立てたんだ。ぶちこわすことはない。相変らず茶目さんだわ。愉快、愉快。金持の不良青年なんて、ほんとうに話せるわ。

車が止まったのは麴町の住宅街、大家らしい立派な門構えの屋敷だ。玄関に横づけになると、しとやかな女中さんが出迎えた。

「私、水木というものですが、小村さんは……」

「ええ、お待ち申しておりました。どうぞこちらへ」

なんだか変だと思ったけれど、話がスラスラ運ぶので、女中について奥へ通った。

長い廊下の突き当たりに、壁一杯の大鏡がはめこんであった。向こうからも、洋装の女と和服の女中さんが歩いてくる。

おや、変だぞ。この女中さんなにを戸惑いしているのだろう。廊下を曲らず、行きどまりの鏡に向かって、ズンズン歩いて行く。

「あら、そちら行きどまりではありませんの」

思わず注意すると、女中は笑い出して、

「ホホホホ、いいんでございますよ」

と言いながら、壁のどこかを押すと、その大鏡が、音もなくスーッと廻転して、広い通路ができた。いわゆるガンドウ返しだ。

まあ、麴町のまんなかに、こんな変てこな仕掛けをした家があるのかしら。蘭子は夢を見ているのではないかと疑ったほどだ。

「どうぞ」

女中が小腰をかがめて、いまできたばかりの通路を指した。いままで先に立っていた彼女が、そこで、もう案内を中止するつもりらしい。

「あなたは？」

「あの、わたくしどもは、ここから向こうへは、はいってはいけないのでございます」

ますます変だ。

「でも、このなか、まっ暗じゃありませんか」

「ええ、けれども、少しも危ないことはございません。壁を伝ってまっ直ぐにいらっしゃればいいのでございます」

なんてご念の入った趣向だろう。面白いには面白いけれど、少しうす気味わるくもある。

「小村さん、この中にいらっしゃるのですか。あの、すみませんけど、ここへ呼んでいただけないでしょうか」

「ホホホホホホ」不作法によく笑う女中だ。「きっとそうおっしゃるだろうが、呼びにきてはいけない。お客様お一人ではいっていただくようにって、お言いつけでございますの」

昌ちゃん。いたずらが過ぎるわ。この夜ふけに、こんなまっ暗なところへはいってこいなんて。いっそ帰ってやろうかしら。でも、なんだか面白そうだし……と、蘭子はしばらく思案していたが、とうとうはいってみる決心をした。それが彼女の運の尽きであろうとは、夢にも知らず。

「じゃ、あたし、行ってみますわ」

「ええ、どうぞ」

女中め、やっぱりニヤニヤ笑っている。

蘭子は壁に右手を当てて、暗闇の中へおずおずと進んで行った。いやにツルツルとすべっこい壁だ。床には厚いジュウタンが敷いてあるとみえて、そこへはいるなり足音が少しもしなくなった。

二間ばかり進んだとき、暗闇が一層濃くなり、うしろからスーッとかすかに空気が流れてくるのを感じて、振り向いてみると、いつの間にかガンドウ返しの鏡が、元どおり閉まって、毛筋ほどの光もなくなっていた。

蘭子は何かしらゾッとした。もうこれっきり、二度と娑婆《しゃば》へ出られないのではないかと、なんともいえぬ淋しい、頼りない感じがした。

駈け戻って、鏡の裏を押してみたけれど、機械仕掛けと見えて、手で押したくらいではビクともせぬ。まるでコンクリートの壁のように頑丈だ。ああ、とうとう閉じこめられてしまった。だが、きっと、こうしておどかしておいて、今にバアッと、昌ちゃんの笑い顔が現われる計略にちがいない。あの茶目さんは、これまでだって、ずいぶんあくどいいたずらをしたことがあるんだもの。と、蘭子はお人好しにもまだ事の真相を悟らず、呑気なことを考えていた。どういうわけか、昼間の怪盲人のことは、少しも思い出さなかった。

しかし、無気味は無気味だし、第一まっ暗でどうすることもできないので、彼女は壁を伝って、少しずつ、少しずつ前進しながら、とんきょうな声で、

「小村さーん。昌ちゃーん」

と呼び立てた。

「早く出ていらっしゃい。でないと、あたしもう、帰りますよ」

だが、暗闇は墓場のように静まり返って、なんの答えるものもない。

と、闇の中で、またしても、行止まりの壁にぶつかった。探してみても、曲り道はない。そこは、どこにも出口のない、長方形の箱みたいな場所であることがわかった。押入れかしら、押入れにしては、奥行きが深すぎる。それとも物置きかしら。でも、物置きの入口がガンドウ返しも変である。それはいずれにもせよ、さしあたり困るのは、出口のみつからぬことだ。

仕方がないので、彼女は行きあたりの、やっぱりいやにツルツルした壁によりかかっていると、突然、足の下の床が消えてなくなった感じで、心臓が喉のところまで飛び上がってきた。

「アレッ、助けてエ」

思わず、恥かしい叫び声を立てたが、もうおそかった。床の部分が、芝居のせり上げみたいに、くり抜いてあって、それがズンズン下へ降りて行くのだ。壁は例のツルツルで手を掛ける箇所もない。

昌ちゃんのいたずらにしては、度が過ぎる。ひょっとしたら……彼女はほんとうに怖くなってきた。

床は一丈ほど下にさがって、ピッタリ止まった。奇妙なエレベーター仕掛けの地下室だ。

「蘭子さん、驚いたかい」

どっか遠くのほうから男の声が聞こえてくる。

「昌ちゃんなの？」

飛びつくように聞き返す。

「うん」

「ひどいわ、あんまり。ここ一体誰のうちなの？」

蘭子は、怨《えん》じながら、二、三歩声のほうへ歩いたが、そのすきに、いままで乗っていた床が、スーッとまた天上して行くのが感じられた。二重にとじこめられてしまったわけだ。もうなんともがいたとて逃げ出す方法はない。闇の中の声の主が、唯一のたよりだ。

「暗くって、何がなんだかわかりゃしない。気味がわるいわ。ここにあかりはないの」

「うん、今つけて上げるよ」

と同時に、パッと天井に電燈がついた。薄暗い光だけれど、闇に慣れた眼には、まぶしいくらいだ。

見るとびっくりした、地下にこのような立派な部屋があろうとは。三十坪もありそうな広い空洞。しかもそれが、まるで別世界へでもきたような不思議な構造だ。いや、不思議といったくらいでは及ばぬ。一と目みたばかりでギョッとするような気ちがいの設計だ。

蘭子は、あまりのことに、またしても、夢をみているのではないかと、疑わないではいられなかった。

悪魔の曲線

その奇怪な地下室の構造をどう説明したらよいのか、おそらく、この世の言葉では、完全に語りえない種類のものであった。

先ず最初パッと眼をうつのは、なんとも形容のできない、不快きわまる、色彩の混乱であった。

色彩の雑音。色の不協和音だ。人を気ちがいにする配色というものがあるならば、きっとこのようなものであろうと思われる種類のものであった。

強い色彩は一つもない。全体が陰気な灰色の感じだが、その中に、まるで無気味な腫物か痣《あざ》のように、或いは顕微鏡で見たバクテリヤ群のように、種々雑多の異った色彩が、全く不統一に、めちゃくちゃに、入り乱れ、のたうちまわっていた。

もっとわかりやすい比喩をいうならば、諸君は小学校で、分解人体模型の、胃の腑や肺の臓の内側を見せられたことがあるであろう。あのなんともいえぬ恐ろしい色彩を、もっと灰色にして、べらぼうに拡大したものを想像すれば、ややこの部屋の感じに近いのだ。

だんだん眼が慣れるに従って、それらの色彩は塗料を塗ったものではなく、壁にしろ床にしろ、種々さまざまの異った材料を組合わせて作ってあるために、その材料の生地の色のちがいから生じた、色彩の混乱であることがわかってきた。

しかも、壁も床も、決して平面ではなく、やっぱり胃の腑の内側のように、恐ろしくでこぼこなので、それの作る陰影が加勢して、よけい変てこな、気ちがいめいた色彩に見えるのだ。

では、そのでこぼこは、彫刻なのかというに、彫刻といえば彫刻にちがいない。毛彫りのように手のこんだ箇所さえあるのだが、普通われわれが彫刻と名づけているものとは、まるっきりちがっている。どこの展覧会でも、どんな古い建築物でも、或いは諸外国の彫刻写真でも、かつてお眼にかかったこともないような、これもまた気ちがいの彫刻なのだ。

群がり乱れたでこぼこが、それぞれ何かの形をしているにはちがいない。だが、それが何をかたどったものだか、てんで見当もつかないのだ。人でもない。獣類でもなければ、魚や鳥でもない。植物ではなおさらない。といって、自然の景色や人工の品物をかたどったものでもない。色彩がそうであると同じ意味で、この入り乱れ波うつでこぼこの壁や床も、人を気ちがいにする種類のものであった。

「昌ちゃんどこにいるの？　もう、堪忍して。あたし、気がちがいそうだわ」

蘭子はクラクラとめまいを感じ、その無気味な壁に手を支えながら、悲鳴を上げた。

「ウフフフフ、どこにいるか、あててごらん」

壁の向こうがわから響いてくる含み声だ。あてて見なといわれても、この部屋は一つの大きなほら穴のようなもので、どこにも出入口はない。どうして壁の向こうがわへ行くのか見当がつかぬ。不思議はそればかりでない。どうやら男の声が小村昌一ではなさそうだ。

けれども、蘭子はその声を疑っている余裕もない。もっともっと、変てこなことがあったからだ。今なにげなく手をついた壁の、なんともいえぬ異様な手ざわりに、非常な驚きを感じたからだ。

壁のその部分には、お椀をふせたような突起物がウジャウジャと群がっているのだが、その一つをヒョイと押えると、こんにゃくみたいにブルンと震えて、押えた箇所が窪んだではないか。しかも、それは生あたたかくて、まるで生きた人間の肌にふれたような手ざわりなのだ。

蘭子は、ギョッとして手を引っこめ、よくあらためてみると、そのお椀ほどのイボイボの部分は、薄赤いゴムでできているらしく、温度は裏側からなにか仕掛けがしてある様子だ。

まあ、これ人間の乳房とそっくりの手ざわりだわ。気味がわるい。

ふっくらとした、酔っぱらいの顔のように薄赤い乳房の形が、身内がむず痒くなるような、イボイボになって、かぞえきれぬほど、ビッシリ群がり集まっている有様は、なんともいえぬ無気味なものであった。しかもそれが、一つ一つ、人間の肉と同じあたたかみと、弾力を持っていて、触ってみると、ブルブル震え出すのだ。

もし蘭子がもっと冷静であったなら、まだまだ不思議な事柄を発見したはずである。というのは、その群がり集まった乳房が、決して同じ型で作ったものではなく、それぞれ個性を持っていたことだ。百人の女を並べて、そのおのおの特徴ある乳房を、一つ一つ、丹念に模造したというような、一種不思議な、ゾッとするような感じが身に迫ってくるのだ。

だが、蘭子はそこどころではなかった。ひとたび乳房に気がつくと、部屋じゅうのあらゆるでこぼこが、みなそれぞれの意味を持っていることがわかってきた。

ある部分には、断末魔のもがきをもがく、大きな千の手首が、美しい花のように群がりひらいていた。ある部分には、さまざまの形に曲りくねった、そして、その一つ一つが、えもいえぬ媚態を示した、数知れぬ腕の群れが、巨大な草叢《くさむら》のように集まっていた。また、ある部分には、足首ばかりが、膝小僧ばかりが、このほか、肉体のあらゆる部分々々が、どんな名匠も企て及ばぬ巧みな構図で、それぞれの個性と嬌態を、発散していた。

その材料も、あるものはゴム、あるものは象牙ようの物質、あるものは、黒檀、紫檀、あるものは天鵞絨《ビロード》、あるものは冷たい金属、あるものは柔らかい桐の木と、種々雑多で、それが、うごめき、おどり、入り乱れて、形と音の不協和交響楽をかなでているのだ。

それらが気ちがいめいて見える一つの大きな理由は、腕なら腕、腿なら腿を彫刻した材料の色合いが、ほんとうの腕や腿の色にはまるで無関心に、勝手次第の生地のまままさらけ出されていることだ。ほんとうは黒いものが白かったり、桃色のものが白金色に光っていたりするために、悪夢のような錯覚を起こさせることだ。

また、もう一つの理由は、それらの模造肉体が、手首は手首、乳房は乳房と、ほんの一小部分ずつが、それだけで、ウジャウジャとひとかたまりになっていることのほかに、その大きさがまちまちで、乳房は実物大、膝小僧は一つ一つが三尺四方もある大きさ、またあるものは小人島のそれのように、異様に小さくコチョコチョと寄り集まっているというように、思い切り放胆にでたらめにできていたからだ。

ふと気がつくと、蘭子が今踏んでいる床は、よく見ればこれはまた、実物の十倍ほどもある、巨大な女の太腿であった。いやらしいほどふっくらとした肉付、深い陰影、それに、驚いたことには、産毛の一本々々、毛穴の一つ一つまで、気味わるいほど大きくこしらえてあるではないか。

眼で追って行くと、それだけは余り巨大なために、たくさん並べるわけにはいかず、一人の全身が、やっと上半身までしかない。小山のようにふくれ上がった、丸まっちいお尻と、その向こうには、肩から背筋へかけての、偉大なスロープがつづいていた。材料は、印度美人の肌のように、ツルツルと滑っこい紫檀の継ぎ合わせでできている。それだけの費用でも、実に莫大なものだろう。

蘭子はこの驚くべき視覚だけで、もうヘトヘトになって、眼がくらみそうであったが、その上に、さっきから不思議な香気が、彼女の嗅覚を刺戟していることを、あわただしい心の隅で気づいていた。

それは決して材料に使用した木材の匂いばかりではなかった。どこかで、香をたいているのだ。香といっても、むろん並々のものではない。心ときめくジャスミンと麝香のかおり、香油の匂い、それに、むせ返るほど誇張された、甘い女性の体臭さえもまじって、生あたたかく鼻をつく。

昌ちゃんは、いくらあり余るお金とはいえ、なんて贅沢な、恐ろしいような思いつきをする人だろう。

蘭子は酔ったようになって、相手の男が、小村昌一でないことを、まだ気づかないでいるのだ。そして、このズバ抜けた思いつきに、恋人のほんとうの偉さがわかったような気がして、感じ入っているのだ。

「蘭子さん。この部屋がお気に入りましたか」

またしても、壁を隔てて男の声だ。

「あたし、もう気がちがいそうです。すばらしいわ。ほんとうにすばらしいわ。あたし、あなたを尊敬しちゃった。さあ、早く顔をお見せなさいよ」

「顔を見せても、驚きませんか」

おや、あの人の顔までも、この部屋では、異様な扮装をしているのかしら。それとも……?

蘭子は「ハッ」とばかり、心臓が凍りつくような気がした。とうとうそれに気づいたのだ。男の声が決して小村昌一でないことを悟ったのだ。

「誰です。あなた、一体誰です」

彼女は、たまぎるような声で叫んだ。

地底の盲獣

「おわかりになりませんか。あなたのよくご存じの者ですよ」

ご存じのもの！　ご存じのもの！　ああ、ではやっぱり、そうだ。それにちがいない。

蘭子は、いつかの晩、按摩といつわって、彼女の乳房をもてあそんだ怪盲人の、ヌメヌメといやらしい顔を思い出した。

わかった。わかった。この部屋の色彩が滅茶々々なわけがわかった。部屋の主人が盲人だからだ。視覚に訴える必要がないからだ。その代りに、手ざわりの点では、象牙といい、金属といい、紫檀といい、あたたかいゴムといい、これ以上行き届きようがないほど、深い注意が払ってあるではないか。これらは、あの蜘蛛の指先でなで廻しながら、有頂天の享楽を味わうようにできているのだ。蘭子はあまりのことに息がつまりそうだった。

だが、怖いもの見たさに、部屋じゅうをグルグル見まわしていると、またしても恐ろしいものを発見した。薄暗い電燈のために（その光線とても、主人公には全く不要なのだが）よく見通しが利かず、向こうの行き止まりの壁は、つい注意もしないでいたが、男の声が、どうやらそのほうから響いてくるらしいので、眼をこらして眺めると、そこには、今までのものとはちがった、人体の部分が押し並んでいたのだ。

先ず眼につくのは、ピカピカと油ぎった、きめの細かい鼠色の木材でできた、おのおの長さ一間ほどもある、巨大な人間の鼻の群れであった。

三、四十箇の、人間一人分ほどもある恐ろしい鼻が、種々さまざまの形で、押し並び、重なり合って、黒く見えるほら穴のような鼻の穴が、小鼻をいからせて、こちらを睨みつけていた。

鼻の群れの隣に、畳一畳ほどもあるのから、実物大のものにいたるまで、大小さまざまの唇が、あるものは口を閉じ、あるものは半開にして、石垣のような歯並みを見せ、あるものは、大口をあいて、鍾乳洞のような喉の奥までも見せびらかしていた。

もっと恐ろしいのは、眼の一群である。これには象牙ようの白い材料を用い、なんの色彩もなく、大理石像の眼のように、あるいはそこひの眼のように、まっ白にうつろに見ひらいたまま、あらぬ空間を睨みつけている。それが、やっぱり、大小さまざまの形で、押し並び重なり合っているさまは、ちょうど望遠鏡で眺めた月世界の表面のようで、実にいやらしい感じである。

「では、そこへ行って、あなたの美しいからだに、さわらせてもらうことにしましょうかね」

声が響いたかと思うと、今いった、大口あけた唇の、喉の奥の暗闇から、異様な虫でもあるように、一人の人間がノソノソと這い出してくるのが眺められた。

蘭子はもう立っている気力もなく、ヘトヘトと、例の巨大な太腿の上に倒れて、逃げ道でも探すように、あたりを見まわしたが、エレベーターはとっくにはね上がってしまったのだし、ほかに出口も入口もあろうはずがない。

出てきたのは、忘れもしない、あのいやらしい中年男の盲人だ。彼は、百の巨大な桃を、びっしり並べつめたような、ゴム製のふくらみの一群をグニャグニャと踏み越えて、蘭子に近づいてきた。

「わしはね、この烈しい香気の中でも、お前さんの匂いをかぎ分けることができるのだよ。ホラ、ここだ。ああ、この手、この腕、この肩、俺はよく覚えているよ。蘭子だ。蘭子だ」

その声を聞き、その手を感じると、蘭子は六万八千の毛穴が閉じて、産毛《うぶげ》という産毛が、猫の毛のように逆立ちした。

気がちがいそうだ。死にもの狂いだ。彼女はやけくそその声をふりしぼって叫んだ。

「畜生、畜生、お前は私をどうしようというのだ。さあ、帰しておくれ。でないと、女だって、水木蘭子だ。なにをするかしれないよ」

「ハハハハ」盲人はびくともしない。「たんかを切るね。わしはお前のその気性も、たまらなく好きなんだよ。わしがお前をどうするか、今にわかるよ。まあ、そんなにあわてなくてもいい」

盲獣はペチャペチャと舌なめずりをした。

「ところで、蘭子さん、お前のさっきの言葉では、この部屋がひどく気に入ったようだね。これだけの細工をするのに、五年という月日がかかったよ。費用は莫大なものだ。これについては、わしの身の上話をしないとわからないがね。実をいうと、わしはある明治の大富豪の一人息子なのだ。親父が死んで、恐ろしいほど財産が手に入った。だが、めくらでそれがどう遣いこなせよう。わしはそこで、一つの念願を起こしたのだ」

この薄気味わるい盲人は、そのような身の上であったのか。

「念願というのはね」

彼は猫が鼠をもてあそぶような、なんともいえぬ嬉しそうな調子で話しつづける。

「盲目の悲しさには、わしは綺麗な女を見ることができない。美しい景色も見ることができない。そのほか、絵にしろ、書物にしろ、芝居にしろ、太陽の光、雲の色、電燈のような人工光線の美しさ、世の中には、なんと眼を楽しませるものが多いことだろう。点字の書物で読んだり、人の話を聞いただけでも、ウズウズするほど眼のあるやつらが羨ましい。わしはわしをめくらに生んだ両親を憎んだ。神様を恨んだ。だが、どうなるものでもないのだ。

盲人の世界に残されているものは、音と匂いと味と触覚ばかりだ。音は、音楽は、わしには吹きすぎる風のようで、物足りない。匂いは、悲しいことに人間の鼻は、犬のように鋭敏でない。食べものは、ただ腹がふくれるばかりだ。と考えてみると、触覚こそわしたち盲人に残された、唯一無二の享楽であることがわかってきた。

わしは、このたった一つの享楽にとりすがった。なんでもかんでも撫でて見ないでは承知ができなかった。いろいろな物の中でも、生きものの手ざわりがわしには一ばん楽しかった。わしは牧場をひらいて何百という羊を飼い、毎日々々、温かい太陽の下で、羊どもと遊びたわむれたこともある。屋敷じゅうに満ち渡るほど犬や猫を飼って、それらを蒲団にして寝たこともある。だが、どんな生きものも、人間の、それも女に及ぶものはないことが、ハッキリとわかってきた。

おれの女房は、おやじが撰りに撰って、金にあかして貰ってくれた美しい女であったが、それは見た顔のことだ。わしにとっては、美しくもなんともない痩せっぽちの生き物でしかなかった。だが、女というものはこんなものだと、あきらめて、数年のあいだ、一緒に暮らしていたが、ふと、あるとき、別の女のからだを知った。それが病みつきになって、わしはたくさんの女の手ざわりを楽しむようになった。

女のからだの美しさには、いつまでたっても際限がなかった。わしは世界中の女の肌に、一人々々触れて見ないでは我慢できないほどになった。その中に、どんなすばらしい女がいるか、想像もつかないのだ。世間の人は評判だとか写真などで、世界の美人を見て眼を楽しませることができようけれど、おれにはそれがだめなのだ。また、世間で美しいという女が、わしには美しくもなんともない場合が多いのだ。

ところが、蘭子さん、聞いてくれ。わしの欲望が、そんなふうに募ってきたとき、わしの財産は、使うばかりというのは恐ろしいものだ、もう残り少なになってきたではないか。わしはあせった。この財産がすっかりなくなるまでに、わしが夢見ているような女が、果たして手に入るだろうか。それを考えると、この世がはかなくなった。生きている空がなくなった。

そこで最後の智恵をしぼって考えついたのが、この部屋だ。見てください。眼のある人には、これが美しく見えぬかね。わしは、余り有名でない、腕のしっかりした彫刻家を雇い、自分で指図をして、このさまざまの彫刻を作った。モデルはおれの頭の中に残っている過去の女のからだの中から、すぐれた部分を選び出して、彫刻家に詳しく話して、架空の思想から具体的の彫刻をこしらえさせた。

ところが、この部屋を作り上げた時、わしの財産はほとんどなくなってしまった。

それでも、この部屋を楽しんでいられるうちはよかった。半年のあいだ、わしは、ここに入りびたって、昼も夜も、暗闇の中で、一つ一つの彫刻を撫でまわして、有頂天になっていた。だが、どんなに巧みにできたといっても、相手は死物だ。そのうちに、ボツボツ生きた人間が恋しくなりだした。だが、わしは生きた人間を自由にする資力が尽きてしまったのだ。わしのような生れの、わしのような盲人が、そうなったときの心持を察してください。わしはとうとう悪心を起こすようになったのだ。二た月も三月も、わしは一と間にとじこもって、そのことばかり考えた。どうすれば刑罰を受けないで、悪事を働くことができるか。しかも、不自由な盲人にだ。

だが、わしはとうとう決心した。そして、悪事を働きはじめた。最初は金だ。先ず食わねばならなかった。金ができると、最後の目的である女を探しはじめた。そして、やっと見つけ出したのがお前さんだ。わしは世間のやかましい評判を聞いた。声もわるい。踊りも下手だ。顔だってそんなに美しくはない。蘭子の人気はからだにあるのだ。まあ、あのすばらしい肉体を見るがいい。というような噂話に聞き耳を立てた。わしは帝都座へ幾度も通よって、お前の声を聞いた。野次馬の恐ろしい声援を耳にした。このすばらしい人気が、みんなあの女のからだから出るのかと思うと、わしはもう、お前のからだに触りたさに、身震いが出るほどだった。ところがちょうどそのとき、雲山という彫刻家が、お前をモデルにして等身大の大理石像を刻み、展覧会に出品したと聞いた。わしは躍り上がって喜こんだ。

　それからのことは、お前もよく知っている通りだ。お前の肩にさわった時の嬉しさ。ああ、評判は間ちがいではなかった。今まで会ったどの女より、お前は美しかった。わしは一刻も早くお前を手に入れたくてウズウズした。わしはお前が舞台で倒れたあと、影のように舞台裏へ忍びこみ、小村という男からの電話を盗み聞いてしまった。そこで、あの自動車の計略を思いついたのだ。そして、まんまと、こうしてお前を手に入れることができた。お前にはこのわしの心臓の音が聞こえないか。わしはもう嬉しさで夢中なのだ」

　盲人はクドクドとしゃべりつづけた。

　蘭子は、余りの執念に、なんだか変な気持になった。心では盲人の境涯《きょうがい》に同情した。だが、一度そのいやらしい顔に眼を転じると、ある恐ろしく、いまわしい行動の予期に、ゾッと総毛立った。

「それで、それで、あたしを一体、どうしようとおっしゃるの?」

　彼女は息をはずませて、わかりきったことを尋ねないではいられなかった。

「いや、なに、それはね、今にわかるよ。今にわかるよ」

　盲人ながら、やや恥かしそうに顔をそむけて、相手は、意味もなく蘭子の指先をもてあそぶのであった。

天地晦冥

やがて盲人の触角のような指先は、ヒラヒラと蘭子の腕にまといつき、虫が這うように、腕から肩へ、肩から後頭部へのぼって行った。

そして彼女の首がグイグイと前へ引き寄せられ、醜怪な盲人の顔が、眼界《まなかい》一杯に近づき、なめくじみたいなヌルヌルした唇が、彼女の唇を求めてうごめきはじめたとき、蘭子はやっとそれに気づいて、烈しく相手の手を払いのけ、悲鳴を上げて立ち上がった。

「いけないっ。畜生、畜生」

彼女はまるで犬か猫でも追い払うような言葉を使った。

「お前さんには、このわしの切ない心がわからんのか。頼みだ。どうぞ、この通りだ」

悲しき盲獣は、両手を合わせておがみながら、かきくどく。

「わしをお前さんの奴隷にしてくれ。ふみにじってくれ。唾をはきかけてくれ。けとばされても、けとばされても、わしは小犬のように、喉を鳴らして喜こんでいるのだ。決して怒りゃしないのだ。え、蘭子さん、頼みだ、頼みだ」

「いけないったら。畜生。お前なんか、ふんづけるのもけがらわしい」

主人に叱られた犬のように、腹を床にくっつけて、ソロソロと這い寄ってくる盲獣の進路から身をよけながら、蘭子は毒々しく言いはなった。

「どうしてもか」

「ああ、どうしても」

とうとう彼らは、子供の喧嘩みたいに、いがみあった。

「よし、それで、お前さんが、わしみたいなものの願いは、断じて聞いてくれぬことがわかった。しかしね、それと同じように、わしのほうでは、お前さんが、なんと頼もうが、泣こうが、叫ぼうが、お前さんを再び娑婆へ返すこっちゃないよ。頼んでもだめとなれば、結局、仕事がしやすいというものだ。なぜといって、考えてごらん、わしは眼こそ見えね、お前さんよりは、力が強いはずだからね」

盲人は、黄色な歯をむき出して、カラカラと笑った。

かくて、世にも不思議な戦闘が開始せられた。

丸々と起伏した、非常に滑っこい黒檀や紫檀や象牙などの床を、蘭子はこけつまろびつ逃げまわった。

盲目のけだものは、ハッハッと、焰のような息をはき、四つん這いになって、おそろしい早さで、彼女の匂いと、衣ずれの音と、息遣いを目当てに、執念深く追いすがった。

「あれえ、助けてえ、誰か来てえ」

蘭子は常なれば、吹き出したいような、滑稽千万な悲鳴を上げて、逃げまどった。その叫び声が少しも滑稽でなく、心の底から湧き出してきたというのは、よくよくのことだ。

「ああ嬉しい。お前さんはもう疲れたね。喉がひからびて倒れそうだね。お前さんの息遣いでそれがよくわかるのだよ。もう少しだ。もうほんのしばらくの辛抱だ。さあ、逃げるがいい。わしは根気よくいつまでも追っかけまわすばかりだ。そして、お前さんが、逃げ疲れて、目まいがして、ぶっ倒れるのを気長に待っているのさ」

盲獣は顔一杯にいやらしい笑いを浮かべて、舌なめずりをした。

蘭子は真実、息が切れて、眼がまわって今にもぶっ倒れそうだった。

「ああ、もうだめだ。私はとうとう、けだもののいけにえになるのか」

彼女は例の巨大なツルツルした太腿の上に倒れ伏して、観念の眼をとじた。

ちょうどそのとき、実に恐ろしいことが起こった。それは半ば意識を失いかけた蘭子の、物狂わしき幻覚であったかもしれない。それとも、この地下室には何かの動力で、そんな不思議な仕掛けができていたのかもしれない。

いずれにもせよ、蘭子の眼には部屋全体がムクムクとうごめき出したように見えたのだ。

それは、あとになって思うと、実に、言語に絶する奇観であった。

腕の林、手首足首の草叢、太腿の森林が、一斉に、まるで風にもまれる梢のように、ユラユラとゆらめきはじめた。床に並んだまん丸な肉塊どもが、モクモクと波立ちはじめた。巨大な鼻は小鼻をヒクヒクさせて、匂いをかぎ、巨大な口は、歯をむき出して、うめき声を発し、蘭子の倒れ伏している、黒檀の巨人は、太腿をふるわせて、異様な波動運動をはじめた。

「ああ、私は気でも違ったのかしら」

いやいや、そうではない。あのいまわしいけだものは、やっぱり、波うつ床を這いまわって、彼女を探り求めている。

ああ、とうとう、あいつの触角が蘭子の足にふれた。なま温かい手のひらが、足首をギュッと握りしめた。

そのゾッとする感触に、蘭子は再び気力を回復した。彼女は、精一杯の力でその手を蹴り飛ばし、うごめく巨人のすべっこい肌に幾度も幾度もすべりながら、のたうちもがいて、太腿から、お尻の山、それから背筋の溝を伝って、巨大な肩へと這って行った。

だが、それがやっとであった。相手は蹴り飛ばされて一度はひるんだけれど、たちまち立ち直ると、猛然として、か弱い犠牲者におそいかかってきた。

ついに二人は、とっ組み合ったまま、起伏する彫刻物の波にもまれて、巨人の肩をすべり落ち、無数のまん丸な肉塊の上をゴロゴロところがりまわった。

「畜生め、畜生め、畜生め」

蘭子は最後の力をふりしぼって、相手の顔といわず、腕といわず、引っかいたり、食いついたり、死にもの狂いに闘った。

悪魔のほうでも夢中であった。彼は野獣のように咆哮《ほうこう》しながら、犠牲者をねじ伏せようと死力を尽した。

「ワハハハ、さあどうだ。これでもか。これでもまだ逃げようとするのか。うぬ、うぬ」

壁といわず、床といわず、彫刻物の無数の曲線は、今やその活動の絶頂に達した。紫檀の腕も、黒檀の腿も、腹も、足も、首も、眼も、口も、鼻も、跳躍し、乱舞し、怒号し、咆哮した。

地下室全体が、怒濤にもまれる船のように、ゆれひしめいた。

追うものも、逃げるものも、もはや眼も見えず、耳も聞こえず、もつれ合ったまま、或いは右に、或いは左に、天地晦冥の大動乱のただ中に、ゴロゴロ、ゴロゴロと、ころがりまわった。

壁に群がる無数の乳房どもは、顔赤らめて、風船玉のようにふくれ上がり、千の乳首から、温かい乳汁を、ころげ廻る二人の上に、滝つ瀬と注ぎかけた。と思う間もなく、蘭子はついに、その乳汁の津波にただようともなく、溺れるともなく、いつしか気を失ってしまったのである。

地底の恋

さすが強情我慢の水木蘭子も、身も魂もしびれるような、この大刺戟には、ヘトヘトになって、ついに兇暴なる盲獣の意力に屈伏してしまった。いや、屈伏したばかりではない。彼女はおぞましくも、このたぐいもあらぬ地底の別世界に、人外境に、限りなき愛着を覚えはじめた。いまわしい盲獣さえも、今は何かしら不思議な魅力をもって彼女の感覚をくすぐるようになった。

蘭子は遂に怪盲人の妻たることを、承諾したのである。

かくして、日とたち月とすぐるうち、地底の愛人の情交はますます濃《こまや》かになって行った。レビューの女王として浅草興行界の花とうたわれ、沸き返る人気、自由気儘な生活、彼女のような女にとっては、世にもすばらしい境遇をふり捨てて、陰気な地底の世界に、しかも醜怪限りなき盲人を夫として、どうして安住する気になったのか。まことに不思議な現象といわねばならない。

いやいや、不思議はそればかりでない。蘭子は、あの若さ、あの容貌、あの美しい肉体をもってして、吐き気を催すほども、いやでいやで耐らなかった、盲目のけだものを、今は真底から熱愛しはじめたのだ。彼と離れてはもはや一日も生きて行けないほどに、うちこんでしまったのだ。一体全体、あのけがらわしいかたわ者の、どこを探せば、そのような魅力があったのであろう。

「蘭子、お前、小村昌一を思い出すことがあるだろうね」

時として、盲人は不安げに、尋ねることがあった。

「いいえ、ちっとも。小村さんに限らない、地の上の世界に用はありませんわ。なんにも、なんにも、みんな忘れちゃったのよ。あたしは全く別の世界に生れ変ったんだもの。ですからね。お前さん。あたしを見捨てないでくださいね。ほんとうに、いつまでも、いつまでも見捨てないでね」

蘭子ともあろうものが、そんなことをいうほどにかわっていた。

そして、蘭子は徐々に視覚を失って行った。眼の病いをわずらったのではない。健全な眼を持ちながら、彼女はほとんどそれを使用しなかった。色や形の記憶がだんだん薄らいで行った。視覚を失ったのではない。忘れ果ててしまったのだ。

それほど盲人の触覚の世界が、彼女には気に入った。眼なんていっそ邪魔っけだ。見えぬほうが、なんぼよいか知れやしない。そして電燈を消してしまったまっ暗闇の中で、手ざわりと、肌ざわりと、音と、匂いだけで暮らしているほうが、どんなに嬉しいかわかりゃしない。

視覚を忘れてこそ、はじめて、ほんとうの触覚の味がわかるのだ。神秘で幽幻で微妙極まる手ざわりの快さが、しみじみと味わえるのだった。

「あたしは今までどうしてこんな楽しい世界を知らないですごしてきたのだろう。ああ、眼のある人たちに教えてやりたい。お前さんがたは、悲しげな笛を吹いて流している按摩を見て、おお可哀そうなめくらと、気の毒がっているけれど、それは飛んでもない間違いなのだ。眼のない者は、自分では比べてみることができぬから、なにも知らないけれど、あたしのように、眼はありながら、触覚ばかりの世界に住んでみた者には、それがハッキリわかるのだ。おお可哀そうな眼あきさんたち、お前さんがたは、このなんともいえぬ不思議な、甘い、快い、盲目世界の陶酔を味わったことがないのだ。もし世の盲人たちがこのことを知っていたなら、どんなにか、かえってお前さんがたを気の毒がることだろう。

ああ、私は今こそ、触覚ばかりで生きている眼のない下等動物どもの、異様な、甘い、懐かしい感覚がわかるような気がする。彼らは決して不幸ではないのだ。不幸どころか、彼らこそ、この世をお作りなすった神様の第一番の寵児《ちょうじ》なのだ」

蘭子の考えがそんなふうに変って行ったのは、実に驚くべきことであった。彼女は気がちがったのであろうか。いやいや、そうではあるまい。彼女のいう、触覚ばかりの世界の不思議な陶酔というものは、ほんとうにあるのかも知れない。

眼のある人間には、指先で小さな点字を読むことは到底できないのだ。しかし、盲人は、あの微妙な小突起物を、スラスラと眼で読むように読みくだすではないか。昆虫の触鬚《しょくしゅ》の驚くべき敏感について知らぬ人はなかろう。盲人の指や肌は、あの触鬚と同様の不思議な感覚を持っているのだ。彼らの触覚は、通常人にはまるで想像もつかない、全然別種類のものなのだ、と考えることはできないだろうか。少なくとも水木蘭子は、それを信じて疑わなかった。

今になって、やっと、いつか彼女の盲目の夫が、展覧会の彫刻をなでさすっていた心持が、ハッキリわかるような気がした。あのときはそれを笑ったけれど、盲人にこそ、かえって、彫刻の美しさが、ほんとうにわかるのではあるまいか。

そのようにして、蘭子の指は、肌は、徐々に昆虫の触鬚に近づいていった。どんな些細な空気の震動も、どんな微小な物質も、彼女の触覚の眼を逃れることはできなかった。それには形でない形があった。色でない色があった。音でない音があった。

視覚を忘れ、触覚のみに生きている彼女にとって、夫の盲目も、夫の醜貌も、もはや全然無意味であった。彼女はただ、夫の手ざわりを楽しんだ。ああ、眼で見た感じと、触れて見た形とが、こんなにも違うものであろうか。彼女の夫は触覚の世界においては、決して醜くはなかった。それどころか、かつて一度も触れたことのないような不思議に快い筋肉美を備えていた。

彼女は地上世界であのように恋い慕っていた、小村昌一の触覚を思い浮かべて、それとこれを比べてみた。そして、あの美青年昌一が、触覚の世界では、一顧《こ》の価値なき醜男子にすぎないことを知って、非常な驚きにうたれた。

かようにして、闇と肌ざわりのみの数ヵ月が過ぎ去った。彼女が地底の生活をはじめたのは秋の終りであったが、いつしか年があけて、極寒の季節がやってきた。

地底の密室には暖房装置があって、いつも適度の温か味が保たれているので、少しも気づかなかったけれど、エレベーターで三度の食事を運んでくる盲目の少年が、ある日、そとには雪が降っていると知らせてくれた。

情痴の極

そのころになって、触覚世界の男女は、ついに情痴の極に達していた。

そのような、異常な生活をつづける感覚のみの人間に、当然きたるべき運命がきた。彼らは微妙なる触覚の限りを尽して、今やその微妙なるものに飽き果てていた。

彼らは退屈な折には、よく、お互いの肉体のあらゆる隅々の、微細な特徴を、そらで言い当てる遊戯を試みた。

「お前の足の裏には、横に三本大きな皺がある。指をかがめてギュッと力を入れたときには、拇指の根元の肉が、まん丸にふくらんで、三段の小山になる」

「あら、ほんとうだわ。たしかに三段の小山ができるわ。じゃあ、こんどは、あたしの番よ。あなたの鳩尾《みぞおち》に、たった一本、太い長い毛が生えているわ。そして、あなたが昂奮すると、それが、ピンと三十度ぐらいの角度で、つっ立つのよ」

しかし、そんなふうに、お互いの心から、肉体から、あらゆる秘密を知り尽した二人にとって、なみなみの触覚生活は、実に退屈極まるものとなった。

相手を取りかえるか、何かどぎつい刺戟を求めるほかに、方法はなかった。

盲目の夫のほうでは、もう蘭子にあきあきしていたけれど、蘭子のほうでは、まだそれほどでもなかったので、相手を取りかえる相談は、いつも蘭子の涙によって、沙汰やみとなった。

そこで、彼らはもう一つの方法を選んだ。今までの微妙な触覚遊戯を廃して、思い切りどぎつい刺戟を求め合った。

そして、ついに彼らは、闇の中の二匹の猛獣のように、お互いにお互いの肉体を噛み合い、なぐり合い、傷つけ合うことを楽しむまでになった。

それはそれで、また言い難き魅力があった。蘭子は地上世界にいた時分、よく見に行った拳闘競技を思い出した。選手たちは一戦ごとに血を流して死の苦しみを味わうのだ。わるくすると、命さえも失うことがある。それでも拳闘はすたらない。名誉心だろうか、賞金ほしさだろうか。いやいや、そればかりではないのだ。彼らは、傷つけ合うことによって、無上の肉体的快楽を味わっているのだ。打ち負けて、血を流して、のたうち廻る敗者にも、この快楽だけは味わえるのだ。彼女は今にして、はじめて選手たちのほんとうの気持がわかるような気がした。

闇の中の盲獣夫妻は、かくして、最後の血の肌ざわりという、無上の快楽を発見した。

傷つけられるものは、いつも蘭子であった。彼女の滑らかな太腿からほとばしる、なま暖かい、ネットリとした血潮の感触が、盲獣を喜こばせたのはもちろん、傷つけられた彼女にも、こよなき快楽であったとは、なんという驚くべきことであろう。

彼女は、痛みを感じないではなかった。悲鳴を上げて、のたうち廻るほど、烈しい苦痛を感じた。だが、その苦痛そのものがとりも直さず快楽であった。ドクドクと脈うちながら吹き出す血潮も快よかった。彼女は傷つけられることを望んだ。その傷が大きければ大きいほど、苦痛が烈しければ烈しいほど、彼女は有頂天になった。

盲目の夫も、最初のあいだは、妻の血のりを喜んだ。望むがままに、或いは歯によって、或いは爪によって、或いは刃物によって、妻を喜ばせてやった。そして、流れる液体に顔をうずめ、それを啜って地獄の悦楽に耽ったものだ。

しかし、彼はやがて、それにも退屈を感じだした。予期だもしなかった蘭子の執拗と貪婪《どんらん》に、ホトホトあきれ果ててしまった。蘭子の存在がうるさく感じられた。いとわしくなった。はてはあのように恋い慕った彼女を憎悪しはじめた。

彼は、どんな隅々までも知り尽した蘭子の肉体には、もう用がなかった。もっと別の触感が望ましかった。違った女性がほしかった。

「さあ、もっともっとひどく、傷をつけて！　いっそ、そこの肉をえぐり取って！」

身もだえする蘭子を前にして、彼はとうとう恐ろしい計画を立てた。

「そんなに傷がつけてほしいのかね。そんなに痛い目がしたいのかね。よし、よし、それじゃ、わしにいい考えがある。お待ち、今にね、お前が泣き出すほど、嬉しい目に会わせてやるからね」

彼は刃物を蘭子の腕に当てて、グングン力を込めて行った。

「アッ、アッ」

蘭子は悲鳴とも、快感のうめき声ともつかぬ叫びを立てて、烈しく身もだえした。

「もっとよ、もっとよ」

「よしよし、さあ、こうか」

彼女は遂に泣き出した。痛いのか快いのか見境もつかなくなって、わめき叫んだ。

盲目の夫は、刃物に最後の力を加えた。メリメリと骨が鳴った。そして、アッと思う間に、蘭子の腕は、彼女の肩から切り離されてしまった。

滝つ瀬と吹き出す血潮、まるで網にかかった魚のようにピチピチとはね廻る蘭子の五体。

「どうだね。これで本望かね」

盲獣は闇の中で、薄気味わるい微笑を浮かべていた。

蘭子は答えなかった。答えようにも、彼女はすでに、意識を失ってしまっていたからだ。

もはやこれ以上の記述はさし控えよう。

読者は、それから数十分の後、闇の中で、手は手、足は足、首、胴とバラバラに切り離された蘭子の五体の上に倒れ伏して、号泣している盲獣の姿を、幻に描いてくだされればよいのである。

雪女郎

それから二、三日のち、場面は一転して、雪の銀座街だ。

宵から降り出した大雪に、深夜の銀座通りは、一夜のあいだにアルプス山中へ引越しをしたかと思われる雪景色であった。

付近の青年は、スキー道具を持ち出して、銀座の電車通りをすべり廻った。商店の小僧さんたちは、巨大な雪だるまの制作にいそがしかった。

そのうちに、とある四つ辻の人道と車道の境目に、等身大の婦人裸体像を、せっせとこしらえている一人ぼっちの盲人があった。

めくらのくせに、しかも、一人ぼっちで、雪だるまを作ろうとは、よくよくの変り者だ。

やがて断髪裸体の雪女郎が出来上がった。雪女郎といっても怪談ではない。怪談よりも一層恐ろしい雪女郎であった。

盲人はそれを作り上げてしまうと、近くに待っていた自動車へ、サッサと引上げて行った。雪だるまは方々に制作されていた。スキーヤーのほかは、電車も自動車も人間も通らぬ深夜であった。誰も盲人の不思議な行動に気づくものはなかった。夜が明けるまでは、そこに雪女郎が立っていることさえ、つい黙殺されていた。

さて、翌日である。盲人手細工の断髪雪女郎は、銀座一帯での最傑作として、人気の中心となった。

早朝から人だかりが絶えなかった。新聞社の写真班も、しばしばカメラを向けた。午後になると、暖かい陽光のために、断髪と顔面の見境がつかなくなり、片腕がもげて、醜いかたわ者となったけれど、名作雪女郎の人気は、まだ失せなかった。

会社帰りの紳士が立った。学生が立った。小僧さんが立った。そして、女学生までが、お互いの肘を突っつき合いながら、クスクス笑って立ち止まった。

いたずら小僧が、雪女郎のお臍《へそ》をめがけて、雪つぶてを投げつけた。「ワッ」という笑い声。断髪美人が半分に折れて、お臍から上が砕け散ってしまったからだ。

「もしもし、今のは雪だるまのこわれた音ですかい」

群集のうしろに立っていた醜い盲目の男が、隣の人に尋ねた。

「ええ、そうですよ」

隣の人は、このめくら、なぜそんなことを聞くのかと、けげん顔だ。

「あなた。その雪だるまの足をこわしてごらんなさい。足だけ残しておいたって、つまらないじゃありませんか」

隣の人は、盲人に勧められて、ふとその気になり、二、三歩前に出ると、靴で雪女郎の二本の足を蹴飛ばした。

パッと飛び散る雪しぶき。二本の足はもろくも、こなごなにくずれてしまった。くずれると一緒に、コロコロところがり出した、一尺ほどの青白いかたまり。

「おや、なんだろう。雪女郎の足の芯から、変なものが出てきたぞ」

一人の学生が、かがみこんで、それに付着している雪を払った。そして、ヒョイと指先でさわってみた。

「あっ、人間の足だっ」

彼はギョッとして飛びのきざま、頓狂な叫び声を立てた。

群集の視線が、一斉にその一物に集まる。

たしかに人間の、しかも、女の片脚だ。表面は青白く、切り口は桃色に見えている。

「わあっ」という驚愕のざわめき。

たちまち群集の数が倍になり、三倍になり、知らせを受けた警官が、かけつけてきた。

「おや、この騒ぎは一体何事ですえ。人間の足がどうかしたのですかい」

じっと聞き耳を立てていた盲人は、別の隣人に尋ねかけた。

「ああ、お前さん眼が見えないのだね。なにね、雪女郎の中から、ほんとうの女の片脚がころがり出したという騒ぎさ」

隣人が答えた。

「へえ、女の片足がね。驚きましたね。一体なんの気で、そんな飛んでもない、いたずらをしやあがったのでしょうね。フフフフ、恐ろしいやつもあるものですね」

盲人はそういって無気味に低い笑い声を立てたかと思うと、ヒョイと向きを変えて、杖を力に、トボトボとその場を立ち去った。彼の姿は、通行の群集にまぎれて、たちまち見えなくなってしまった。

足のある風船

銀座街頭、雪だるまの中から、女の片足が現われた顚末は、すでに記した。だが、水木蘭子には、まだ首と、胴体と、二本の腕と、一本の足が残っているはずだ。盲獣はそれらのものを、いかに処分したか、きょうはそれについて書くことにする。少々胸のわるくなる話だ。気の弱い読者は読まぬほうがいいかも知れぬ。

さて、雪だるま事件があってから、四、五日たつと、雪どけのぬかるみも乾き、うって変った朗らかな日和がきた。

舞台は浅草公園、観音様のお堂の前だ。敷石道には、数十羽の鳩が、子供の投げ与える豆をつついていた。行列を作った参詣の人々が、鳩の群を避けるようにして、にこやかに行き違っていた。豆をあきなう、ひからびた婆さんたちの皺くちゃ顔に、のどかな陽光がさんさんと降りそそいでいた。

どこからともなくビーッと風船玉の笛の音が響いてきた。露店商人の客を呼ぶ声々、ジンタジンタの古風な楽隊などが、青空に谺《こだま》して、ほがらかに聞こえてくる。

鳩のまわりには、付近の子供であろう、五、六歳から七、八歳の腕白小僧が、十人あまりも群らがって、参詣の人々の邪魔をしていた。

「やあ、風船だ、風船だ」

ふと空を見上げた一人の子供が、頓狂な声を立てた。

子供たちはもちろん、通行のおとなまでが、びっくりして上を見た。

「わあ、綺麗だなあ。きっと風船屋が飛ばしたんだぜ。あんなにたくさんだもの」

年かさの子供がどなった。

なるほど、風船屋が粗相でもしたのでなければ、あんなに一と固まりになって、たくさんの風船が飛ぶはずがない。観音像のお堂の屋根よりは少し低いところを、晴れ渡った青空を背景にして、青いの、赤いの、白いの、二、三十もある風船玉が、糸で結びつけられて、一と固まりになって、フワフワと飛んでくるのだ。結び目にはなんだか大きなものがくくりつけてある。その重味で、風船は徐々に浮力を失い、今にも落ちてきそうに見える。

「おい、追っかけて拾おうよ」

一人がいうと即座に賛成して、子供たちは空を見上げながら走り出した。

風船は微風のまにまに、お堂横の広っぱへと、斜めに下降して行く。ワーッ、ワーッと囃《はや》しながら、子供たちが走る。

この無邪気な騒ぎに、参詣の群集は、つい立ち止まって見物する。みるみるその人数がふえて行く。中には、子供のあとを追って走りだすおとなもある。

間もなく風船は、広っぱの大銀杏の枝に、頭をぶつけながら、美しい五色の鳥のように、しずしずと、子供たちの手がウジャウジャと群らがる中へ降りてきた。

おびただしい競争者に打ち勝って、それをつかみあてた仕合わせ者は、案外にも、七つばかりの小さな子供であった。彼は、風船の下に結びつけてある、重りのようなものを、しっかりと抱きしめて、五色の玉をなびかせて、一目散に走りだした。ほかの子供たちに奪られないためだ。

「おい、こすいよ。こすいよ。みんなで分けようよ」

子供たちは口々に叫びながら、あとを追った。行く手に鉄柵があったので、先の子供は、それをまたぎ越そうとしている間に、十数人の競争者に追いつかれてしまった。

「いやだい、いやだい、僕が取ったんだい」

小さな子供は、風船の重りを抱きしめて離さなかった。

烈しい闘争が起こった。子供たちは、まるでラグビー選手のように、それをいだくものの上に、折り重なって行った。人山の下から、ワーッと泣き声が爆発した。風船玉の細い木綿糸がきれて、赤いのや、青いのや、次々と、空へ舞い上がって行った。

「おい、おい、よさないか。お前たち何を争っているのだ。風船なら、みんな飛んで行ってしまったじゃないか」

一人の老人が、一ばん上にのっかっている子供を引き起こしながら、叱りつけた。

ラグビー選手たちは、やっと起き上がった。だが、下敷きにされた子供だけは、俯伏しに身を固くして、例の重りの品を、抱きしめたまま、動かなかった。そして、ワアワア泣き立てた。

「さあ、起きた起きた。お前何をつかんでいるんだ。風船はもうありゃしないんだぜ」

老人が抱き起こしてみると、子供は着物を泥まみれにして、肘から血を出して、まだ大切そうに、何かを抱えている。

「おや、お前、それは一体なんだ」

老人がとんきょうな叫び声を立てたのも無理ではない。少年の抱きしめている一物に五本の指が生えていたからだ。

取巻く子供たちも、ギョッとして、シーンとだまり返ってしまった。

抱きしめていた子供は、やっとそれに気がついた。グニャグニャした、冷たい手ざわりの気味わるさに、びっくりして、それを投げ出すと、思わずうしろに跳びのいた。

それは足の形をした、青白いものであった。五本の指がキューッと曲って、苦悶の表情を示しているのも、無気味であった。

膝の下から切断した切り口には、どす黒い血が固まっていた。

「人間の足だ。オイ、大変だ。早くおまわりさんを呼んどいで」

老人は青ざめて、どもりながら、指図をした。

黒山のひとだかりだ。やがて、その人だかりを押し分けて、青白い足首を縄でぶら下げたおまわりさんが姿を現わし、交番へと急ぐ。そのうしろから、ポカンと口をあいた野次馬どもが、ゾロゾロとついて行った。

この噂は、たちまち公園じゅうにひろがった。

瓢簞池のふちの高台のベンチでも、足の降った話がはじまっていた。

「ゴム風船を二十も三十も集めて、それに切り離した人間の足をぶら下げて、飛ばしたやつがあるんですって。美しい女の足首だったということですぜ」

職人風の男が話していた。

「ほう、ひどいやつですね。してみると、人殺しがあったのでしょうかね」

合槌をうったのは、同じベンチに腰かけていた、醜い盲人であった。

「てっきり、そうだね。女を殺しておいて、手足をバラバラに切りきざんだのかも知れないね。おお、いやだ」

職人はゾッとしたように、顔をしかめていった。

「で、その足首を、捨て場所もあろうに、よりによって、この賑やかな浅草の空へ捨てたたってわけですかね。フフフフ、五色の風船が人間の足をぶら下げて、フワフワと飛んで行くところは、さぞかし見ものだったでしょうね。わたしゃ、ごらんの通りめくらなので、見ようたって見られやしませんが、聞いただけでも、さぞ美しかったことだろうと思いますよ。フフフフフ」

奇妙な盲人は醜い顔を、うらうらと照る太陽に、まともに向けながら、陰気な含み笑いをするのだった。

冷たい手首

同じ日の夜ふけ、日比谷公園裏の、官庁ばかり建ち並んだ非常に淋しい往来を、一人の青年紳士が、フラフラと歩いていた。付近のシナ料理屋でひらかれた宴会の帰りみちであった。可なり酔っぱらっていたので、ひょっとしたら、帰宅の方角を間違え、ただわけもなく足の向くがままにさまよっていたのかもしれない。

十二時近かったので、全く人通りが途絶えていた。ボンヤリと広い舗道を照らしている街燈が、陰火のように物淋しく見えた。青年紳士は、ふと行く手に、何かしらうごめいているものを発見して、酔っぱらいとはいえ、ギョッとしないではいられなかった。

「おい、そこにいるのは、誰だ、何者だ」

口では強そうにいうものの、内心はビクビクもので、腰をかがめて、すかして見ると、たしかに人間であった。だが、なんという妙な恰好をしているのだろう。

その男は、大地に四つん這いになって、まるで犬にでも憑かれたように、地面を嗅ぎ廻るような不思議千万な様子をしていた。

「君、君、そこで何をしているんだ。しっかりしたまえ。みっともないじゃないか」

酔っぱらいは、呂律《ろれつ》の廻らぬ口の利きかたで、おずおずとその人物に近づいて行った。

「どなたですえ?」

四つん這いの男が陰気な声で尋ねた。この男は酔っぱらいではないらしい。

「通りがかりの者だが、君こそ誰だえ。どうして、そんな犬のまねなんかしているんだね」

「へへへへへ、犬のまねじゃございませんよ。実は杖をなくしましてね、わたしゃ、めくらなんです。杖がなくては一と足も歩けないのです。へへへへへ、因果なやつでございましてね」

ああ、盲人が杖を落としたのか。それなら、何もビクビクすることはなかった。

「杖だって、ここんとこで落としたのかね」

「へえ」

酔っぱらい紳士は、街燈の光をたよりに、一緒になって探してやったが、どこにも杖らしいものが見当たらぬ。

「君、どこへ行くんだね。遠方かね」

「へえ、O町まで行くんで」

「O町だって? こうっと、O町と、一体ここは何町だっけ。アハハハハ、わからない。だが、まあいいや。連れてってやろう。その辺で杖でも買ってやろう。きたまえ、手を引いてやるぜ」

「へへへへへ、恐れ入ります」

盲人は、恐れ入りながら、右手をさし出した。

「よし、さあ行こう」

紳士は、盲人の手を握って、歩き出したが、ふと気がついたように、叫んだ。

「ワーッ、なんて冷たい手だ。君の手はまるで死びとみたいだね。だがヒヤリとして気持ちがいいよ。ハハハハハ」

「へへへへへ」

盲人は合唱するようにいやしく笑った。

冷たい手を握りながら、蹌踉《そうろう》として行くほどに、偶然の仕合わせにも、ヒョイと明るい町へ出た。まだ電車が通っていた。両側の商家は、起きている家が多かった。

ふと見ると、立派なショーウインドーの雑貨店があった。

「さあ、君、ここで聞いてみよう。ステッキがあるかどうか。ね、君、ステッキさえあれば、一人で歩けるね……おい返事をしないか。按摩さん」

びっくりして振り返って見ると、今までいたはずの盲人が影も形もなくなっている。

「ハテナ、奇妙だぞ。どこへ隠れてしまったのだ。手だけ残して逃げちまうなんて卑怯だぞ。コラ、卑怯だぞ……だが待てよ。このおれの握っている手は、一体誰の手だろう」

左手を持ち上げて見ると、ぬしなき手首も一緒について上がった。

「おい、いたずらはよせよ。いやだぜ、おどかしちゃ」

酔っぱらいは、手首の主を探してキョロキョロと身辺を見廻したが、誰もいない。いないくせに手だけはちゃんとあるのだ。

「さては、あんまり引っぱったので、あいつの手が抜けたかな」

ショーウインドーの光にかざして見ると、青白い手首がしっかりと彼の手にしがみついていた。手首から二の腕へと眼を移して行くと、突然ポツンとちょんぎれて、赤黒い固まりになっていた。

「ワア、畜生め、畜生め」

紳士は踊るようにして、しきりに左手を振ったが、握り合わした死人の腕は、急に離れようともしなかった。

「誰か来てくれエ。助けてくれエ」

洋服紳士が、手を振りながら、気ちがいのようにどなっているので、たちまち人だかりになった。

「引っぱってくれ。この手を引っぱってくれ」

遠巻きにして近寄るものもなかった。死人の手をつかむのは、誰だっていやにちがいない。

だが、間もなく、手首は、あきらめたように、紳士の手を離れ、ショーウインドーの漆喰壁へ飛んで行って、グシャッとぶつかった。

人だかりのうしろに帽子をまぶかにした黒目がねの男が立っていた。

「何事ですえ? 酔っぱらいがどうかしたのですかね」

彼は低い声で、隣の人に尋ねた。

「人間の腕をつかんでいたのですよ。どこで拾ってきたんだか、物騒な男ですね」

その人が答えた。

「へえ、人間の腕をね。酔っぱらって、人でも殺してきたんじゃありませんか。それで、その腕というのは、どんなですね。男ですか。それとも若い別嬪の手首じゃありませんか」

「ごらんなさい。白くってスベスベしていますよ。若い女のらしいですね」

「ところが、あなた、わたしゃ眼が見えませんのでね。エヘヘヘヘ。若い女の手首ですか。凄うござんすね」

笑ったかと思うと、盲人はどこで手に入れたものか、もうちゃんと杖をついて、サッサとその場を立ち去って行った。

蜘蛛娘

それから二日ばかりのち両国国技館裏の、見世物小屋でまたしても非常な椿事が起こった。

そこの広っぱには、常小屋ではなくて、地方廻りの足溜りのようにして、ときどき小さな見世物がかかることがある。ちょうどそのときは、いかもの中のいかものともいうべき蜘蛛娘の見世物がかかっていた。

蜘蛛娘というのは、妙な階段のようなものの中程に、娘の首が乗っていて、その首を中心に蜘蛛の糸になぞらえた紐を張りめぐらし、首の周囲には、作りものの大蜘蛛の足が八本ひろがっている。つまり、綱の上を、人間の首を持った大蜘蛛が這っている形に見せかけたものだ。

仕掛けは至極簡単で、娘は階段ようの箱の中へ身を隠し、首だけを上部に現わしているわけだが、鏡の作用で、ちょっと見るとほんとうに首ばかりのように思われるのだ。

もう夜の九時頃であった。蜘蛛娘だとて、一日ぶっ通しで箱の中にいるわけにはいかぬ。食事もすれば、ご不浄へも行くのだ。ちょうどそのときも、娘の合図があったので、一時客止めにして、中の客の出るのを待って、娘を箱の中から出してやったのだが、小屋の裏へ出て行ったかと思うと、知らぬ間に帰ってきて、独りで箱の中へはいってしまった。

いつもは、少しでも永くそとに出ていたがる娘が、きょうはばかに神妙だと思いながら、親方はまた客を集めはじめた。

「さあ、いらはい、いらはい。これが有名な蜘蛛娘、胴体がなくて、首から八本の足が生えている。さあ、これからちょうど浅草小唄を歌うところです。首ばかりの蜘蛛娘が歌を歌う。ごらんなさいこれだ。この看板通り一分一厘ちがわない恐ろしい蜘蛛娘だ」

親方のおかみさんが、しわがれ声で、陰気な口上をしゃべりつづけた。

しばらくすると、狭い場内には、チラホラと、それでも七、八人の見物がたまった。瓦斯ランプが、臭い匂いを立てて、ほの暗く燃えていた。夜の陰影のために、見えすいた拵《こしら》えものが、なんだか本もののようで、人間の首を持った巨大な蜘蛛が、ゴソゴソと階段を這いおりてくるように見えた。

娘はお下げに結った髪で、ふさふさと額から頬まで隠しているので、顔もハッキリと見えぬが、たしかに人間に違いない。

「さあ、愛ちゃん、浅草小唄を歌うのだよ」

親方が木戸口から声をかけておいて、そとの群集に向き直った。

「ほら、お聞きなさい。あの通り、首ばかりの娘が、歌を歌います。さあ代は見てのお戻り」

だが蜘蛛娘は何をすねたのか、一向歌い出さぬのだ。

「おや、なんだか変だぞ」という、異様な感じが客たちをおびえさせた。

ちょうどその時、突然木戸口のところで、恐ろしいどなり声が響いた。

「あっ、お前どうしたんだ。どこへ行ってたんだ」

すると、若い娘の声がかすかに答えた。

「ごめんなさい。ちょっとあすこの夜店を見ていたんです」

「嘘をいえ。また焼鳥の立ち食いをしてきたんだろう。これからそんなことをすると、承知しねえぞ」

だが、叱っただけではすまぬことがある。当の蜘蛛娘は、焼鳥の立ち食いをしていま帰ってきた。すると、中の階段に首をさらしているやつは、一体全体何者だ。

親方は妙な顔をして場内へはいってきた。

たしかにいる。蜘蛛娘が二人いるのだ。

「おい、お前だれだ」

親方がどなった。しかし、階段の首はだまっている。

見物にもことの次第がわかってきた。みなゾッとしたように青ざめて、逃げ腰になって、大蜘蛛を見つめている。

「おい、返事をしねえか」

親方はツカツカと階段に近づくと、娘の髪の毛を持ってグッと首を上に向けようとした。瓦斯の光で人相を見るためだ。

彼は、お下げの髪を、ギュッと一と握りにして、力一杯持ち上げた。

「おい、親方、いけねえ、いけねえ」

半纏着の男が、まっ青になって飛び出すほど眼を大きくして、とんきょうな声で叫んだ。

「何がいけねえ」

親方はまだ気がつかぬ。

「見ねえ、それを見ねえ」

いわれて、自分の手を見ると、親方もびっくりした。髪をつかんだ手は、なんの手応えもなく、どこまでも上がってくるのだ。娘の首の下には、なにもなかったのだ。胴体のない首ばかりだ。

「ワッ」

といって、思わず手を離すと、生首は、何か生物のように、コトン、コトンと階段をころがって、見物たちの足もとへ飛びついていった。

「キャッ」

という悲鳴、たった一人の女客は、もう気絶せんばかりだ。男客もギョッとして、遠くへ飛びしさった。

女の生首は地面にころがったまま、じっと空間を睨んでいた。切り口は、牛肉みたいな桜色のビロビロになっていた。青ざめて死相を呈してはいたけれど、その女は非常に美しかった。芝居で使うお姫様の生首のように、よく整った目鼻立ちを持っていた。しかし、生首などというものは美しければ美しいほど凄いものだ。

見世物小屋に生首が置いてあった。誰が持ってきたのかまるでわからない。しかもそれが、蜘蛛娘の身代りを務めていたというのだから、非常な騒ぎとなった。たちまち小屋の前は、黒山の人だかりだ。

知らせによって、付近の交番からおまわりさんが飛んできた。

親方夫婦はもちろん、蜘蛛娘も、数人の見物たちも、帰宅を禁じられ、きびしい取り調べがはじまった。しかし、誰も生首の出所を知るものはないのだ。さっき、ほんとうの蜘蛛娘がご不浄へ行ったあいだに、何者かが裏側の幕をくぐってしのび入り、その生首を置いて行ったのであろう、という程度のことしかわからなかった。

小屋の前の黒山の群集の中に、例によって一人の盲人がまじっていた。

「一体どうした騒ぎでございますね」

彼はかたわらの人に尋ねた。

「ああ、お前さん眼が見えないんだね、危ない危ない。サッサとお通りなさい。めくらが立っていたってしようがありゃしない」

不愛想な返事を聞いても、盲人は一向にひるまなかった。

「でも、聞かせてくださいな。人殺しでもあったんじゃないんですか」

「人殺しだって？　人殺しよりもっと恐ろしい事件だ。蜘蛛娘の首が、ほんとうの生首に変っていたんだ」

「へえ、ほんとうの生首にね。で、それは一体誰の首なんですえ」

「うるさいね。それを知るものかね。どうせ、どっかの白首だろうよ」

付近に笑い声が起こった。

「すると、女ですね。フフフフフ、美しい女ですかね」

「別嬪《べっぴん》だとさ」

別の若い男が答えた。

「フフフフフ、なるほど、なるほど、別嬪ですかね。あんたがたその女を知らないのかね」

もう誰も、この執拗な盲人を相手にするものはなかった。

だが、木戸口の辺から、彼の問いに答えるかのように、とんきょうな叫び声が響いてきた。

「ああ、こ、この女、おらあ知っていますよ。旦那、こりゃお前さん、元浅草の帝都座に出ていた、レビューの踊子でさあ、水木蘭子という女でさあ」

警官がそれに対して何かいっている様子だ。

「ああ、そうですかい。水木蘭子ですかい、可哀そうになあ。フフフフフ」

盲人は独りごとをつぶやきながら、トボトボと、どこかへ立ち去って行った。

めくら湯

水木蘭子殺害さるという噂が、パッと東京中にひろがった。警察は目ざましい活動を開始した。が、下手人は少しもわからぬ。下手人の代りに、蘭子のからだの他の部分、すなわち二本の手と、二本の足と、一つの胴体とが、それぞれ意外な場所に散在していたことが発見された。

数日前、銀座街頭の雪だるまの中からころがり出した女の片足は、たしかに蘭子のものにちがいない。又ある日、浅草公園を、風船の重りになって飛んでいた女の片足は、やっぱり蘭子のものらしい。それから、ある夜、酔っぱらい紳士が、杖を失った盲人の手を引いて歩いているうちに、その手だけがスッポリ抜けて、手の主の盲人はどこかへ消えてしまった事件があるが、あの手はきっと蘭子の手だというので、それぞれ寄せ集めてしらべて見ると、たしかに同じ年輩の、同じ体質の、美しい女のからだの一部であることがわかった。

では残りの片手と胴体はどうなったのか。これも必ずどこか意外な場所にころがっているにちがいないと、刑事は血まなこになって走りまわる。新聞は四段五段のでっかい見出しで書き立てる。どんな探し物だって、これでわからぬというはずはない。

早速ある屠牛場から届け出があった。血みどろの牛の臓物《ぞうもつ》の桶の中に、こまごまに切りきざんだ人間の骨や肉がまじっていた。その分量を合わせてみると、どうやら蘭子の胴体と片手に相当するというのだ。

その新聞記事が掲げられると、読者は笑い出した。死体の始末がどれもこれも、あんまり荒唐無稽で、かえって滑稽に感じられたからだ。

「なんぼなんでも、あんまりおかしいじゃありませんか。気ちがいの沙汰ですね」

如何にも気ちがいめいていた。滑稽でもあった。吹き出したいほど残酷に感じられた。ああ吹き出したいほど残酷な！　世の中にこれほど恐ろしい言葉があろうか。

しかも、まるで警察を馬鹿にした、無謀千万、大胆不敵の大罪を犯したやつが、どういうわけか、いつまでたってもつかまらぬのだ。そいつはいつも、蘭子の首や手足が発見された黒山の人だかりの中にまじって、警官たちの眼の前にいた。人々も警察も犯人を目撃しながら少しも疑わなかったのだ。その男は杖にすがった、不自由な盲人であったからだ。めくらがこんな大それた罪を犯そうなどと、誰が想像しえたであろう。

事件はいわゆる迷宮にはいったまま、一と月二た月とたって行った。世を騒がせた大事件だけに、警察に対する非難も烈しく、あせり気味の当局は、幾人か犯人とおぼしき人物を逮捕したけれど、どれもこれも間もなく真犯人でないことが判明した。

さて、蜘蛛娘の騒ぎがあってから、三ヵ月ほどのちのある日のこと、新宿の盛り場の、滝の湯という大きな銭湯の勝手口へ、一人のめくらが訪ねてきた。四十恰好の醜い男で、杖にすがってトボトボと勝手口へはいってくる様子が、如何にも不自由らしく、気の毒に見えたので、ちょうどそこに居合わせた銭湯の主人は、やさしく応対してやった。

主人は少しも知らなかったけれど、このめくらこそ兇悪無残の盲獣であった。

「あなたが旦那でございますか。実は折り入ってお願い申したいことがあって、伺ったのですが」

めくらは上がり框《がまち》に腰をおろすと、そんなふうにはじめた。

「ごらんの通り按摩を渡世にしている者でございますが、この節の不景気で思わしく仕事もなく、何かよい工夫はないものかと、思案に思案をしましたあげく、思いついたのがお湯屋さんの三助でございます。まだめくらの三助っていうのは聞いたこともありませんが、お湯であたたまったからだを、はだかのまま揉みほぐすのは、それは気持のよいもので、関西方面では、流しのほかに、按摩をやる三助さんもあると伺っています。こちらのようなご繁昌のお湯屋さんには、そういう按摩があっても邪魔にはなりますまいし、ことによったら、案外評判になるかもしれません。いえ、流しのほうも、なあにできないことはございません。一つためしにお使いなすってみてはくださらないでしょうか」

「なるほどね、按摩の三助か。こいつは存外愛嬌があって面白いかもしれないね」

主人は物好きな男とみえて、この突飛な申し出を一概に拒絶もしなかった。

「いえ、も、きっと評判になることは、請合いでございますよ」盲人はだんだん調子づきながら、「わたくしは、これで、勘はなかなかよいほうでございましてね。滅多に粗相を仕出かすようなことはいたしません。めくらだと思えば、お客様も気兼ねがないでしょうし、殊に女湯のほうは、眼のない三助が調法がられるんじゃないかと思いますよ。いくら三助でも男に肌をジロジロ見られるのは、ご婦人がたにはあんまりよい気持ではございませんからね」

「如何にもね、おっしゃる通り、女湯にはうけるかもしれないね」

主人はだんだん乗り気になってきた。

盲人はそこをすかさず、雄弁に説き立てる。

「こう申しちゃなんですが、療治にかけては、滅多にひけは取りません。素人の三助さんなんかとは、そこは、また味が違うと申すもので、エヘヘヘヘ」

「だが、按摩さん、わしのほうでは別に異存はないが、お前さんのほうが、流し賃の四分六というようなことで、引き合いますかね。お湯屋では、とても高い按摩代は取れっこないのだが」

「それはもう、どうせ按摩稼業のほうは、ちっとも仕事がないのですし、数でこなしますよ。それに評判さえよければなんとかやって行けないこともなかろうと存じます。ともかく一つやらせてみてくださいませんか。きっとうまく行くと思いますよ」

というようなことで、結局主人も承知して、その翌日から滝の湯の流し場で、めくらの三助が働きはじめた。自分でもいっていたように、なかなか勘のいい男で、危なげもなく、年季を入れた眼あきの三助と同じように働いている。

これが評判にならぬはずはない。めくらの三助に一度揉ませてみようじゃないかと、遠方からわざわざやってくる客もある。女湯では、最初気味わるがっていたが、顔に似合わぬ剽軽《ひょうきん》もので、面白いむだ口で人を笑わせたりするものだから、けっく眼の見えぬ気やすさに、按摩の三助、按摩の三助と引っぱりだこになってきた。

もう今では滝の湯とまともに呼ぶものはなく、「めくら湯」で通るほど、有名になってしまった。

真珠夫人

女湯の客の中に、真珠夫人と呼ばれる際立って美しいからだの持主があった。「パール」という有名なカフェのマダムで、もう三十を余ほど過ぎた年増ではあったが、顔も美しく、顔にもましてその肌はまるで小娘のように滑らかで、健康に張りきっていて、この年になるまで、男を知らないのではないかと疑われるほど、初々しく見えた。

真珠夫人というあだ名は、屋号の「パール」からきたのだというものもあれば、その肌が真珠のように美しいからだというものもあった。いずれにもせよ、真珠の名にそむかぬ、美しい婦人なのだ。

真珠夫人は、滝の湯の常連で、くれば流しをとり、流しをとれば必らず例のめくら三助に頼むことにきめていた。

ある日のこと、例によって、銭湯にやってきて、めくらの三助に流させていたが、まだ十時を少し廻ったばかりでほかに一人も客はなく、だまっているのも変なものだから、流しながら、流されながら、二人はなにか世間話をはじめたものだ。

「番頭さん、こうして毎日、女の子のからだをなで廻しているのも、いい加減うんざりするだろうね」

真珠夫人が、ニヤニヤ笑って尋ねた。

三助は、夫人のすべっこい背中へ、石鹸の泡を立ててグイグイこすりながら答える。

「どうして、どうして、わたしゃ、こんな楽しみなことはありゃしませんよ。めくらのことで、世間の人様のように往来の女の子の顔を眺めて楽しむとか、カフェへ行って、美しい女給さんにお酌をさせながら、その顔を眺めて楽しむとか、そういう楽しみが全くありませんのでね。わたしどもには、女は顔じゃありませんよ。からだです。からだの恰好、肌のよしあし、それを手のひらで探って、ハハア、この人は美人だな、この人はさほど美しくないなと、ちょうど眼あきが顔を見て品定めをするように、めくらは指先で、女を見るのですよ。それにゃ、三助くらいあつらえ向きの商売はありゃしません。あたしゃ、この稼業をしているお蔭で、毎日々々、美しい女の子を、たくさん見せてもらって、これほど楽しみなことはありませんよ。エヘヘヘヘ」

ほかに客のない気やすさに、三助は無遠慮な話をはじめた。真珠夫人は面白がって、そそのかすように合槌を打つ。

「そういえば、なるほど、そんなものかもしれないわね。ところで番頭さん、お前さんの指先で見たのでは、あたしはどちらだね。美人かい。それともおたふくかい」

「エヘヘヘへ。ご冗談でしょう。奥さんが評判の美人だってえことは、いくらめくらでも、ちゃんと知っていますよ。お顔はわかりませんが、からだでいやあ、あたしゃ、こんな美しいからだは、生れてからはじめてです。イエほんとうです。このお湯へくる何百という娘さんを束にしたって、奥さんに敵いっこはありませんよ。千人に一人、万人に一人、いや千万人に一人っておからだです。かぞえきれないほどたくさんの女のからだにさわってきた三助のいうことです。これほどたしかな話はありませんよ」

めくら三助は、だんだん薄気味のわるいことを言いながら、夫人のなだらかな肩から、生きた肴の肉のようにピチピチと張りきった二の腕から、腋の下へと、泡だらけの指先を移動させて行った。

「ホホホホホ、うまくいってるよ。お前さん顔に似合わないお世辞ものだね」

「いや、奥さん、冗談にしてはいけません。わたしゃまじめに申しあげているんですよ。ほんとうです。だがね、奥さん、たった一人だけ、わたしゃ知っていますよ。奥さんとよく似たからだをね」

「へえ、からだにもやっぱり、顔みたいに、よく似たのがあるものかねえ」

「ありますね。だが、奥さんのようなのはめったにあるもんじゃない。たった一人だけいくらか似たのがあったというのです」

「誰なの？　やっぱりこのお湯へくる人？」

　真珠夫人はめくらをからかっているつもりでも、競争者があると聞くと、つい本気になってくる。

「そうじゃないんで。以前わたしが按摩をしている時分、一度だけ揉んだことのある人です。ご存じでしょう、ホラ、レビューの踊り子の水木蘭子」

「え、水木蘭子だって？　あのむごたらしい死に方をした。おお、いやだ」

　夫人はゾッとしたように肩をすくめた。背筋の溝に溜っていた白いあぶくが、ツルツルとお尻のほうへすべっていった。よっぽど無気味に思ったのであろう、肩から襟足にかけて、かすかに鳥肌が立っていた。

「あの水木蘭子が、奥さんと似ているといえばいえないことはありません。でもね、まるでたちが違います。見かけは同じようでも、とっても奥さんほどには行きませんや。蘭子のほうは荒彫りをした人形とすれば、奥さんは、細かい仕上げをして、とくさで磨いたほどの違いがありますよ。形は同じでも、手の入れ方が雲泥の相違でさあ」

「ホホホホホ、まあ面白いことをいうのね。お前さん、人のからだを流しながら、そんなに細かいことまで調べているのかい」

「エヘヘヘヘ、あたしゃ眼がありませんのでね。あたり前の三助と違って、指先の勘がいいのです。ちょっとさわっただけで、すっかり覚えこんでしまいますからね。失礼ですが、奥さんのからだのうちで、震いつきたいほどよくできているのは、ここ、ここんとこですよ」

と言いながら、背筋の下のほうへ、人差指で靨《えくぼ》を作ってみせた。

「あら、くすぐったい。いやだねえ」

「へへへへへ、ここのふくらみのとこが、実によくできているのです。水木蘭子なんかとてもかなやしません」

「蘭子といえば、犯人はまだわからないようだねえ」

真珠夫人はあまりわが肉体をほめられるので、てれ隠しに話題を変えた。

「わかりゃしませんとも、わかりっこありませんよ」

めくら三助は、いやに力を入れて答えた。

「どういう気だろうねえ。あんなことをして。きっと気ちがいの仕業だよ。でなけりゃ、わけもなく死体を切りきざんだり、それをほうぼうへ見せびらかしたりするはずがないもの」

「しかし、実に大胆不敵じゃございませんか。さだめし愉快でしょうね。あれだけの芸当をやってのけたら」

「まあ、この人は、なにをいうんだね。気味のわるい」

「手は手、足は足、首は首、胴は胴と、つまり六つに切り離したわけですね。わたしゃ、お客さまに新聞を読んで聞かせてもらいましたがね。手なんかは、ちょうどここんところから、ザックリ切り離してあったっていいますよ」

三助は手の平を刃物のように立てて、夫人の二の腕を切断するまねをしてみせた。

「いやだよ、この人は。縁起でもない」

「エヘヘヘヘ、まあさ、話がですよ。胴体なんかは、こなごなに切りきざんで、屠牛場の臓物桶の中にぶち込んであったというじゃございませんか」

言いながら、彼は真珠夫人の背中を、ぐちゃぐちゃに切りきざみでもするように、指の腹で、グイグイとなでまわした。

肉文字

やがて、一人二人新しい客がやってきたので、この不思議な会話は、それきりになってしまったが、そのことがあってから、真珠夫人とめくら三助とは、一種の親しみを感じ合い、何ひとことしゃべらずとも、三助の指の動き具合、夫人のからだのくねらせ方で、冗談を言い合ったり、挨拶をし合ったりできるほどになった。

真珠夫人は、この醜い盲人に、異様な好奇心を持ちはじめたようにみえた。ともすれば、夫人の方から、肩をゆすって冗談を言いかけたりした。

それというのは、めくら三助の技術に特殊の魅力が潜んでいたからでもあった。彼は裸体按摩術にかけては、不思議な腕前を持っていた。ヌメヌメとすべる石鹸のあぶくの上を、十本の指が、大蜘蛛の足のように、快い拍子を取って這いまわる。その指の下で、客の肉体は、水枕のようにダブダブと波打つのであった。

客たちは、まるで催眠術にでもかかったように、眼を細めて、彼らの裸体を、めくら三助のもてあそぶに任せていた。不思議な陶酔境である。「めくら湯」が繁昌するのも決して偶然ではない。

真珠夫人も、その陶酔者の一人であった。殊に彼女に対しては、三助のほうでも、腕によりをかけて、普通客の二倍三倍のもてなしをするものだから、その効果も一そう大きく、今では真珠夫人は「めくら湯」にくるのが楽しい日課になっていたほどだ。

めくら三助は、それを待ち設けていたのだ。鋭い触覚で、相手の心理の変化を悟ると、彼はいよいよ最後の手段を実行した。

真珠夫人は、その頃から、盲人の揉み方に、異様な変化が起こったのを感じはじめた。

めくらは、サッサッといつもの揉み方のあいの手のように、背中の平らな部分へ人差指の腹を当てて、妙に角ばった変な揉み方を混ぜるようになった。

最初は、なんのことやら少しもわからなかったが、毎日々々、同じことをくり返されるので、だんだんその意味を合点しはじめた。

三助は彼女の背中へ字を書いているのだ。いつも同じ仮名文字を、根気よく、くり返しくり返し書いているのだ。

とうとう、それとわかったものだから、何食わぬ顔をしながら、背中の肌に注意力を集中して、一字々々拾ってみると、次のような文句になった。いわば肉文字の秘密通信である。

「コンヤ一ジミツコシノウラデマツ」

今夜一時「三越」の裏で待つというのだ。

夫人はその意味を悟ると、醜い盲人のあまりのあつかましさに、吹き出したくなった。この片輪者は、わたしに逢引きを求めているのだ。なんて滑稽なんだろう。

その日は相手にもしないで帰ってきた。

だが、めくら三助のほうでは、少しもあきらめず、流しをとる度ごとに、一字一句同じ文句を、くり返しくり返し、うるさいほど書いてみせるのだ。この男は、一体あたしをどうしようというのかしら、まさか手ひどいことをしようというわけではあるまい。片輪者の執念で、真からあたしを思っているに違いない。やさしい言葉の一つもかけてやれば、ゾクゾクと嬉しがって、奴隷のようにあたしの足元にひざまずくのだろう。何も一興だわ。今夜一つこの男のベソをかくところを見てやりましょうかしら。

夫人がそんな気を起こしたというのが、すでに怪物の魔力に征服されはじめていた証拠なのだ。しかし、まさかこのめくら三助が、あんな恐ろしい男とは知るよしもなく、夫人はとうとう、背中の肉文字通信に承諾を与えてしまった。

「……ウラデマツ」

と指の動きが止まったとき、夫人は独りごとのように、

「ええ、あたしそうするわ」

と色よい返事を与えてしまった。

それを聞いためくら三助は、別に口は利かなかったが、顔じゅう女郎蜘蛛のような醜い皺をよせて、さも嬉しそうに、ニタニタと笑ったものである。

その夜一時、真珠夫人は、店のほうをていよくつくろって、約束の三越百貨店の裏へと出かけて行った。

賑やかな大通りさえ、もう寝静まって、ヒッソリとしていたくらいだから、三越裏の暗闇は、まるで人里離れた谷間のように無気味であった。

四つ角に立って躊躇していると、闇の中から、杖にすがった盲人が、物の怪《け》のように現われてきた。

鋭敏な彼は気配でそれと察したのか、あるいは真珠夫人の匂いをかぎつけでもしたのか、まるで眼の見える人のように、まっ直ぐに夫人のそばへ近づいてきて、

「奥さんですか」

と、異様なささやき声で尋ねた。

「ええ、そうよ、お前さんの頼みを聞いて、わざわざここまできて上げたのよ」

夫人はてんで相手を眼中に置かぬ調子で、恩に着せるようにいった。

「ありがとうございます。わたしゃこれで本望ですよ。まさか奥さんはきてくださらないと思いました。でもよく、わたしみたいなものの頼みを聞いてくださいましたね。ありがとう、ありがとう」

盲人は嬉し涙にむせぶばかりだ。

「で、どうするの？　こんなところに立っていたってしようがないわね」

「ええ、わたしゃ、ちゃんと、それも考えてあるのですよ。奥さん、ホンの三十分ばかり、わたしにつき合ってくださいませんか。つき合ってくださるでしょうね。ね」

「ええ、いいわ。して、どこへ行くの？」

「まあ、わたしにお任せください。車を雇っておきましたから、ともかくあれに乗ってください。ね。乗ってください」

盲人は夫人の袖を握って、その方へグングン引っぱるのだ。

引かれてついて行くと、暗闇の中に、一台の自動車が待っていた。

「おや、めくら三助のくせに、自動車なんて生意気だわ」

夫人は心のうちで少々驚いたけれど、今さら躊躇することもない。どうせ相手はめくらだとたかをくくって、その車に乗りこんだ。続いてクッションに納まった盲人は、
「さあ、やってください」
と運転手に声をかけた。行く先はすでに命じてあったものとみえる。車は走り出した。

美しい三十女と、醜い盲人、なんとも形容のできない不思議な取り合わせの客を乗せた車は、深夜の大通りを、いずこともなく走り去った。

紫檀の太腿

さて、それからどのようなことが起こったか。読者諸君はおそらくとっくに推察されたことと思うが、真珠夫人もやっぱり例の無気味な人体彫刻のある地下室の密室へ連れ込まれ、そこでありとあらゆる情痴の限りを尽したことは、かつての水木蘭子の場合と大差はない。

人体の各部を、あるいは縮小し、あるいは拡大し、あるいはある部分ばかりを一とかたまりに寄せ集め、それを壁といわず、床といわず、厚い材木に浮彫りをした、かの陰惨奇怪なる密室の光景は先に詳しく記述した。

また、その密室での盲獣と犠牲者との、物狂わしき鬼ごっこ、丈余の巨大なお尻の

辷《すべ》り台、群がる乳房の壁、無気味に生え群らがる手や足の森林、その中での裸体男女の「めんない千鳥」、これまた蘭子の場合に詳述した。

真珠夫人について、それをくり返す必要はない。ほとんど同じ狂態が演じられ、ほとんど同じ会話が取りかわされ、真珠夫人もこの恐ろしき盲獣の前に完全に降伏してしまったのである。

相手が完全にわが物となったとわかると、その瞬間から、相手に興味を失い、あれほどの執念をサラリと捨てて、反対に殺人魔の本性を現わし、情痴の絶頂において、相手のなまめかしき肉体を傷つけ、わめき叫ぶいけにえを眺めて喜ぶのが、盲獣の恐ろしきならわしであった。

そのとき、盲獣は、例の紫檀でできた巨人の太腿の上に、薄物一重の真珠夫人を横たわらせ、彼は情痴の按摩となって、滑っこく弾き返す夫人の膩肉《あぶら》を、くねくねとなでさすっていた。

盲獣の奇怪なる魅力に溺れつきた真珠夫人は、床の巨像の、冷たい紫檀の肌に、グッタリと身を投げて、眼を細め、筋肉の力を抜いて、全身を相手のもてあそぶがままに任せていた。

「わしはこうしてお前のからだを撫でていると、どうもあの水木蘭子を思い出して仕方がないのだよ」

盲人が、不思議な笑いを浮かべながらいった。

「まあ、お前さん、蘭子のことばっかりいっているのね。どうもあやしいよ。あたしみたいにして、あの蘭子を手に入れたことがあるのじゃない？」

真珠夫人は、ほんとうに嫉妬を感じているらしい調子だ。

「うん、実はね、驚いてはいけないよ、わしは蘭子をここへ連れ込んだことがあるのさ」

盲獣が舌なめずりをして、薄気味わるく告白した。

「まあ、やっぱりそうなんだね。お前さんあたしに嘘をついていたんだね。して、蘭子ともやっぱりこんなことをして遊んだの？　こうしてもんでやったの？」

「うん、もんでやったよ。しかもちょうどこの紫檀の大女の腿の上でね。そのとき、蘭子も今お前がしている通りの恰好で寝そべって、わしにもませていたのだ」

「あら、いやだわ。じゃあ、ここんとこへ蘭子も寝そべったのね」

「そうとも、お前、その紫檀の肌を嗅いでごらん。別の女の匂いがしやしないかい。わしには、こうしていても、そこに漂っている昔の蘭子の移り香がちゃんとわかるのだよ」

真珠夫人は、それを聞くとゾッとしたように、身をそらせて、クンクンと紫檀の小山を嗅いでみた。

「ああ、するわ。いやあな毛唐女みたいな匂いがするわ。まあ、気味がわるい」

「ハハハハハハ」盲人が低く笑った。「今に匂いよりも、もっと気味のわるいことがわかってくるかも知れないよ」

「いやだわ、おどかしちゃ……さっきお前さん、蘭子がそのとき、今のあたしと同じ恰好をしていたっていったわね。そのときって、いつのことなの」

「蘭子が殺されたときさ」

盲人は、夫人を撫でまわす手を休めず、声も変えないで答えた。

「殺されたときって？」

夫人は相手の意味がよく呑み込めないで、まだ平気な調子で尋ねた。

「蘭子が殺されたときさ」

「ああ、じゃあ、お前さんがあの女をここへ連れ込んだのは、ちょうど殺される前だったのね」

「そうとも。殺される前だったとも。でなけりゃお前と同じようにふざけられやしなかったわけだからね。わしたちは半年近くもここでふざけ暮らしていたのだよ。そして、わしはもう飽き飽きしてしまったのだ。これじゃやりきれないと思ったのだ。そこでとうとう決心したのさ。蘭子を殺してしまおうとね」

「えっ、もう一度。変なふうに聞こえたわ。今あんたなんていったの？」

「蘭子を殺してしまおうと決心したのさ。その決心をしたとき、蘭子がちょうどいまのお前の通り寝そべっていたっていうのさ。それをわしが、やっぱり今のように撫でまわしていたっていうのさ」

「まあ、怖い。むろん冗談でしょ。あたしびっくりするじゃないの」

夫人は、顔をねじ向けて、盲人の表情を盗み見るようにしながら、おずおずといった。心臓の鼓動が早くなってきた。

「蘭子もそういったよ。『冗談でしょ』ってね。だが冗談ではなかったのさ。いつの間にか、あの女の腰に太い縄が巻きついていたのさ」

盲人は、なんでもない世間話でもしているような口調で、恐ろしいことを言いながら、いつの間に用意していたのか、うしろから太い麻縄を取り出し、それを手早く真珠夫人の、ほとんど裸体の腰に巻きつけて行った。

読者も知る通り、彼は蘭子を殺害する場合、こんなことをしたわけではなかった。相手を怖がらす一つの手だてなのだ。なにもかも蘭子のときとそっくりだといって聞かせることが、犠牲者をどんなに慄え上がらせるかをよく知っていて、その恐怖が眺めたかったのだ。美しい女の死にもの狂いの恐怖を眺める、あの限りなき悦楽に耽《ふけ》りたかったのだ。

巨人の口

「いけない、いけないったら……」

夫人は腰に食い入る縄目をはずそうともがきながら、ゾッとするような泣き笑いをした。

「おどかしちゃいや。ねえ、あんた。嘘だわね。嘘だとおっしゃい。でないと、あたし……」

「ウフフフフ」盲獣は嬉しそうに笑った。「妙だね。蘭子もやっぱり、その通りのことをいって、わしに哀願したものだよ。だが、わしは許さなかった。許す代りに、隠し持っていた短刀を抜き放って、ギラギラと振ってみせた」

と、その通りのことが起こった。盲獣はドキドキ光る短刀を抜き放って、横たわっている真珠夫人の頸筋へ、その氷のような刃先を、ペタペタと当てた。

夫人は思わず「ヒイイー」と悲鳴を上げた。

やっぱりほんとうだ。この無気味なめくらは、本気で私を殺そうとしているのだ。と思うと、あまりの恐ろしさに、からだじゅうの血が凍るかと疑われた。

「やっぱりお前もだね。ホラ、からだじゅうのうぶ毛が逆立って、羽をむしった鶏みたいな鳥肌になった。蘭子も同じ発作を起こしたものだよ。だが、わしは、美しい女の鳥肌は決してきらいじゃないね」

盲獣は言いながら、鳥肌立った夫人のからだを、さも嬉しそうになでまわすのだ。

真珠夫人は、もう無我夢中であった。

死にもの狂いに盲人の手をはねのけて、巨人の腿の辷り台を、おかしなかっこうで、こけつまろびつ逃げ出した。

だが、逃げようとて、逃げおおせるものではない。その用心に、ちゃんと麻縄がついているのだ。その腰縄の長い一端を、盲獣の左手がしっかりと握っているのだ。

真珠夫人は今や、まっ白な、大きな猿廻しのお猿でしかなかった。彼女はしかし、かなわぬまでも、盲獣の刃を逃れようと、あるいは木製のお尻の山をよじ、あるいはゴム製のお乳にすがり、あるいは手や足の林を分けて、野獣に狙われた一匹の牝羊のように、哀れに逃げまどった。

「ほら、逃げろ、逃げろ。オット危ない、あんよは上手。さあ、今度はそこへよじのぼるのだ。その大きな口の洞穴へ逃げこむのだ。蘭子もやっぱりそこへはいったものだよ」

盲人は縄と一緒に夫人のあとを追いながら、無残なかけ声を忘れなかった。

夫人は、「ヒイイー、ヒイイー」と、まるで奇妙な笛のように、悲鳴を上げ、裸体のお神楽踊りみたいに、滑稽に手足を踊らせながら、不思議なもので、盲人が暗示を与えた通り、部屋の突き当たりの例の巨人の口の前までたどりついた。そして、その一尺も厚みのある唇に手をかけ、足をかけ、一つ一つが碁盤ほどの大きな白歯の列を踏み越えて、やどかりが貝殻にもぐりこむように、ゴソゴソと喉のほうへ這いこんで行った。

だが、盲人はその喉の部分の扉を固くとざしておいたので、それから奥へははいれない。そこで、巨人の白歯のあいだから、真珠夫人のかがめた両足と、丸いお尻が、頭かくして尻隠さずに、ちょっぴりと覗いているのだ。「ハハハハハ、そこでとうとう袋の鼠だね。ハハハハハ。怖いかね。震えているね。ホラ、どうだ。少しはチクチク痛むかもしれないぜ」

盲獣は、もうよだれを垂らさんばかりに喜悦して、メスのような短刀の先で、チクリチクリ夫人の足とお尻を突いた。

突かれる度ごとに、まっ白な皮膚に、美しい紅の絵の具がにじみ出した。そして、さほどでもないのに、巨大な喉の奥から、ヒイイー、ヒイイーとたまぎる悲鳴が漏れてきた。

女泥棒

小石川区のS町に絹屋という古風な呉服店がある。明治初年以来の老舗《しにせ》を誇りとして、百貨店風の新営業法を軽蔑し、昔ながらの店構え、番頭、小僧が前垂れがけで、畳敷きの店先に、そろばんを前に控えているという、風変りな呉服屋さんである。その店へ、ある夜大胆不敵な女賊が押し入ろうとしたのだが、それが盲獣物語とどう結びついてくるのか、読者よ、しばらく作者の語るところを聞きたまえ。

絹屋では店をしまうと、昔風の大戸をおろして、店員たちは、とりかたづけた店の間に蒲団を並べて、番頭から小僧に至るまで昔風にやすむことになっている。

夜がふけて、十二時を過ぎると、山の手の静かな町のことだから、表通りにはバッタリ人足がとだえ、三十分ごとに拍子木を叩いてまわる夜番のほかには、なんの物音もせず、現代の東京で、丑満時《うしみつどき》という言葉がふさわしいのは、おそらくこの町ばかりであろうと思われるほどであった。

絹屋の店の間には、大きな鼾《いびき》、小さな鼾、小僧さんの歯ぎしりなどが、夜の静けさをひとしお深めていた。

二時である。

さっきから、表の大戸の下に、コツコツと異様な物音がしているのだが、熟睡した店員たちは少しも気づかない。

三十分ほども気長に、ひそかな物音がつづいていたかと思うと、大戸の下の地面に、トンネルみたいな穴ができて、そこから白いものが、蛇の鎌首のように、ニューッと覗《のぞ》いた。

古風な店には古風な泥棒である。ニューッと覗いたのは泥棒の手首で、そうして大戸のクルルをはずそうとしているのだ。こいつ、店の間に店員たちの寝ているのを知らぬはずはない。してみると、近ごろ流行の二人組、三人組の恐ろしい兇器を携えた強盗なのであろうか。

小僧さんの一人が、ムニャムニャと口の中でなにかを噛みながら、寝返りをうった拍子に、一方の足が若い番頭さんの腹の上へ、ドシンと乗っかった。

何が仕合わせになることか、小僧の不行儀のお蔭で番頭が眼を醒ました。そして、醒ました眼がちょうど大戸の下に向いていた。

彼の寝ぼけた眼に、異様な光景が写った。大戸の下で、白い生きものが、モゾモゾと動いているのだ。

「おや、白犬かな。いやそうじゃない、大根のお化けかな。ハハハハハ、おれは夢をみているんだ、夢だ夢だ」

番頭さんのボヤケた意識がそんなことを考えた。

「いやいや、夢じゃない。おれは起きているんだ。すると、や、や、大変だ。泥棒だ。泥棒がはいりかけているんだ」

やっとそれがわかった。

番頭は隣に寝ていたもう一人の若い番頭の腕をギュッとつねった。

「シッ、シッ、声を立てるんじゃない。アレ、アレをごらん」

眼を醒ました相手に、半分は眼で物をいった。

「大声でどなったら逃げ出すにきまっている。が、それじゃ面白くない。一つあいつを生捕りにしてやろうじゃないか」

血気の番頭さんは、眼で相談した。こちらは大勢いるんだ、怖がることはない。あの手首をギュッとつかんで、縛りつけてしまったら、と思うと、新聞の社会面に、写真入りで手柄話がのることさえ想像されて、気がはやった。

二人はしめし合わせて、丈夫な細引を用意して、抜き足さし足、大戸へと忍び寄った。

なにも知らぬボンクラ手首は、窮屈そうに、クネクネと滑稽な踊りをつづけていた。

それにしても、イヤになまっ白い腕だなあ。
一、二、三。
二匹の蛙がパッと獲物に飛びついた。

「よしっ、つかんだぞ。畜生め、離すもんか。さあ、細引だ。細引だ」

瞬《また》くまに、手首はグルグル巻きにしばりつけられた。一人の番頭が、その細引の先を腕に巻いて、グングン引っぱる。騒ぎに眼を醒ました小僧たちまで、面白がってはやし立てる。

「おい、誰か旦那様に申し上げろ。それから警察へ電話をかけるんだ。ただいま強盗を生捕りにしましたから、直ぐおいでくださいって」

単調に苦しむ若者たちにとって、こんな面白い遊戯はない。そとでは哀れな泥棒が、血を吐く思いでもがきまわっているのに、勝利者たちは手柄を立てた嬉しさで有頂天だ。

「おい、泥棒君。もがいたって手首がしまるばかりだ。観念したまえ。直ぐお巡りさんがくるからね。少しの辛抱だよ」

だが、そとの泥棒はウンともスンともいわぬ。無気味にだまりこくって、ただ縛られた手首だけが気ちがい踊りを踊っている。

やがて踊り疲れた手首が、グッタリとなった。そして、そとでなにかはじめたのかゴソゴソと音がする。

「泥棒め観念したとみえるね……だが、変だぜ。アラ、アラ……」

力をこめて引っぱっていた細引がズルズルと手元に返ってきた。結び目が解けたのか。いやそうじゃない。手首はちゃんと縛られている。その手首まで一緒になって、ズルズルとこちらへ抜けてくるのだ。

「ワア……」

なんともいえぬ叫び声が、人々の口をほとばしった。

手首が際限なく伸びてくる。手首だけがだ。その向こうに胴体がないのだ。

「あ、血だ。血だ」

小僧が悲鳴を上げた。

二の腕からスッパリ切り離され、切り口からタラタラと血の糸だ。

「やりやがったな」

誰かがうわずった声で叫んだ。

泥棒はわが身を全うするために、われとわが腕を切り離して逃亡したのだ。おそらくはその切り口から、ポタポタと、地面に血を垂らしながら。

なんという荒療治。なんという大胆不敵の所業であろう。

最初の二人の番頭は、まっ青になって、唇をワナワナ震わせている。

「恐ろしいやつだ。これほどの悪党が、果たしてこのまま泣き寝入りしてしまうだろうか。いつかは仕返しにくるのではないだろうか。こんな残酷な目に会わせたのだから、ひょっとしたら命までも狙われるのではあるまいか」

それを思うと生きた空はなかった。

「おい、こりゃ男じゃないぜ。すべっこい女の腕だぜ。この細い指をみたまえ」

一人の番頭がそれに気づいた。

なるほど、どう見ても女の腕だ。では女盗賊だったのか。女のくせにこんな思いきった荒療治をやってのけたのか。

一同シーンと静まり返ってしまった。なんともいえぬ淋しい物凄い感情にうちのめされたのだ。

怪按摩

「腕を切って逃亡した大胆不敵の女賊」の記事は、翌日の新聞を賑わせた。これを読んで、誰一人恐ろしさに震え上がらぬ者はなかった。むろん警察はこの片腕の主を、手を尽して探し求めたけれど、女賊は影さえも見せなかった。しかも驚くべきことには、その事件の翌々日、今度は河岸を変えて大森のある質屋に、同じ手口の賊が押入ろうとした。そして、絹屋呉服店と同じ惨事がひき起こされた。

あとでわかったところによると、その同じ夜、女賊は大森で三ヵ所も、例の土を掘って手首を入れるやり方で、忍びこもうとしたが、どこでも家人に騒がれて目的を果たさず、最後に狙った質屋で、またしても失敗を演じたのであった。

その質屋の若い番頭は絹屋の事件を知らなかったものとみえ、またしても屋内に侵入した手首に縄をかけた。そして、女賊は同じようにわが手首を切断して逃げ去った。絹屋の手首は右、この質屋の手首は左、共に柔らかい女の腕で、両方とも同一人であったことが確かめられた。

「もっともね、質屋へはいったときには、もう右手はないのだからね。きっと相棒がいて、女賊の腕を切ったのだろうという噂だよ」

絹屋呉服店の奥の間で、主人が按摩に肩を揉ませながら、新聞を前にして、女賊の話をしていた。

「すると、なんでございますね。その女賊は両手とも切ってしまって、あの妻吉という芸者みたいな姿になってしまったのでございますね」

按摩が白い眼をむいて、合槌をうった。

「うん、恐ろしいことだよ。なんという強情我慢なやつだろうね。それに、驚いたことには、大森へはいったのは、わしの家で右手をなくした翌々日なんだぜ。大抵のものなら、傷の痛さに熱を出して、ウンウン唸っていなければならないはずだからね。怖い女だよ」

「そうでございますね。人間じゃありませんね。それで、そいつはまだつかまらないのでございますか」

「うん、少しも手掛りがないのだそうだ」

「怖いことでございますね。私どものような貧乏人はそうでもありませんが、こちら様のようなお金持は、当節、油断がなりませんねえ」

按摩は、主人の肩を肘でグリグリやりながら、なぜか、気味わるくニヤニヤと笑った。

「お前さん近所かね。はじめてのようだが」

「いえ、大分遠方でございますよ。不景気でございましてね。こうして笛を吹いて流して歩かないと、おまんまが頂けませんので、へへへへへ」

しばらくすると、

「ああ、ちょっと待っておくれ、はばかりへ行ってきますから」

といって、主人は立ち上がって、縁側へ出て行った。

「へえ、へえ、どうかごゆっくり」

按摩は猫なで声で主人を送っておいて、スルスルとうしろの簞笥《たんす》へ這い寄った。小引出しに手がかかる。サッと中の一物を取り出し、ふところにねじ込むと、引出しをしめて元の席へ飛び戻り、なに食わぬ顔で指をポキポキ折りはじめた。

さっき使いの者が持ってきた大金が、その引出しへしまわれたことを、眼こそ見えね、鋭い勘の力で、ちゃんと覚えておいたのだ。

盲獣が彼の罪悪の資金を調達する方法は、凡《およ》そかくのごときものであった。にせ按摩となった彼は、この訪問によって、真珠夫人切断死体陳列の効果を確かめると同時に、資金調達の目的をも達したのだ。

女賊なんてありはしなかった。ただ二本の生腕があったばかりだ。それを、さも女賊の腕のごとく見せかけて、世間を騒がせたのは、例によって盲獣の兇悪無残なる虚栄心がさせた業であった。

二本の生腕はどこから得たのか。いわずと知れた、真珠夫人の死体からだ。女賊の腕として、アルコールの瓶詰になって、警察に保管されているのは、可哀そうな真珠夫人の二本の腕であった。

砂遊び

大森の事件があった二、三日のち、舞台は鎌倉由比ケ浜の海岸である。

その日はひどくむし暑い日だったので、まだ六月なかばというに、海は気早やな遊泳者で可なり賑わっていた。

色とりどりのビーチ・パラソルが砂浜に五色のきのこと生えて、肥えたの、やせたの、白いの、黒いの、あらゆる型の肉塊が、寝そべったり、坐ったり、泳いだり、走ったり、躍ったり、はねたりしていた。

砂遊びに興じるものもある。坊やに砂の中へ埋められ喜んでいるお父さん。恋人の足の上に砂の山を築いて、それをペタペタ叩きながら嬉しがっている若者。砂で巨大な裸体の臥婦を描いて、曲線を楽しんでいるいたずら者。それらの砂遊びの人々の中に、紅白ダンダラの水着を着た、奇妙な盲人がいるのが人目をひいた。

彼は朝早く、海岸に人けもない時分から、もう砂遊びをはじめて、終日それを楽しみ、夕暮れ人々が帰り去ったあとまで居残っていた。

この醜い盲人にも、恋人があった。しかも飛び切り美しい恋人だった。

彼は首まで砂に埋まった美しい人のそばに寝そべって、あきず話し合っていた。女は美しい胴体を砂に埋めて、首と足だけを出して、その足の先をピンピンさせながら、甲高い声で笑った。

「なんて睦まじいんだろう。あのめくら、きっとお金持なんだぜ」

「めくらだって、海岸へくらあね、美人を連れて、お金持ならね。畜生ッ」

不良どもがささやきかわした。

そして夕方になった。海岸のきのこは、一つ減り二つ減り、肉塊どもは三々五々、肉塊を包んで帰り去った。

盲人もいつの間にかいなくなった。広い広い夕暮れの浜辺に、見渡す限り三人きり人がいた。そのうちの二人は、おそらく生れてはじめての逢引に、帰りを忘れた若い男女であった。

彼らは小高い丘に、水着のまま腰を並べて、夢中に話し合っていた。

「まあ、だアれもいなくなっちゃったわ。もう日が暮れそうだわ」

少女がふと驚いたように叫んだ。

「夕暮れだよ。だアれもいないよ。でも、そのうち、うしろの売店に灯がつくよ。そして、また浜が賑わいだすのだよ」

青年が呑気に答えた。

「まあ淋しい。あたしたち、二人ぼっちなのね」

「うん、でも、もう一人いるよ」

「どこに?」

「ほら、向こうの浜辺に」

「まあ、あの人、リョウマチを療治しているの? 砂の中へつかってしまって」

「療治なもんか。リョウマチが倍ひどくなるよ、あんなことしてたら」

「じゃ、苦行をしているの? それとも、ああやって、自殺しようとしているのかしら」

「うん、そうかもしれないね。僕はね、お昼っころから、あの人を見ているんだよ。いつもああして埋ずまっているんだ。少し変だね」

「呼んでみましょうか。オーイ、オーイ」

「オーイ」

「泰然としているわ。つんぼかしら」

「冗談じゃない。少し心配になってきたぜ。おい、行ってみようよ。どうかしたんだよ。きっと」

二人は砂まみれのお尻を揃えて駈け出した。

砂に埋まっているのは、盲人の連れの美しい女だ。やっぱり足だけ出して、砂につかっている。

青年男女はその前に立ち止まって、観察した。

「オイ、ごらん。眠っているんだよ、いい心持に……だが、おかしいね。この人、化物みたいな大女だよ。足があんなところにある。ホラ、目分量でも、たっぷり七尺。オイ、いやだぜ、この人、七尺もあるぜ」

「キャー」

おびえた娘さんは砂を蹴って一目散に逃げ出した。

夕暮の浜辺の怪談だ。

「食いつきゃしないよ。馬鹿だな。だが、なんとなくオドロオドロしき感じだぜ。君、君、風邪を引きますよ。起きたらどうですか……オヤッ、こいつはいけない。死びとだっ」

青年もさすがに逃げ腰になった。

「ねえー、どうしたのよう」

遠くから娘さんが呼んでいる。

「誰か呼んでくれたまえ。大変だ、死んでいるんだ」

娘さんは直ちに売店のほうへ、急を知らせに走った。

先《ま》ず屈強《くっきょう》の浜の若者が三、四人駈けつけてきた。

「どこの人だろう。美人だなあ」

「ともかく掘り出して手当てをしなきゃ。まだ死にきってはいないだろう」

そこで、てんでに砂を掘りはじめた。死美人の首と足とのあいだに、たちまち穴が掘られて行く。

掘りながら、人々は名状し難い恐怖に襲われた。砂の中には、掘っても掘っても少しも手ごたえがなかったからだ。

もう我慢しきれなくなった一人が、いきなり「ギャア」と悲鳴を上げて飛びのいた。

砂の中は空っぽだった。この死美人には胴体がなかった。首がある。足がある。だが中間は空虚なのだ。

一同ゾーッと水をあびせられたような気持で、飛びのいたまま、立ちすくんでいる。もし誰かが「ソラッ」と逃げ出したら、一人としてそこに踏みとどまるものはなかったであろう。

だが逃げ出すまでに、後詰の人数が駈けつけた。浜の若い人たちだ。

美しい首に手をかけると、コロコロと砂の上をころがって、むごたらしい切り口が現われた。ドス黒い肉のあいだから頸の骨が無気味に覗いていた。足を引くと、二つとも、スッポリと抜けた。膝から切断したものだ。

「道理で背の高い女だと思った。これならいくらだって伸びるわけだ」

夕闇の浜辺は、さきほどの淋しさに引かえて、たちまち黒山の人だかりとなった。

「殺人事件、殺人事件」

群集のあいだに恐怖の声が、騒然として湧き起こった。

寡婦クラブ

東京市中には、或いはまじめな、或いは淫蕩な未亡人たちのクラブが、幾百となく存在することであろうが、美人寡婦大内麗子が加入していた小クラブは、その後者に属する極端なものであった。

会員は年長四十歳から、最年少二十五歳の麗子を加えて四人。赤坂区のとある家を借り受けて、月に二回ずつ秘密の寄合いをすることになっていた。

今夜も、その会合があって、四人のあぶらぎった未亡人たちは、しめきった二階座敷に車座になって、奇怪な秘密話に耽っていた。時は初秋、前章の海岸生首事件から二た月ばかり後のお話である。

「で、そのめくら三助っていうのは、一体どんな男ですの」

最年少の大内麗子未亡人が尋ねた。四人のうち、この人だけが洋装をしていて、その飛びきり新しがった型が、すばらしく似合う新時代風の美人であった。

「あんた、ごらんになったら、ゾッとするわよ、きっと」

四十歳の松崎未亡人が、黒々とした断髪の、無気味な白粉顔に、大袈裟な表情で答えた。

「汚ない男？」

「ええ、汚ないよりも、恐ろしいのよ、あたし、上野の動物園で、いつかあんな顔を見たことがある。虎だとか獅子だというんじゃなくって、もっと小さな陰険な、それはいやらしいけだものよ。なんという名前だったか忘れちゃったけれど、そいつによく似ているのよ」

「でも、どこか、たまらなくいいとこがあるんでしょ。あんたが、わざわざ今夜紹介してくださるくらいだから」
三十五、六歳の、これは洋髪の、非常に大柄な、艶々とした赤ら顔の下田未亡人が口をはさんだ。
「それはモチよ」この大年増、いやに子供っぽい不良言葉を得々として用いる。

「あんまり評判が高いもんだから、あたしわざわざそのお湯屋へ行ってみたのよ」

「自動車で？」

「そう、大変だわね。ハハハハハ。ところが、番がきて、そのめくら三助が、あたしの肩につかまると、驚いた。とても口では言い現わせやしないわ。あの上手な揉み方っていうものは」

「ホホホホホ、眼を細くして！」

「そう、ほんとうに眼が細くなっちゃうの。とにかく、あの指はすばらしいものよ」

そんな話をしているところへ、当のめくら三助が到着した。すぐこちらに通すように頼んで、待ちかまえていると、段梯子にギイギイと、身内にこたえるような音をさせて、スーッと襖をひらいて、盲目の醜怪物が顔を出した。

初対面の三人の未亡人は、ややワクワクした気持で、この珍重すべき盲人を眺めた。さすがに、これが、あの残虐無道なる盲獣その人であろうとは知るよしもない。

「ご苦労さま。ここには、あたしのほかに三人のお若いご婦人がいらっしゃるのよ。あんたの話をするとね、是非一度揉んでいただきたいとおっしゃってね。首を長くしてお待ち兼ねなのよ」

松崎未亡人が声をかけると、盲人は敷居の中へにじり寄って、ニヤニヤ笑いながら、

「へえ、有難うございます。わたくしも、ご婦人を揉みますのが、道楽でしてね。あのお湯屋へも、志願をして住み込んだようなわけで、揉ませてやろうとおっしゃれば、

こんな嬉しいことはございませんよ。エヘヘヘヘヘ」

「では、すぐにはじめてくださる？」

「ええ、もういつでも。この指がムズムズして居ります」

それを聞くと、三人の未亡人たちは、さすがに「まあ」と顔見合わせて、少しばかり赤くなった。

「あなたいかが？」

松崎未亡人にいわれて、下田未亡人は、少々はにかみながらも「では」と浴衣に着替えて、用意の蒲団の上へ横になった。衆人環視の中で、大きなお尻を揉ませようというこの未亡人、さすがに肝がすわっている。

盲人は、片肌ぬぎになって、蒲団に膝をかけて、手練の按摩にとりかかった。

「いかがでございますね。このくらいでは？」

盲人は、百足《むかで》の足のように目まぐるしく動く指で、三十五歳の豊満なる未亡人の肩から背中、背中から腰、腰からお尻、お尻から太腿へと、揉み下げ、揉み上げながら、腕の躍動のため妙に震える声で尋ねる。

「ええ結構よ。あたし強いほうですから」

するとと盲人は、小鼻をふくらませ、ニュッと唇をまげながら、ひとしお力を加えて、グイグイと揉みはじめた。グニャグニャした白い動物のように、生きて這い廻る十本の指の下で、下田夫人の肉塊が、巨大な水枕のようにダブダブ揺れはじめた。

「失礼ながら、お顔はわかりませんけれど、あなた様のおからだは、実に美しゅうございますね。ちょっと珍らしい肉つきでございますよ」

盲人がお世辞をいうと、未亡人は嬉しがって、

「そう？　手ざわりで美しいか、美しくないかわかるの？」

「エヘヘヘヘ、それはわかりますとも。しかし、わたくしども、めくらの美しいと申しますのは、あなた方のお考えなすっているようなものではありませんよ。わたくしの指という眼で見るのですからね。世間でいう美しさとは全く違った、暗闇の世界の美しさでございますよ。おわかりになりますかね」

「まあ、そうなの。なるほど、指だけでさぐる美しさというものは、全く別のものかもしれないわね」

それから盲獣は、彼のしなやかな指先の技巧を尽して、下田夫人をまっ赤に上気させ、額に汗の玉を浮かべるほども喜ばせたが、お次は最年少の大内麗子未亡人の番である。

「どう、その人は？　あんたの指では、美しい？　それとも美しくない？」

麗子が、むごたらしいいけにえのように、蒲団の上に横たわると、松崎大夫人が、無遠慮に尋ねた。

するとと盲人は、まるでおいしい馳走に箸をつけるように、ペタペタと舌なめずりをしながら、例の生きている十本の指で、麗子の背中を一巡撫でまわしておいて、さて答えたものである。

「おや、こいつはどうも、わたしゃ、長いあいだこのおからだを探していたのでございますよ。そうだ。実にどうも、恐ろしいほどの美しさだ。ほんとうのことを申し上げますとね、わたしゃ、生れてから、こんなすばらしいおからだは、この方で、たった三人目でございますよ。エヘヘヘヘ。お顔も定めし、お美しいのでございましょうね」

どうもまんざらのお世辞ではないらしい。それが証拠に、按摩め少し青ざめて、眉をよせて、息遣いさえ変っている。余ほど驚いた様子だ。

「当たったわ、按摩さん。その方はあたしたち女でさえ惚れ惚れするような、それはそれは美しい人なのよ。顔も肌も、そして年も、娘さんといってもいいほど若いのよ」

やっぱり松崎大夫人が答えた。

「エヘヘヘヘ、左様でございましょうね。わたくしも、果報者でございますよ」

盲人は、相好をくずして、按摩にとりかかった。

「それはそうと、按摩さん、あんたが生れてから三人という、そのほかの二人はどんな人だったの？」

下田未亡人が、好奇心を起こして尋ねた。

「まあ、止しましょう。それを申しあげると、このお方が気持をわるくなさるといけませんから」

「いいえ、いいわ。いってごらん。あたしも聞きたいんだから」

麗子も、彼の指の下で、太腿をクネクネと動かしながら促がす。

「ようございますか。あとで後悔なすっても知りませんよ」

盲人はなかなか思わせぶりだ。

「まあ、ひどくもったいぶるのね。なおさら聞きたくなったわ。さあ、お話し、お話しなさいといえば」

大夫人も加勢をする。

「では申しますがね」

盲人は無気味にニヤニヤしながらはじめた。

「びっくりなすってはいけませんよ。一人は水木蘭子。ご存知ですか、浅草に出ていたレビュー・ガールです。それからもう一人は俗に真珠夫人と呼ばれていた、『カフェ・パール』のマダム」

一座が一刹那しいんと静まり返った。

「まあ、お前さん、それはほんとうなの？」

松崎未亡人がささやき声になって尋ねた。

「ホラ、ごらんなさい。びっくりしたでしょう。二人とも手足をバラバラに斬りさいなまれた、あの事件の被害者ですからね」

図太い盲獣は、平気の平左でいってのける。

「そう、あたしたちもよく知ってるわ。聞けばあの恐ろしい犯人は、まだ捕まらないっていうじゃありませんか」

「ええ、捕まりませんね。今の警察の腕前じゃあね」

盲獣が空うそぶいた。

「で、あたしのからだが、あの人たちによく似ているっていうの？」

麗子が気味わるそうに尋ねた。

「エヘヘヘヘ、あなた、怖がっていますね。キュッと肉が引きしまって、鳥肌が立ちましたよ」盲人は麗子の二の腕をじかに撫でまわしながら「ええ、似ています。蘭子よりは真珠夫人のほうにそっくりなんです。しかも、あなた様の肌は、真珠夫人よりも、もっとツヤツヤして、張りきっておりますよ。エヘヘヘヘ」

「まあ、いやだわ。あたしもあんな目にあうんじゃないかしら」

「エヘヘヘヘ、ご用心なさいませ。こういう美しいおからだのかたは、危のうございますよ」

「で、あんた、どうしてあの人たちを知っているの？　やっぱり呼ばれて揉んで上げたの」

「へえ、揉んで上げました。えらいお得意でございましたよ」

「じゃあ、あんた、変な気がしたでしょうね。お得意様が、二人もあんなひどい目にあって」

「エヘヘヘヘヘ」

盲獣は不得要領の笑い方をした。

ゴム人形

ある日、四人組の一人である下田未亡人が、大内麗子の自宅を訪問した。あれ以来、二度もクラブの会合があったのに、麗子が少しも顔を見せぬものだから、心配をして訪ねてきたのだ。

「まあ、よくいらしってくださいました。あたし、皆様に大変ご無沙汰しちまって」

「どうなすったのよ。何かほかにいいとこでもできましたの？」

「ええ、いろいろお話があるのよ。ここじゃなんですから、離れの洋館のほうへきてくださらない。あなたにお会わせする人もあるんだから」

「あら、どなたかお客様なの？」

「ええ、まあそうよ。でもちっとも構わないかたなの。さあ、どうかこちらへ」

麗子が先に立って、洋館のドアをあけた。見ると、大テーブルの前に、行儀よく腰かけている、若い洋装婦人がある。

「あら、ちょいと、あすこにいらっしゃるの、あんたのご姉妹《きょうだい》？」

下田未亡人は、麗子を廊下に引止めて、ささやいた。

「ええ、まあそういった人ですの」

下田未亡人は、そこで、よそ行きの顔になって、とりすまして室内へはいって行った。だが、先方の婦人は椅子から立ち上がろうともせず、正面を切って控えている。

「あなた、紹介してくださらない」

下田夫人が小声で麗子を促がした。

「ええ、ご紹介しますわ。こちらは大内麗子さん」

言いながら、麗子はその婦人のそばへ寄って、洋装の頭をコツンコツン叩いてみせた。

「ハハハハハ、これゴム人形よ。よくできているでしょう。麗子第二世なの」

「まあ、ずいぶんね。あたしゃ、すっかりあらたまってしまった。でも、なんてよくできているんでしょう。麗子さんそっくりよ。それはそうと、こんなお人形を何になさるの？　この人とお話でもして遊ぶの？」

　下田夫人はいやな笑い方をした。

「まあすぐあれだ。あんたじゃあるまいし、あたしはまだ偶像の趣味なんかありませんのよ」

「ホホホホホ、どうですか」

笑いながら、室内を眺めまわした下田夫人は、ふと笑いをやめて、突然、非常な恐怖の表情となり、悲鳴に近い声で、

「あれ、あれ、麗子さん、あれなんなの？」

と叫びながら、逃げ腰になって、部屋の一方を指さした。

下田夫人が驚いたのも無理ではない。見よ、薄暗い一方の壁に、歯を喰いしばった女の生首が、恨めしそうにぶら下っているではないか。いや、それればかりではない。その下の板間には、青ざめた二本の腕と、二本の足が、むごたらしく斬りはなされて、まるで大根かなんぞのようにころがっているのだ。

「ハハハハハハハ」

　さも面白そうに打ち笑う麗子の赤い口が、美しい人喰鬼のように無気味であった。

「これもゴム人形なの。あたしの腕や足をモデルにして、そっくりの形に作らせたのよ。まるで本もののようでしょう、ほら、ね」

麗子は膝をまくって、艶やかなふくらはぎを見せながら言った。

「まあ、驚いた。あんたも悪趣味ね。こんな気味のわるいものを作らせて、何をしようっていうの？」

麗子はそれに答えず、別のことをいった。

「下田さん、ちょいと、あなたの凭《もた》れかかっている置きものを振り向いてごらんなさい」

「え、どれ？」

下田夫人は何気なくうしろを振り返ったが、そこの台の上にすえてある一物を見ると、あまりの恐ろしさに、キャッと悲鳴を上げて飛びのいた。

そこには、二尺ほどの高さの、丸い、青ざめた、ブヨブヨしたものが、チョコンとのっていた。ちょっと見たのでは全くえたいの知れぬ、奇怪千万な一物であったが、よく見ると、首と手足をもぎとられた、死人の胴体であることがわかった。

「まあ、これもゴム製なの？」

「ええ、そうよ。ちっとも怖くなんかないわ」

ゴムと聞いて、やっと安心した下田夫人は、そのそばへよって、指先でお臍《へそ》のあたりを、チョイチョイと突いてみたが、まるでほんとうの人肌のように、ゴム胴体の腹には、突くたびに深いえくぼができた。

「まあ、気味がわるい。ブヨブヨしているのね。しかし、こんな人形だとか、手足や胴体や生首まで作らせて、あんた一体なにをしようというの？　いくら変り者のクラブ員だって、これは少しずば抜けすぎているわ」

「それについて、お話があるのよ。まあ、お掛けなさいな」

麗子は下田夫人を椅子に招じて、例の麗子第二世人形を中に、向かい合って腰をおろした。

「あの、このあいだのめくら三助ね」

麗子が話しはじめた。

「実はあたし、あれからあの按摩さんにたびたび会っているのよ」

「まあ、よっぽどお気に召しましたのね。ホホホホホホ」

下田夫人の淫蕩な笑い声。

「ええ、それはお気に召したんだけど、たびたび揉んでもらっているうちに、あたし怖くなってきた。あのめくらさんは、ただものじゃありませんわ。あの人のそばにいると、ひとりでにゾーッと背筋が冷たくなって、鳥肌が立ってくるんですもの。そうすると、あの人『あなた怖いのですか、ほら、こんな鳥肌が立っている』と言いながら、いつかと同じように、あたしのからだを撫でまわすのよ」

「ふん、ふん」

下田中年夫人は、膝をのり出して先を促がす。このような夫人にとって、恐怖と淫蕩とは、同じ程度の魅力を持っているのだ。

「これはただあたしの妄想なのよ。なんの証拠もありはしないのよ。でもね、なんとなく、あたし、もうそれに違いないと思うの。ほら、第六感ていう言葉があるでしょ。あれよ。その第六感であたし、ちゃんとわかってしまったの」

「まあ、何がわかったのさ」

「あたしが、近いうちに殺されて、手や足をバラバラに斬り離されるってことが」

「まあ、いやだわ、おどかしちゃ」

「いいえ、おどかしじゃない。あたしにはちゃんとわかっているのよ」

「誰があんたを殺すっていうの？　それもわかっているの」

「ええ、わかっているわ。その下手人は、あの気味のわるいめくら三助だわ。あいつ、たしかにあたしを三番目の犠牲者にしようと狙っているのだわ」

「三番目って？」

「ほら、第一は水木蘭子、第二は真珠夫人、そして、第三は大内麗子っていう順序なのさ」

「え、え、では、あんた、あのめくらが、世間を騒がせた殺人狂だっていうの？　まあ、あんたどうかしているんじゃない。眼の不自由な男に、あんなすばしっこい芸当ができると思って」

下田夫人はあっけに取られて、美しい麗子の顔を見つめた。

女怪対盲獣

「世間の人がみんな、あんたみたいにお人好しですからよ。まさかめくらがと思いこんでいるからよ。あの悪がしこいめくらは、そこへつけこんだのよ。これほど危なっかしくて、その実、これほど安全な犯罪はないといってもいいわ」

麗子は得意らしく述べ立てた。

「へえ、そうかねえ、あたしゃ、なんだか嘘みたいな気がするけど。で、あんたどうなさるつもり？　警察へ訴えるの？」

「ええ、むろん最後には警察の力を借りるしかありませんけど、その前に、あたし、ちょっとばかりあいつを嬲《なぶ》ってやろうと思うのよ」

「まあ、あんたが。お止しなさい。もしものことがあったらどうするのさ」

「まあ、下田夫人にも似合わない臆病なことおっしゃるわね。そこがアヴァンチュールじゃありませんか。このくらいのこと目論まなけりゃ退屈でやりきれやしないわ」

「命がけでかい」

「ええそうよ。命がけだからこそ、すばらしく面白いのよ。安全にきまってる冒険なんて、しないほうがましだわ」

「相手は殺人狂ですよ」

下田夫人は眉をしかめて、この年少夫人のむちゃくちゃな冒険を危ぶんだ。

「ええ、わかってますわ。あたし男だったら、満州へでもどこへでも戦争に行くつもりよ。『命を的に』って。実にすてきだわ。あたし強いでしょう」

「おやおや」下田夫人はあっけにとられて、「で、あんたの計略は？」

「この人形よ。これをあたしの身代りに立てるのよ」

麗子は空うそぶいている。

「ホホホホホ、あんたやっぱりお若いわね。いくらめくらだって、人間の肌とゴム人形のけじめがつかないやつはありませんよ。あいつがそんな甘手に乗ると思って？」

下田夫人は笑い出した。

「そうおっしゃるでしょう。それはわかりきったことだわ。ですから、計略があるのよ。あたしあいつにどこへでも連れられて行って、酒盛をはじめるつもりよ。お酒はごく強い西洋酒を用意して行くのよ。そして、うまく勧めて、あいつをフラフラに酔っぱらわせてしまうわ。それからよ、人形の身代りを出すのは。相手はトロンコに酔っぱらってるでしょう。冷たいゴム人形だってわかるもんですか。人肌とは違うけれど、形はそっくり同じだし、弾力も人間の肉に似せてこしらえてあるし、その上、びっくりなさるな、その人形は切れば血が出るのよ。ちょっとぐらいでは駄目だけど、ゴムの管《くだ》が通っていて、全身にヌルヌルした犬の血が封じこめてあるのよ。ただ産毛や毛穴がないばっかりだわ。どう？　これならうまく行きそうに思わなくって？　相手は全く眼のみえない酔っぱらいさんなのよ」

滔々《とうとう》と弁じ立てられて、さすがの下田夫人もすっかり感じ入ってしまった。

「聞いてみると、なるほどよく考えてあるわねえ。めくらの酔っぱらいが相手じゃ、ひょっとしたらうまく行きそうだわ。しかし一つ間違えば命がけよ」

「ええ、でも命がけが好きなんですもの」

麗子は甘ったれて、ふてぶてしく答えた。

「その景色が見たいわねえ。あんたいよいよやるときまったら、あたしたちクラブ員にもみせてくださらない。ソッと隙見のできるような場所だといいんだけれど」

「それは心得ていますわ。あたしもみてもらいたいのよ。このすばらしい芸当を一人で楽しむなんてもったいないわ。日と場所はきまり次第みなさんにお知らせするつもりよ。場所も、もうちゃんといいとこがめっけてあるのよ」

それからこの二女怪のあいだに、なおこまごまと打ち合わせが行なわれた。

裸女虐殺

その晩、麗子未亡人は、自宅の人払いの私室へ、盲獣のめくら三助を呼んだ。盲獣が例の舌なめずりと共に按摩をはじめてしばらくすると、麗子が何気なく口を切った。

「ねえ按摩さん、あたし松崎さんみたいに銭湯へ行って揉んでもらう勇気はないけれど、お湯で柔かくなったところを、そのままじかに療治してもらったら、さぞいい心持でしょうね」

按摩はそれを聞くと、えたりとばかり、眼を細くして、答える。

「へへへへへ、それはもう、こうしてお揉みしているのとは雲泥の差でございますよ」

「それについてね、あたし、いい考えがあるのよ」麗子はささやき声になって、「うちの風呂では、女中たちに誤解されてはいけないと思ってね。あたし考えたのよ。すると、ふといいことを思い出したの。巣鴨のはしっぽに淋しい一軒家があるんだわ。あたしの持ち家で、今ちょうど空家になっているのよ。そこにね、立派な湯殿があるんだが、あたし、そこの湯殿だけを掃除させておいて、あんたと二人でソッと行って、自分でお湯を沸かしてはいろうかしら。そしてその湯殿の中で、あんたに思う存分揉んでもらおうかしら」

人なき空家の湯殿の中で、思う存分揉んでくれとは、なんとまあ願ってもない申し出であろう。めくらはもうホクホクもので、

「よろしゅうございますとも。わたくしも、そういう静かなところでしたら、充分腕がふるえると申すものでございますよ」

と、早速承諾した。

そこで、日を定めて自動車で一緒に行くことにして、按摩を帰し、翌日はクラブの臨時会をひらいて、隙見の打ち合わせをした。

「でね、あたしは按摩をつれて先に行きましてね、すっかり酔わせた上、湯殿につれこみ、先《ま》ず最初にほんとうに揉ませておいて、頃を見はからって、というのはつまりあいつを充分興奮させてからね、用意の人形と入れ代り、あたしは湯殿のそとへ出て、そとの暗闇からそっと覗いていますからね、そこへあんたたち、きていただくのよ。だって、湯殿の中でほんとうに揉ませているところを見られちゃ、あたし恥かしいんですもの。

わかって、あんたたちはね、庭の柴折戸《しおりど》のそとまできて待っててくださるのよ。はいってもいいという合図には梟《ふくろう》の鳴き声よ。梟の声をだすおもちゃの笛があるの。ホラこれよ、吹いてみましょうか……ホウ、ホウ、ホウ……ね。この声が合図よ。

そうしたら、抜き足さし足忍び足でね、むろんないしょ話も禁物よ。ここに湯殿の外側の見取図がありますから、これで見当をつけて、あたしの覗いているそばまできてくだされればいいのよ。あたし、あんたがたがいらっしゃっても黙っていますわ。そうしたら、あたしの左側にちょうど一尺おきぐらいに、見る穴が三つあけてありますからね。湯殿の中の光が漏れていますからじきわかってよ。で、あんたがた、何もいわないで、ちゃんと順序をきめておいて、その通りに並んで、すぐ覗くのよ。その時分にはむろん中のお芝居がはじまってますからね。わかって？」

三人の会員がこの麗子の申し出を承知したことはいうまでもない。彼女らは年にも恥じず、烈しい期待に、もうワクワクしているのだ。

さて、お話は飛んで、いよいよ約束の当夜である。三人の年長未亡人たちは約束の時間に、教えられた巣鴨の淋しいあき屋敷の少し手前で車を捨てて、闇の中をヒソヒソと邸内に忍び込み、例の柴折戸のところで、合図遅しと待ちかまえていた。

コウモリのように翼をひろげた、大きな母屋が、星空にニョッキリ聳《そび》え、ともし火といっては、母屋のはずれに一ヵ所だけ、小さなガラス窓がボンヤリ光っているばかりだ。そこが問題の湯殿にちがいない。

見まわしたところ、この種の催しにはおあつらえ向きの淋しい場所だ。近くに森などもあって、合図の梟の鳴き声を誰かが聞きつけたとしても、決して怪しまれることはないだろう。

闇の中に、ドキドキ胸を躍らせながら待っていると、案外早く梟の鳴き声が三声、ホウ、ホウ、ホウと聞こえてきた。

三人はだんまりで、ほんとうに抜き足をして、「子取ろ子取ろ」のように数珠つなぎになって、おずおずと、燈火を目あてに進んで行った。

近寄ると、なるほど、そとからもそれとわかる湯殿である。私人の邸宅にはもったいないほど、広くて立派な作りだ。

裏手の闇にまわって、星明りにすかして見ると、いた、いた。麗子が中腰をして、羽目板に顔をくっつけて、一心不乱に覗きこんでいる。

明りの漏れる穴は、探すまでもなく、ちゃんと三つ並んでいた。三未亡人は、あらかじめ申し合わせておいた順序で、だまったまま、その穴へ眼を当てた。

闇に慣れた眼には、内部の薄暗い電燈も、ギラギラとまぶしくて、モヤモヤ立ちのぼる湯気の中に、なにかしら物のうごめく気配がするばかりであったが、じっと見ているうちに、霧が晴れるように、だんだん驚くべき光景が浮き上がってきた。

浴槽は向こうがわにあって、その手前に白タイルの流し場、そこにグッタリと横たわっているのは、麗子の身替りのゴム人形であろう。全裸体で、仰向きに長々と寝そべっている姿が、どう見ても本ものの麗子としか思われぬほど、実に巧みにできていた。

麗子のゴム人形の上には、例の醜怪な盲人が、馬乗りにまたがり、両手で人形の頸を、グイグイと押しつけていた。裸女絞殺のすさまじい光景である。

人々は、たとえゴム人形とわかっていても、そのあまりのまざまざしさに、思わず眼をそらしたが、やっぱり怖いもの見たさに、また、おずおずと覗き穴へ顔を近寄せるのだ。

芋虫ゴロゴロ

それから半時間ほどの、恐ろしさ、いやらしさに息づまるような光景は、ここに記すことをはばかるが、その半時間が過ぎ去った時、絞殺され、せめさいなまれ、侮辱の限りを受けた麗子人形は、いたましいまでグッタリとなって、一箇の物体の如く横たわっていた。

赤はだかの盲獣は、犠牲者の足のほうにうずくまって、呂律のまわらぬ酔いどれの口調で、なにか死骸に物をいっていた。

「これさ麗子さん。さすが勝気な美人後家さんも、意気地はないね。へへへへ、ところで、お望みにまかせまして、これより最後の療治に取りかかりますよ。こいつはまた、とても気持のいいやつでね」

言いながら、怪物は傍らに用意してあった大きな出刃庖丁を拾い上げると、身の毛もよだつ人肉料理をはじめた。

見る見る、首も手も足も、コロコロとちょん切られていった。ちょん切るごとに、切り口から黒い血のりがポンプのように飛び上がった。

盲獣はその切り口を指先でこねまわしながら、

「へへへへへ、血だ、血だ。懐かしい血の匂いだ」

と絵の具皿をかきまわした赤ん坊のように、躍り上がって喜んでいる。

だが、そとの見物たちは、麗子のトリックを知っていた。飛び上がる血潮を見ても、真からは驚かない。それが野良犬の血にすぎないことがわかっていたからだ。

いくら酔っぱらっているとはいえ、可哀そうに、めくら三助め、ゴム人形を斬り刻んで喜んでいるわ。たとえゴム人形の中に、骨骼によく似た堅い心棒が入れてあったからといって、斬り心地でもほんとうの人間かどうかわかりそうなものではないか。さすがの悪魔も気ちがい水に酔いしれては、ざまはないものだと、笑ってやりたい気持だった。

盲人は斬り離した五体を、一つ一つ鞠のように放り上げては、ドブンドブンと浴槽の中へ投げ込んだ。

盲人は少しも知らなかったけれど、浴槽の中には、今斬り離したゴム人形とは別に、麗子がこしらえさせておいた同じゴム製のバラバラの五体が浮かべてあった。それと、盲人が投げ込んだのと、合わせて二人分の首、手、足、胴体が、芋を洗うように、浴槽一杯になって、ゴロンゴロンと浮きつ沈みつしている有様は、恐ろしいのを通りこして、むしろ滑稽に感じられた。

浴槽の湯は、血潮のために、まっ赤に染まっている。その中へ、血に狂った盲獣は、ザンブとばかり飛び込んだ。赤い水しぶきが、電燈の光を受けて、眩しく散った。

「へへへへへ、世間のやつら、この腥いヌルヌルした死骸風呂の楽しみを知らぬとは、可哀そうなもんだなあ。へへへへへ、ああ、堪らねえ。からだじゅうがゾクゾクして、心臓をしぼられるようだ」

盲獣は大声にわめきながら、ゴロゴロ、ブクブクと肌にぶつかる切断人形を、さも心地よさそうに、しばらく楽しんでいたが、今度は、それらの手や足や首などを、湯の中からつかみ上げては、めちゃめちゃに流し場へ叩きつけはじめた。

それから、酔いと活動のためにヘトヘトになった盲獣は、浴槽を這い出して、タイルの上をヌメヌメとすべっている五体の山の中へ、ペチャンと腹ばいになった。

「へへへへへ、芋虫ゴーロゴロ、芋虫ゴーロゴロ、へへへへ」

えたいの知れぬ歌を唸りながら、彼は五体の山の中を、ゴロゴロゴロゴロ、ほんとうに断末魔の芋虫のようにころがりまわった。

覗き穴の未亡人たちは、もはやこのあまりにも醜悪なる光景を正視するに忍びなかった。たとえゴム人形の切れっ端にもせよ、この刺戟はちと強過ぎた。さすがの猛者連も、ヘトヘトになってしまった。

先ず松崎未亡人が隣の一人の肱を突いて帰ろうと合図した。それからまた隣へ。三人の未亡人は羽目板を離れて、腰を伸ばし、その場を立ち去ろうとした。

ところが、今夜の主催者の麗子ばかりは、わが身のしいたげられる有様に逆上したのか、石像のように羽目板にとりついたまま動こうともせぬ。

松崎未亡人は「まあ」とあきれて、麗子の背中に手をかけると、静かに揺り動かした。

二、三度揺り動かしているうちに、松崎大夫人の息遣いが変ってきた。なにかにひどく驚いたのだ。

「麗子さんのからだ、氷のように冷たいのよ」

彼女は驚きの余り、禁制を破って、蚊のような声でささやいた。

残る二人もびっくりして、麗子のそばに寄ってきた。下田夫人が耳のそばで「麗子さん」とささやきながら、彼女の肩をグイと押した。

すると、これはどうしたのだ。麗子のからだは棒を倒すように、地上にころがって、ポンポンと二度弾んだではないか。

人間が鞠のように弾むはずはない。変だぞと、星明かりにすかしてみると、麗子の顔は死人のように土気色だ、というよりは、ゴムのように灰色であった。未亡人たちは、狐に化かされた感じで、一瞬間ボンヤリと突っ立っていた。

盲人天国

盲獣は大内麗子の死体処理についても、おそらく、これまで以上の残虐な方法を案出したことであろうが、それは、ついにわからないままに終った。

さて、麗子惨殺事件から一ヵ月ほどのち、その筋の目をくらますために、地方から地方を逃げまわっていた盲獣は、千葉県のある淋しい漁村にたどりついていた。

その日はよく晴れた、うららかな日よりであった。海は紺色に美しく光っていた。見渡す限り人影もない海岸の、とある大岩の蔭に、四人の蜑《あま》が焚火をしてからだを暖めていた。

四人とも若くて、はち切れそうな赤黒いからだをしている。それが男のような赤い晒木綿《さらしもめん》のふんどしをしめて、そのほかには一糸もまとわず、角力取《すもうと》りが四股《しこ》を踏む恰好で、焚火にあたっている光景のすばらしさは、都会人をびっくりさせるに充分であった。

「お留さ、さあ一と仕事すべえよ」

一ばん年若の一人が、もう一人を誘った。

「お前先にもぐるがいいよ。働きもんだのう。色男の亭主持つと、働き甲斐もあるべえさ」

年かさの一人が一丁も響く声でからかった。

「羨ましいか。お前もいいのを探せよ。さあ、もぐるべえ」

若い蜑は捨てぜりふで岩にかけ上がった。黒い岩の上に焦茶色の丸々とした肉団が躍った。赤い晒木綿のふんどしが、肉と肉とにはさまれて糸のように細い。

「ホウー……」

ほがらかなかけ声が空にただようと、乳とお尻とでふくれたS字形の蜑のからだは、空に浮かんで、パチャンと水煙を立てた。それから水中を底へ底へと沈んで行って、岩にすいついている鮑《あわび》をはがしとるのが彼女の仕事である。

一分、二分、蜑の肺臓はすばらしい。やがて、波間にニュッと濡れ髪の頭が現われて、ブルブルッと水ぶるいした顔は美しく上気していた。

「大漁だろう」

泳ぎながら、片手を上げて大きな鮑を二つみせびらかしている。岩の上から眺めると、蛙泳ぎの乙女の像が、水中ゆえにほの白く、赤い細線を境にして、二つの桃が、かたみがわりに、勇ましくも踊るのだ。

やがて彼女は海岸に這い上がって、焚火のそばへ走ってきた。からだじゅうからボトボトと雫を垂らしながら。

「鮑ですかい、それとも真珠ですかい」

妙な声がしたので、蜑たちが驚いてふり向くと、岩蔭からロイド目がねを光らせた合トンビの男が、ステッキにすがってでてきた。どうやら盲人らしい。都の人にはからだを隠すのが礼儀になっているけれど、めくらなら構わないと、やっと安堵して、若い蜑が答えた。

「鮑だよ。真珠なんて滅多にとれるもんじゃねえだよ」

「そうですかい。だが、鮑にしても、大したもんだろうね、お前さん方の稼ぎは。ご亭主を楽々と養っているんだろうね」

盲人は言いながら、だんだん焚火のそばへ近づいてきた。

「ここらの男は、都の人のようにきれいでねえから、だめですよ」

年かさの蜑が、妙にけんそんをしていった。

「ハハハハ、都の人はみんな役者じゃあるまいし、わしのような汚ないのもいるんだよ」

盲人はとうとう蜑たちと並んで、焚火に手をかざしながら、馴れ馴れしくしゃべりつづけた。

「汚ないだって。旦那さん眼が見えねえで、それがわかるかね」

蜑もまけてはいない。

「わかるとも、心眼というやつでね。それが証拠には、お前たちのうちで、誰が一ばん美人だか当ててみようか」

「ハハハハハ、美人だってよ。こんなとこに美人なんていねえだよ。ハハハハハ」

それでも、美人という言葉がうれしくて、蜑たちは色っぽく笑いこけた。

「美人はどこにだっているよ。さあ、お前たちは四人だね。誰が一番美しいだろうな」

盲人は、言いながら、隣に立っている一人の肩に手を触れ、背筋からお尻のほうへと撫でまわした。

「ふむ、これはどうも、実にすばらしいもんだね。わしは都育ちで、都のきゃしゃな女の肌しか知らないが、お前がたのからだに比べたら、まるで薄汚なくてお話になりゃしないよ。このはちきれそうな精気というものが、実に美しいのだよ。お前たちが美人でなくって、ほかにどこに美人がいるものか」

盲人は満悦のていで、例の通り薄気味わるく笑いながら、いつまでも撫でまわしている。普通の場合ならすぐにも逃げ出すところだが、蜑たちは肌の触覚には鈍感になっていたし、相手が盲人であるという気安さから、別に怒りもしないのだ。

「あら、くすぐったいよう。ハハハハハ、この人はいやだよ、お前さんお世辞がうまいね」

褒められた蚤は、からだを妙にくねらせて、はにかみながら、それでも嬉しそうにいう。

「さあ、今度は次の番だ。そちらの若いの、お前さんは定めし美人だろうな」

盲人はジリジリとそのほうへ迫って行く。

「この人は村一番のきりょう好しだよ。だけんど、あんまりさわると、色男のご亭主にどなられるよ」

「ほう、そうかい。村一番の美人かい。なるほど、なるほど。ウン、ここはこうと、ここはこうと」

盲人は舌なめずりをして、若い蚤の全身のあらゆる部分を、まるで医者かなんぞのように、考え考え調べまわった。

「ウム、いかにもこれは美人だわい。ほんとうのことをいうがね。わしゃこんな美しいからだは、夢にさえみたことがないくらいだよ。お前たち、このわしの気持がわかるかね」

盲人は心から嬉しそうに、大空に向かって歓喜の声を上げた。

それからあとの二人も同じような診断を受けたわけだが、いちいち書いていてははかどらぬ。すべて略して、ともかく、この奇怪なる盲人は、四人の蜑の裸身をさぐることによって、非常な驚異を感じ、夢にも知らなかった天国を味わったのである。

さて、一と渡り検査がすむと、盲人は懐中からザクザクと重い財布を取り出して、それを両手にもてあそびながら、いよいよ商談にとりかかった。

「わしはね、お前たちの採った鮑を、すっかり買って上げるよ。値はいくら高くてもかまわない。一貝十円しようと、二十円しようと、お前たちの言いなり次第だ。だがね、それには一つの条件がある。お前たちのご亭主や村の人たちに、このことを少しもしゃべらないという約束をしてもらわねばならぬ。わかったかね。つまりわしは、お前たち一人々々と、こっそりと取り引きをしたいのだ。その代り値のほうは、今もいう通り、相場の十倍でも二十倍でも奮発するよ」

蜑たちはそれを聞くと顔見合わせて笑っていたが、結局、無言の肯定を与えた。盲人の真意がどこにあるかは、彼女たちにもわからぬではなかったけれど、この村は貧乏であったし、蜑たちには貞操観念も乏しかったので、ただお金に眼がくれて、黙々のうちにそれを承諾してしまったのだ。

その夕方、盲人は村から遠く離れた、無人境の大きな岩蔭に、人待ち顔にたたずんでいた。

約束をたがえず、まっ先にやってきたのは、一ばん若い蜑であった。チャンと着物を着て、手には鮑を入れた網の袋を下げて。

「旦那さん、やっぱりほんとうに待っていただね。わし冗談だべえ思っていたに」

彼女は恥かしそうにいう。海中の勇女も、都会の旦那とさしむかいでは、さすがに面はゆいのだ。

「どうして、どうして、わしは真剣なんだよ。お前のほうこそ、すっぽかすのではないかと、気が気ではなかったよ」

「まだ、だあれもこねえけ」

「こない。ちょうどいいのだ。わしはね、お前一人に用事があるんだよ」

夕闇の中に、ベチャベチャと舌なめずりの音がして、盲獣の猿臂《えんぴ》が、たくましい蜑の肩へと、不思議な生きもののように延びて行った。

それからどんなことが起こったか。岩の割れ目に住んでいた一匹の蟹のほかには誰も知らない。

近視眼の蟹は、眼の前に、赤黒い女の足首が二本、ニューと延びてきたのを見た。それだけしか見なかった。

だが、彼は、その足首が、半時間ほどのあいだに、実にさまざまな形に変化したのを、世にも不思議なことに思った。足の裏にお婆さんの額のような皺が寄ったり、反対に、一枚の金属のように伸びきったりした。

そして最後に、その足は、グッタリと、全く力を失って地上に横たわった。みるみる血の気が失せて、赤黒かった皮膚は、渋紙色に変色し、その上、どこから流れてくるのか、ドス黒い血潮が、川のように足首を伝って、ドクドクと流れ、忽ち白い砂地にまっ赤な円を描いた。

蟹は甘そうな血の匂いに我慢がしきれなくなって、穴を這い出し、抜き足さし足、血の川へと近づいて行った。別に危険はないらしい。思いきって、足首にのぼりつき、甘いいちご汁を舐め舐め、だんだん上のほうへと進んで行ったが、蟹だとて、これが驚かずにいられようか、その足は中途でブッツリ切れていたのだ。膝の下で突然、まっ赤な切り岸になっていたのだ。切り岸の断面には、白い骨を中心にして、牛肉のようにおいしそうな赤いものが、垂れ下がり、その上を、血のりのトマトソースが美しく流れていた。

可哀そうな第一の餌は、かくして殺人鬼盲獣の餌食となり果てたのである。

盲目の彫刻家

作者は盲目の殺人淫楽者について、あまりにも長々と語り過ぎたようである。

作者はこの物語の主人公である盲獣が、レビュー団の女王水木蘭子を、カフェの中年マダム真珠夫人を、未亡人クラブの若き会員大内麗子を、たくましき漁村の餌を、弄《もてあそ》び、殺し、手と足をバラバラに斬りきざんで、その死骸を、世にも奇怪なる方法で、公衆の面前に曝しものにして見せた、無気味にもいまわしき顚末を書きつづけてきた。

むろん彼の悪行は、以上に尽きたわけではない。本来なれば、第二、第三の蜑を、彼が如何にむごたらしくもてあそび、殺したか。そのバラバラの死体が如何なる方法によって、付近の都会の上空から雨と降ったか。さらに、漁村をあとにした盲獣の触手はどこに延びて行ったか。そして、どのような女を、どのようにもてあそび且つ処分したか、等々について、長々と書き記すべきであるかもしれない。だがそれはもはや蛇足である。作者も飽きた。読者諸君もおそらくは飽き果てられたことであろう。

そこで、たった一つ残っていることは、書き漏らしてならぬことは、かれ盲獣の少々風変りな最期についてである。

この物語には探偵も警官も登場はしない。盲獣は最後まで巧みにその筋の網の目を逃れて、ついに逮捕されるようなことがなかったからである。では、悪人亡びず、かくまでの悪行がなんの天罰も受けずして終ったかというに、むろんそんなはずはない。かれ盲獣は亡びたのだ。

しかし、天道様には少し申し訳がないけれど、この悪人の最期は、さほど悲惨なものではなかった。いや、むしろ彼は楽しく、喜ばしく、なんの思い残すところもなく瞑目したのであったかも知れない。それはなんとなく信じ難い奇妙な事柄であった。盲獣は不思議な贈り物をこの世に残して行ったのだ。その贈り物の故に、彼の死が決して悲惨でなかったと想像されるのだ。

貝が病気をして真珠の玉を産み出すように、彼の醜い病癖が、世にも驚くべき遺産を残して行った。そして、考え方によっては、彼のあの残虐きわまる一生涯も、実はこのすばらしい贈り物を産み出すための、手段にすぎなかったのではないかとさえ思われるのだ。もしそうだとすれば、ことごとくは許されないまでも、彼の罪の半ばは消え去ってしまうほど、その贈り物は、貴重なものであった。

で、お話は飛躍して、盲獣がかの漁村をおとずれてから、一年余りもたった、秋の一日のことである。N美術展覧会の有力な審査員で、奇癖を以て聞こえている彫刻家首藤春秋氏は、全く未知の人物から、左のような手紙を受取った。

私は今秋の展覧会に、私の生涯をささげた制作品を出品したいと切願するものでございます。それはいかなる国、いかなる時代にも、かつて前例を見ない、麗わしくも不可思議な美術品でございます。私は、私自身のためにも、美術界のためにも、どうしてもこれを、先生のご好意を以て世に出していただきたいと思うのです。

先生、私は盲人なのです。盲人が四十余年の生涯をささげて作り上げた、触覚の芸術です。それには七人の女の生血がこもっています。七人の女の命がささげられています。

かく申し上げても、先生の好奇心は動かないでございましょうか。いや、必らず先生は私の願いをお容れくださいます。私はそれを信じて疑いません。

さて、先生が私のこの切なる願いをお容れくださいますならば、先生は左の指定に従って私の不思議なアトリエをご訪問くださらねばなりません。私はある事情のために、その秘密のアトリエを一歩もそとに出られない身の上です。先生のほうからご足労を願うほかには、全く方法がないのでございます。

お気味がわるいでしょうか。先生はこの異様な申し出でに二の足をお踏みになるのでしょうか。いやいや、私は先生がそのような方だとは思いません。先生は必らずきてくださいます。

アトリエへの道順

麴町区Y町に番地も持ち主もわからぬあき邸宅があります。付近で化物屋敷とお尋ねくだされば、すぐわかります。先生は独りでその化物屋敷へおはいりなさらねばなりません。玄関を上がって正面の廊下をまっ直ぐに突当たりますと、そこの壁一杯に大鏡がはめてあります。先生はその鏡の右の柱の上の鴨居の裏へ手を伸ばして、小さな釦《ボタン》をお探しにならねばなりません。それを強く押すのです。すると、鏡がひらいてその奥に秘密の通路が現われます。そこを二、三間進みますと、箱のようなものにぶっつかりますが、それが私の地下のアトリエへの昇降機なのです。もし先生が昇降機の操縦法をお心得でございましたら、数秒の後、先生はちゃんとアトリエの内部にご到着なさるでございましょう。

盲目の一彫刻家より

首藤氏は一日一と晩その手紙のことばかり考えていた。陥穽《かんせい》のような気もした。なにか犯罪めいた匂いさえ感じられた。しかし、さすがは美の神につかえる首藤氏であった。それらの無気味さよりは、さもさも自信ありげに記された、その制作品に対する好奇心のほうが大きかった。

作者の盲人であること、異様なアトリエの所在などが、風変りなこの美術家の嗜好に投じた。これはひょっとしたら、すばらしい掘出しものかもしれぬぞという予感が、この美術家を夢中にしてしまった。

翌日、首藤氏は単身指定の場所へ出向いて行った。あき邸宅はすぐにわかった。

門のくぐり戸に手をかけると、なんなくひらいた。

おずおず邸内にはいってみると、なるほど化物屋敷にちがいなかった。玄関も、廊下も、蜘蛛の巣だらけで、歩くと濛々《もうもう》とほこりが舞い上がった。行き当たりの大鏡というのもあるにはあったけれど、汚れくすんで全く鏡の用をなさず、大きなひび割れさえできていた。

首藤氏は用意の懐中電燈を照らして、注意深くあたりを調べながら、鴨居の裏を探ると、果たして押し釦があった。それを押すと、大鏡が魔物のように音もなく動いて、ポッカリとまっ黒な口をひらいた。

さすがの首藤氏も、そのなにかの巣窟のようなほら穴を眺めたときには、よほど引き返そうかと思った。警官を同行するか、せめて書生でもつれてくればよかったと後悔した。

だが、この美術家は奇癖と共に人並すぐれた胆力の所有者であった。「ええ、かまうものか、踏み込んでやれ」と、美術学生時代の蛮勇をふるって、彼はとうとうそのほら穴へはいって行った。エレベーターに突き当たると、少しも躊躇せずハンドルを握った。

この化物屋敷は空家に見えて、その実、空家ではないのだから、動力線が引き込んであるのに不思議はなかったけれど、ハンドルを動かすと共に、ゴーッとモーターの音が聞こえはじめたときには、なぜともなくギョッとしないではいられなかった。

だが、昇降機は少しの異状もなく、地底に到着した。

首藤氏は一歩昇降機を踏み出して、地底の暗闇に懐中電燈の筒先を向けたかと思うと、その円光の中に映し出された光景のあまりの異様さに、アッと驚きの声を立てないではいられなかった。

読者諸君はすでに熟知せられる通り、そこには、あらゆる大きさの、あらゆる姿態の、あらゆる色彩の、人体の部分々々が、或いは小山の如く横たわり、或いは草叢の如く生え並び、或いは柱の如くそそり立ち、或いは果物の如く実っていた。お尻の山がそびえ、太腿のスロープが流れ、腕の林がそよぎ、乳房の果実がみのり、一間もある鼻がいかり、一丈もある口が笑っていた。

首藤氏は、このなんとも形容のできない地獄風景に先《ま》ずど胆を抜かれた。しかし、懐中電燈の円光がそれらの光景を這いまわるに従って、彼はそこに醸し出された複雑極まりなき曲線の美に、うたれないではいられなかった。

彼はだんだん夢中になりながら、奥へ奥へと進んで行った。無気味な手紙のことも、それの差出し人の盲人のことも、いま彼のいる場所が恐ろしい地底の洞窟であることも、何もかも忘れ去って、ただ眼前の悪夢のような光景に、惹き入れられて行った。

「こいつは驚いた。実に恐ろしいやつが、世の中にはいるもんだなあ。だが待てよ。こんなべら棒な大きなものが展覧会に出品できると思っているのかしら。いや、そうじゃない。アレだ。アレに違いない」

ふと円光の中に、異様な物の姿が映った。

それは一人の裸女の塑像らしいものであった。長方形の木製の台の上に、その女身像らしいものが、不思議な形で横たわっていた。

なぜ「らしい」というか。それはどこの展覧会でもかつて見たことのない、気ちがいめいた一つの塊りであったからだ。どんなダダ主義者でも、まさかこれほど不様な彫刻はしないだろうと思われるような代物であったからだ。

だが、不思議なことに、首藤氏の眼は、その白いかたまりに釘づけになって動かなかった。

彼は何かしらハッと悟るところがあったのだ。

彼の眼は輝いた。心臓は早鐘のようにうちはじめた。腋の下に冷たい汗がトロトロと流れた。

彼は仰天したのだ。その気ちがいめいたかたまりの中に含まれている異様な美にうちのめされたのだ。

彼は懐中電燈を投げ捨てて、その醜い塑像へ飛びついて行った。

そして、芸術家の鋭敏な両手の指が、むさぼるように彫像の表面をなでさすりはじめた。

「すてきだ。すてきだ。この触覚はどうだ、この触覚はどうだ。実にすばらしい」

途切れ途切れに、わけのわからぬ世迷言をつぶやきながら。

悪魔の遺産

不思議なことに、首藤氏に手紙を出した盲人は、その地底のアトリエにはもちろん、邸内のどこを探しても、姿を見せなかった。

首藤氏はどうかしてこの驚くべき天才作家を探し出そうとして骨折ったが、展覧会の搬入締切日まで、彼は遂に姿を現わさなかった。

しかし、作者がこの制作品を出品したがっていたことは確かだ。それに作者の行方がわからぬという理由で、空しく地底に埋めておくには、あまりにも貴重な作品であった。

首藤氏は他の審査員たちの反対を押しきって、作者不詳としてこの彫塑を入選せしめることに成功した。

N展覧会はひらかれた。

果然、作者不詳の彫塑は世間を騒がせた。だが、それは「どうしてこんなばかばかしいものを入選させたのか」という非難の意味においてであった。

見物人たちは、素人も、玄人も、その彫塑の前に立ってあっけにとられた。

その裸美人は一体にして三つの顔、四本の手、三本の足をそなえていた。しかもその顔、その手足は、或るものは大きく、或るものは小さく、或るものは肥え、或るものは瘦せ、全く不揃いでちぐはぐに見えた。調和とか均整とかいうものが美の要素であるとすれば、この作品は美とは正反対のものであるとしか考えられなかった。

乱れた髪の下に一つの首があった。その首の三方に三つの顔がついていた。つまりこの女人は、六つの眼と三つの鼻、口を具えているのだ。その奇妙な首を一本の腕が、つき肘をして支えていた。第二の腕は後頭部（といっても、そこにも顔があるのだが）をおさえて、肘を空ざまに立て、第三、第四の腕は、胸の前に何かを抱擁している形に左右から交わっていた。

その胸――異様に広い胸には、けだもののように、四つの大小不揃いな乳房が、ふくれ上がっていた。

お尻のふくらみは三つに分れ、そのあいだに二つの深い谷間ができていた。そして、足が三本、或るものは曲り、或るものは伸び、あるものは立て膝の不行儀な形で、よじれ合っていた。

この彫刻の醜さは、それらの多過ぎる手足のためというよりは、むしろ人体各部のつり合いが気でも違ったようにめちゃめちゃで、一見して人間という感じが少しもしない点にあった。例えば、頭部が異様に小さく、頸が恐ろしく長く、背中が普通の割合の倍も広く、腹部は板のようにペチャンコで、お尻が異様にふくれ上がっているというぐあいに、その不均整がどんな微細な部分までも行き渡っているのであった。

人々はそれを見て、先ずあっけにとられ、次の瞬間には、プッと吹き出さないではいられなかった。芝居に喜劇があるように、彫刻に喜劇があるものとしたら、この出品はおそらく大成功であったかも知れない。だが、見物たちは笑う彫刻などというものには慣れていなかったので、ただ失笑し軽蔑してサッサと前を通り過ぎるばかりであった。

では首藤氏はなぜそんな滑稽な化物を入選させたのであるか。一体この彫刻のどこにそれほどの取柄があったのか。

その秘密は間もなくわかるときがきた。

開会後二、三日すると、N展覧会には盲人の入場者が多勢つめかけてきた。この不思議な彫刻の作者が盲人であることを聞き伝えたためであろうか。いや、いかに作者が仲間の盲人であったとしても、ただそれだけの理由で、眼の見えぬ見物がこんなに押しかけてくるはずはない。この作品には、何かしら、盲人のみを惹きつける特徴があったのであろうか。

それが証拠に、見物の盲人たちは、他の作品は少しも顧みず、ただこの不思議な彫刻のまわりに集まって、いつまでもいつまでも、その女人像を撫でさすって楽しんでいるのであった。ちょうど首藤氏が最初これを発見したときに、先《ま》ずその表面を撫でさすったと同じように。

一方ではある大新聞の文芸欄に、審査員首藤春秋氏の奇妙な論文が掲載せられ、百万の読者を仰天させた。

その論文は「触覚芸術論」と題するもので、作者不詳の怪彫刻を紹介推賞した、連載数日にわたる長文であったから、ここに全文を掲げるわけには行かぬけれど、その意味は大体左のようなものであった。

触覚芸術論

この世には、眼で見る芸術、耳で聞く芸術、理智で判断する芸術などのほかに、手で触れる芸術が存在して然るべきである。

われわれが日常手に触れるもの、例えば書物のページだとか、ペン軸だとか、ステッキの握りだとか、ドアの取手だとか、毛皮の襟巻《えりまき》だとかは、眼で見た形状、色彩などのほかに、触覚的な美しさが重大な要素となり、製作者はそれを念頭において製作しているに違いない。

これは非常に卑近な触覚美の一例にすぎないが、この種の美を一つの芸術として扱ってみることはできないであろうか。

われわれの従事している彫刻芸術は、面の凹凸を取り扱うものであるから、最も触覚美に縁が深いはずであるにもかかわらず、古来触覚のみの美を目的として制作した作者はいない。彼らが狙うところは、ただ眼で見た形であって、手で触れた形ではなかった。大理石を材料とする場合にも、彼らが触覚を第一に考えたわけでは決してないのだ。

実に奇妙なことだけれども、われわれは視覚ばかりを考え、触覚を少しも意に介しなかった。それはなぜか。ほかでもない、われわれには眼があるからだ。われわれは盲人ではないからだ。

もし人間が犬のように嗅覚が鋭敏であったら、この世にはもっともっと匂いの芸術が発達したであろう。それと同じく、われわれに眼がなかったならば、この世にはもっともっと触覚の芸術が発達したに違いない。

しかしわれわれは盲人ほどではないが、相当鋭敏な触覚を付与されて生れている。その触覚を現在の如く黙殺していてよいのだろうか。われわれは閨房の遊戯のほかに、この鋭敏なる触覚の用い場所はないのであろうか。

触覚のみの芸術！　これこそわれわれ彫刻家に残された一つの重大なる分野ではないのか。眼で見た形と、手で触れた形とは、相似たるが如くにして、実は甚だしく相違しているものである。従って、触覚的彫刻は、今あるが如き彫刻とは全然ちがったものでなければならぬ。

私は日頃から、半ば夢想的に、そのような考えを抱いていたのであるが、ある日、無名の盲人の生涯をかけたという制作品に接して、私の夢想が決して単なる夢想でなかったことを確かめ、躍り上がるばかりの歓喜を味わった。

それは眼で見た形は、全く無意味な一つのかたまりにすぎない。だが、一とたび眼を閉じて、その表面を撫でさすってみるならば、今まで眼にしていた形とは全然異なった一つの新しい世界を発見して、愕然として驚かねばならないであろう。そこに純然たる触覚美が存在するのだ。視覚あるが故にさまたげられて、気づき得なかった別の世界があるのだ。

それは盲人でなければ創造しえない作品であった。また盲人でなければ真に観賞しえない作品であった。

いま、展覧中の、その盲人の作品の前には、毎日たくさんの盲人たちが群がりよって、美しき触覚を楽しんでいる。これが私の触覚芸術論を裏書きする何よりの証拠ではないか。盲人たちはわれわれが見て傑作なりとしている彫像には、指先を触れようともしないのだ。そして、われわれには滑稽に見えるかの作品に群がりよって行くのだ。

私はあの盲人の傑作に接して、生れてはじめて、眼のあることを残念に思った。私といえどもあの作品を充分に味わうほど、触覚が純粋ではなかったからである。

しかし、世の眼ある人々よ、諸君は諸君の不幸をそんなに悲しむことはない。盲人ほどではなくても、あの彫刻の美しさは或る程度まで理解することができるのだ。それがどのような美しさであるか。とうてい文字で表現するすべはない。触覚の秘密世界を覗きたい人は、N展覧会の彫刻室を訪れて、問題の彫刻の前に立ち、瞑目して静かにその肌を撫でさすってみるがよい。

この不思議な論文が発表されてから、展覧会の入場者は俄《にわ》かに激増した。そして、その入場者のことごとくが問題の彫刻のまわりに群がり集まった。今は盲人だけではなく、眼のある人々も先を争って、その彫刻の肌に触れようとした。その美しさのわかる人もあった。わからない人もあった。しかし誰も彼も、一応はそれに指を触れないでは承知しなかった。そして、さもさも感にたえたるがごとく、無名の盲目作者をほめたたえないでは承知しなかった。

毎日々々、それらの群集にもまれて、一人の醜い中年の盲人が、その彫刻の前に立ちつくしていた。彼は別に彫刻に指を触れようとするではなく、ただあちこちと人波を分けながら、群集の話し声に聞き入っていた。そして、何かニタニタと独り悦に入っていた。

触覚美術の噂は日一日と高く、展覧会の入場者は閉会が近づくに従って数を増して行った。それほども一盲目彫刻家の作品が世間を騒がせていたのだ。

ついに展覧会最終の日がきた。その日も好奇に燃える群集は、早朝から彫刻室へつめかけてきた。そして彼らはそこに、目ざす彫刻の上に不思議な一物を発見して、ギョッと立ちすくんでしまった。四臂《しび》三脚《さんきゃく》の裸女の上に、一人の醜い盲人が、おっかぶさるようにとりすがって、死に絶えていたのだ。彼の口からは毛糸のような血のりが一筋、タラタラと流れて、彫像の白い肌を美しく彩っていた。

この盲人こそ、世を騒がせた触覚美術の作者であった。そして、読者も容易に想像される如く、彼はわれわれのいわゆる盲獣その人であった。

盲獣はあらゆる女性の肉体をあさり、その美を味わい尽した。そしてついに殺人淫楽にも飽き果てたのであるか、それとも、彼の罪業の数々はすべて手段にすぎなくて、盲目の世界の芸術をこの世に残すことが、彼の最終の目的であったのか、作者はその何《いず》れであるかを知らぬけれど、ともかく、罪業の半ばをつぐなうに値するほどの、すばらしい贈り物を残して、それに対する輝かしい賞讃の声を耳にして、なんの思い残すところもなく、彼自身の作品を愛撫しながら、楽しき毒薬自殺をとげたのである。

だが、次の一事は、おそらく何人も気づかなかった。

あの彫刻の一つの顔と、一本の腕と、一つの乳房は水木蘭子を、一つの顔と、一本の脚は真珠夫人を、二つの乳房と、一つのお尻と、腹部とは大内麗子を、ある部分は漁村の蜑を、又ある部分は読者の知らぬ美しき被害者を、それぞれにモデルとして、その触感がそっくりそのまま再現されていたこと。それゆえにこそ、あの彫像の手足が、或いは太く或いは細く、異様に不均整であったのだし、また、盲獣の手紙の中に、七人の女の命がこもっているなどと、異様な文句が記されていたのだということを、なにびとも、推薦者の首藤氏さえも、少しも気づかなかった。そして、おそらくは、あの彫像がいつまで保存されようとも、いかに持て囃《はや》されようとも、このことは永久の秘密となって残るであろう。

陰獣

一

私は時々思うことがある。

探偵小説家というものには二種類あって、一つの方は犯罪者型とでもいうか、犯罪ばかりに興味を持ち、たとえ推理的な探偵小説を書くにしても、犯人の残虐な心理を思うさま描かないでは満足しないような作家であるし、もう一つの方は探偵型とでもいうか、ごく健全で、理智的な探偵の径路にのみ興味を持ち、犯罪者の心理などにはいっこう頓着しない作家であると。

そして、私がこれから書こうとする探偵作家大江春泥《おおえしゅんでい》は前者に属し、私自身はおそらく後者に属するのだ。

したがって私は、犯罪を取扱う商売にもかかわらず、ただ探偵の科学的な推理が面白いので、いささかも悪人ではない。いや、おそらく私ほど道徳的な人間は少ないといってもいいだろう。

そのお人好しで善人な私が、偶然にもこの事件に関係したというのが、そもそも事の間違いであった。もし私が道徳的にもう少し鈍感であったならば、私にいくらかでも悪人の素質があったならば、私はこうまで後悔しなくてもすんだであろう。こんな恐ろしい疑惑の淵に沈まなくてもすんだであろう。いや、それどころか、私はひょっとしたら、今頃は美しい女房と身に余る財産に恵まれて、ホクホクもので暮らしていたかもしれないのだ。

事件が終ってから、だいぶ月日がたったので、あの恐ろしい疑惑はいまだに解けないけれど、私は生々《なまなま》しい現実を遠ざかって、いくらか回顧的になっている。それでこんな記録めいたものも書いてみる気になったのだが、そして、これを小説にしたら、なかなか面白い小説になるだろうと思うのだが、しかし私は終りまで書くことは書いたとしても、ただちに発表する勇気はない。なぜといって、この記録の重要な部分をなすところの小山田《おやまだ》氏変死事件は、まだまだ世人の記憶に残っているのだから、どんなに変名を用い、潤色《じゅんしょく》を加えてみたところで、誰も単なる空想小説とは受け取ってくれないだろう。

したがって、広い世間にはこの小説によって迷惑を受ける人もないとは限らないし、また私自身それがわかっては恥かしくもあり不快でもある。というよりは、ほんとうをいうと私は恐ろしいのだ。事件そのものが、白昼の夢のように、正体のつかめぬ、変に無気味な事柄であったばかりでなく、それについて私の描いた妄想が、自分でも不快を感じるような恐ろしいものであったからだ。

私は今でも、それを考えると、青空が夕立雲で一ぱいになって、耳の底でドロンドロンと太鼓の音みたいなものが鳴り出す、そんなふうに眼の前が暗くなり、この世が変なものに思われてくるのだ。

　そんなわけで、私はこの記録を今すぐ発表する気はないけれど、いつかは一度、これをもとにして私の専門の探偵小説を書いてみたいと思っている。これはいわばそのノートにすぎないのだ。やや詳しい心覚えにすぎないのだ。私はだから、これを正月のところだけで、あとは余白になっている古い日記帳へ、長々しい日記でもつける気持で、書きつけて行くのである。

　私は事件の記述に先だって、この事件の主人公である探偵作家大江春泥の人となりについて、作風について、また彼の一種異様な生活について、詳しく説明しておくのが便利であるとは思うのだけれど、実は私は、この事件が起こるまでは、書いたものでは彼を知っていたし、雑誌の上で議論さえしたことがあるけれども、個人的の交際もなく、彼の生活もよくは知らなかった。それをやや詳しく知ったのは、事件が起こってから、私の友だちの本田という男を通じてであったから、春泥のことは、私が本田に聞き合わせ調べまわった事実を書く時にしることとして、出来事の順序にしたがって、私がこの変な事件に捲き込まれるに至った最初のきっかけから、筆を起こしていくのが最も自然であるように思う。

　それは去年の秋、十月なかばのことであった。

私は古い仏像が見たくなって、上野の帝室博物館の、薄暗くガランとした部屋部屋を、足音を忍ばせて歩きまわっていた。部屋が広くて人けがないので、ちょっとした物音が怖いような反響を起こすので、足音ばかりではなく、咳ばらいさえ憚《はば》かられるような気持だった。

博物館というものが、どうしてこうも不人気であるかと疑われるほど、そこには人の影がなかった。陳列棚の大きなガラスが冷たく光り、リノリウムには小さなほこりさえ落ちていなかった。お寺のお堂みたいに天井の高い建物は、まるで水の底ででもあるように、森閑《しんかん》と静まり返っていた。

ちょうど私が、ある部屋の陳列棚の前に立って、古めかしい木彫の菩薩像の、夢のようなエロティックに見入っていた時、うしろに、忍ばせた足音と、かすかな絹ずれの音がして、誰かが私の方へ近づいてくるのが感じられた。

私は何かしらゾッとして、前のガラスに映る人の姿を見た。そこには、今の菩薩像と影を重ねて、黄八丈《きはちじょう》のような柄の袷《あわせ》を着た、品のいい丸髷姿《まるまげすがた》の女が立っていた。女はやがて私の横に肩を並べて立ちどまり、私の見ていた同じ仏像にじっと眼を注ぐのであった。

私は、あさましいことだけれど、仏像を見ているような顔をして、時々チラチラと女の方へ眼をやらないではいられなかった。それほどその女は私の心を惹《ひ》いたのだ。

彼女は青白い顔をしていたが、あんなに好もしい青白さを私はかつて見たことがなかった。この世にもし人魚というものがあるならば、きっとあの女のように優艶な肌を持っているにちがいない。どちらかといえば昔風の瓜実顔《うりざねがお》で、眉も鼻も口も首筋も肩も、ことごとくの線が、優に弱々しく、なよなよとしていて、よく昔の小説家が形容したような、さわれば消えて行くかと思われる風情《ふぜい》であった。私は今でも、あの時の彼女のまつげの長い、夢見るようなまなざしを忘れることができない。

どちらがはじめ口を切ったのか、私は今、妙に思い出せないけれど、おそらくは私が何かのきっかけを作ったのであろう。彼女と私とはそこに並んでいた陳列品について二こと三こと口をきき合ったのが縁となって、それから博物館を一巡して、そこを出て上野の山内《さんない》を山下へ通り抜けるまでの長いあいだ、道づれとなって、ポツリポツリといろいろのことを話し合ったのである。

そうして話をしてみると、彼女の美しさは一段と風情を増してくるのであった。中にも彼女が笑うときの、恥じらい勝ちな、弱々しさには、私はなにか古めかしい油絵の聖女の像でも見ているような、また、あのモナ・リザの不思議な微笑を思い起こすような、一種異様の感じにうたれないではいられなかった。彼女の糸切歯はまっ白で大きくて、笑うときには、唇の端がその糸切歯にかかって、謎のような曲線を作るのだが、右の頬の青白い皮膚の上の大きな黒子《ほくろ》が、その曲線に照応して、なんともいえぬ優しく懐かしい表情になるのだった。

だが、もし私が彼女の項《うなじ》にある妙なものを発見しなかったならば、彼女はただ上品で優しくて弱々しくて、さわれば消えてしまいそうな美しい人という以上に、あんなにも強く私の心を惹かなかったであろう。

彼女は巧みに衣紋《えもん》をつくろって、少しもわざとらしくなく、それを隠していたけれど、上野の山内を歩いているあいだに、私はチラと見てしまった。

彼女の項には、おそらく背中の方まで深く、赤痣《あかあざ》のようなミミズ脹《ば》れができていたのだ。それは生れつきの痣のようにも見えたし、又、そうではなくて、最近できた傷《きず》痕《あと》のようにも思われた。青白い滑らかな皮膚の上に、恰好のいいなよなよとした項の上に、赤黒い毛糸を這わせたように見えるそのミミズ脹れが、その残酷味が、不思議にもエロティックな感じを与えた。それを見ると、今まで夢のように思われた彼女の美しさが、俄《にわ》かに生々しい現実味を伴なって、私に迫ってくるのであった。

話しているあいだに、彼女は、合資会社碌々《ろくろく》商会の出資社員の一人である、実業家小山田六郎氏の夫人小山田静子であったことがわかってきたが、幸いなことには、彼女は探偵小説の読者であって、殊《こと》に私の作品は好きで愛読しているということで（それを聞いたとき、私はゾクゾクするほど嬉しかったことを忘れない）、つまり作者と愛読者の関係が私たちを少しの不自然もなく親しませ、私はこの美しい人と、それきり別れてしまう本意なさを味わなくてすんだ。私たちはそれを機縁に、それからたびたび手紙のやり取りをしたほどの間柄となったのである。

私は、若い女の癖に人けのない博物館などへきていた、静子の上品な趣味も好もしかったし、探偵小説の中でも最も理智的だといわれている、私の作品を愛読している彼女の好みも懐かしく、私はまったく彼女に溺れきってしまった形で、まことにしばしば彼女に意味もない手紙を送ったものであるが、それに対して、彼女は一々丁重な、女らしい返事をくれた。独身で淋しがりやの私は、このようなゆかしい女友だちをえたことを、どんなに喜んだことであろう。

二

小山田静子と私との手紙の上での交際は、そうして数カ月のあいだつづいた。文通を重ねていくうちに、私は非常にびくびくしながら、私の手紙に、それとなく、ある意味を含ませていたことをいなめないのだが、気のせいか、静子の手紙にも、通り一ぺんの交際以上に、まことにつつましやかではあったが、何かしら暖かい心持がこめられてくるようになった。

打ちあけていうと、恥かしいことだけれど、私は、静子の夫の小山田六郎氏が、年も静子よりは余程とっている上に、その年よりも老《ふ》けて見えるほうで、頭などもすっかりはげ上がっているような人だということを、苦心をしてさぐり出していたのだった。

それが、ことしの二月ごろになって、静子の手紙に妙なところが見えはじめた。彼女は何かしら非常に怖がっているように感じられた。

「このごろ大変心配なことが起こりまして、夜も寝覚《ねざ》め勝ちでございます」

彼女はある手紙にこんなことを書いた。文章は簡単であったけれど、その文章の裏に、手紙全体に、恐怖におののいている彼女の姿が、まざまざと見えるようだった。

「先生は、同じ探偵作家でいらっしゃる大江春泥というかたと、もしやお友だちではございませんでしょうか。そのかたのご住所がおわかりでしたら、お教えくださいませんでしょうか」

むろん私は大江春泥の作品はよく知っていたが、春泥という男が非常な人嫌いで、作家の会合などにも一度も顔を出さなかったので、個人的なつきあいはなかった。それに、彼は昨年のなかごろからぱったり筆を執《と》らなくなって、どこへ引越してしまったか、住所さえわからないという噂を聞いていた。私は静子へその通り答えてやったが、彼女のこのごろの恐怖は、もしやあの大江春泥にかかわりがあるのではないかと思うと、私はあとで説明するような理由のために、なんとなくいやあな心持がした。

すると間もなく、静子から、

「一度ご相談したいことがあるから、お伺いしてもさしつかえないか」

という意味のはがきがきた。

私はその「ご相談」の内容をおぼろげには感じていたけれど、まさかあんな恐ろしい事柄だとは想像もしなかったので、愚かにも浮き浮きと嬉しがって、彼女との二度目の対面の楽しさを、さまざまに妄想していたほどであった。

「お待ちしています」

という私の返事を受取ると、すぐその日のうちに私を訪ねてきた静子は、私が下宿の玄関へ出迎えた時に、もう私を失望させたほども、うちしおれていて、彼女の「相談」というのがまた、私のさきの妄想などはどこかへ行ってしまったほど、異常な事柄だったのである。

「私ほんとうに思いあまって伺ったのでございます。先生なれば、聞いていただけるような気がしたものですから……でも、まだ昨今の先生に、こんな打ち割ったご相談をしましては、失礼ではございませんかしら」

その時、静子は例の糸切歯と黒子の目立つ、弱々しい笑い方をして、ソッと私のほうを見上げた。

寒い時分で、私は仕事机の傍《わき》に紫檀《したん》の長火鉢《ながひばち》を置いていたが、彼女はその向こうがわに行儀よく坐って、両手の指を火鉢の縁にかけている。その指は彼女の全身を象徴するかのように、しなやかで、細くて、弱々しくて、といっても、決して痩せているのではなく、色は青白いけれど、決して不健康なのではなく、握りしめたならば、消えてしまいそうに弱々しいけれど、しかも非常に微妙な弾力を持っている。指ばかりではなく、彼女全体がちょうどそんな感じであった。

彼女の思いこんだ様子を見ると、私もつい真剣になって、

「私にできることなら」

と答えると、彼女は、

「ほんとうに気味のわるいことでございますの」

と前置きして、彼女の幼年時代からの身の上話をまぜて、次のような異様な事実を私に告げたのである。

そのとき静子の語った彼女の身の上を、ごく簡単にしるすと、彼女の郷里は静岡であったが、そこで彼女は女学校を卒業するという間際まで、至極幸福に育った。たった一つの不幸とも言えるのは、彼女が女学校の四年生の時、平田一郎という青年の巧みな誘惑に陥って、ほんの少しのあいだ彼と恋仲になったことであった。なぜそれが不幸かというに、彼女は十八の娘のちょっとした出来心から、恋のまねごとをしてみただけで、決して真から相手の平田青年を好いていなかったからだ。そして、彼女の方ではほんとうの恋でなかったのに、相手は真剣であったからだ。

彼女はうるさくつきまとう平田一郎を避けよう避けようとする。そうされればされるほど、青年の執着は深くなる。はては、深夜黒い人影が彼女の家の塀そとをさまよったり、郵便受けに気味のわるい脅迫状が舞い込んだりしはじめた。十八の娘は、彼女の出来心の恐ろしい報いに震え上がってしまった。両親もただならぬ娘の様子に心づいて胸をいためた。

ちょうどそのとき、静子にとっては、むしろそれが幸いであったともいえるのだが、彼女の一家に大きな不幸がきた。当時経済界の大変動から、彼女の父は彌縫《びほう》のできない多額の借財を残し、商売をたたんで、ほとんど夜逃げ同然に、彦根在のちょっとした知るべをたよって、身を隠さねばならぬ羽目となった。

この予期せぬ境遇の変動のために、静子は今少しというところで、女学校を中途退学しなければならなかったけれど、一方では、突然の転宅によって、気味のわるい平田一郎の執念から逃れることができたので、彼女はホッと胸なでおろす気持だった。

彼女の父親はそれが元で、病の床につき、間もなく死んで行ったが、それから、たった二人になった母親と静子の上に、しばらくのあいだみじめな生活がつづいた。だが、その不幸は大して長くはなかった。やがて、彼女らが世を忍んでいた同じ村の出身者である、実業家の小山田氏が、彼女らの前に現われた。それが救いの手であった。

小山田氏は或る垣間見《かいまみ》に静子を深く恋して、伝手《つて》を求めて結婚を申し込んだ。静子も小山田氏が嫌いではなかった。年こそ十歳以上も違っていたけれど、小山田氏のスマートな紳士振りに、或るあこがれを感じていた。縁談はスラスラと運んで行った。小山田氏は母親と共に、花嫁の静子を伴なって東京の屋敷に帰った。

それから七年の歳月が流れた。彼らが結婚してから三年目かに、静子の母親が病死したこと、それからしばらくして小山田氏が会社の要務を帯びて、二年ばかり海外に旅したこと（帰朝したのはつい一昨年の暮れであったが、その二年のあいだ、静子は毎日、茶、花、音楽の師匠に通って、独り住まいの淋しさをなぐさめていたのだと語った）などを除いては、彼らの一家にはこれという出来事もなく、夫婦の間柄も至極円満に、仕合わせな月日がつづいた。

夫の小山田氏は大の奮闘家で、その七年間にメキメキと財をふやして行った。そして、今では同業者のあいだに押しも押されもせぬ地盤を築いていた。

「ほんとうにお恥かしいことですけれど、わたくし結婚のとき、小山田に嘘をついてしまったのでございます。その平田一郎のことを、つい隠してしまったのでございます」

静子は恥かしさと悲しさのために、あのまつげの長い眼をふせて、そこに一ぱい涙さえためて、小さな声で細々と語るのであった。

「小山田は平田一郎の名をどこかで聞いていて、いくらか疑っていたようでございましたが、わたくし、あくまで小山田のほかには男を知らないと言い張って、平田との関係を秘し隠しに隠してしまったのでございます。そして、その嘘を今でもつづけているのでございます。小山田が疑えば疑うだけ、私は余計に隠さなければならなかったのでございます。

人の不幸って、どんなところに隠れているものか、ほんとうに恐ろしいと思いますわ。七年前の嘘が、それも決して悪意でついた嘘ではありませんでしたのに、こんなにも恐ろしい姿で、今わたくしを苦しめる種になりましょうとは。

わたくし、平田のことなんか、ほんとうに忘れきってしまっていたのでございます。突然平田からあんな手紙がきましたときにも、平田一郎という差出人の名前を見ましても、しばらくは誰であったか思い出せないほど、わたくし、すっかり忘れきっていたのでございます」

静子はそういって、その平田からきたという数通の手紙を見せた。私はそれらの手紙の保管を頼まれて、今でもここに持っているが、そのうち最初に来たものは、話の筋を運んで行くのに都合がよいから、それをここに貼りつけておくことにしよう。

静子さん。私はとうとう君を見つけた。

君の方では気がつかなかったけれど、私は君に出会った場所から君を尾行して、君の屋敷を知ることができた。小山田という今の君の姓もわかった。

君はまさか平田一郎を忘れはしないだろう。どんなに虫の好かぬやつだったかを覚えているだろう。

私は君に捨てられてどれほど悶《もだ》えたか、薄情な君にはわかるまい。悶えに悶えて、深夜君の屋敷のまわりをさまよったこと幾度《いくたび》であろう。だが君は、私の情熱が燃え立てば燃え立つほど、ますます冷やかになって行った。私を避け、私を恐れ、ついには私を憎んだ。

君は恋人から憎まれた男の心持を察しることができるか。私の悶えが歎きとなり、歎きが恨みとなり、恨みが凝《こ》って、復讐の念と変って行ったのが無理であろうか。

君が家庭の事情を幸いに、一言《いちごん》の挨拶もなく、逃げるように私の前から消え去ったとき、私は数日、飯も食わないで書斎に坐り通していた。そして、私は復讐を誓ったのだ。

私は若かったので、君の行方を探すすべを知らなかった。多くの債権者を持つ君の父親は、誰にもその行く先を知らせないで姿をくらましてしまった。私はいつ君に会えることかわからなかった。だが、私は長い一生を考えた。一生のあいだ君に会わないで終ろうとはどうしても考えられなかった。

私は貧乏だった。食うためには働かねばならぬ身の上だった。一つはそれが、あくまで君の行方を尋ねまわることを妨げたのだ。一年、二年、月日は矢のように過ぎ去って行ったが、私はいつまでも貧困と戦わねばならなかった。そして、その疲労が、忘れるともなく君への恨みを忘れさせた。私は食うことで夢中だったのだ。

だが、三年ばかり前、私に予期せぬ幸運がめぐってきた。私はあらゆる職業に失敗して、失望のどん底にあるとき、うさはらしに一篇の小説を書いた。それが機縁となって、私は小説で飯の食える身分となったのだ。

君は今でも小説を読んでいるのだから、多分大江春泥という探偵小説家を知っているだろう。彼はもう一年ばかり何も書かないけれど、世間の人はおそらく彼の名前を忘れてはいまい。その大江春泥こそかくいう私なのだ。

君は、私が小説家としての虚名に夢中になって、君に対する恨みを忘れてしまったとでも思うのか。否《いな》、否、私のあの血みどろな小説は、私の心に深き恨みを蔵していたからこそ書けたともいえるのだ。あの猜疑心、あの執念、あの残虐、それらがことごとく私の執拗なる復讐心から生れたものだと知ったなら、私の読者たちはおそらく、そこにこもる妖気に身震いを禁じ得なかったであろう。

静子さん、生活の安定を得た私は、金と時間の許す限り、君を探し出すために努力した。もちろん君の愛を取り戻そうなどと、不可能な望みをいだいたわけではない。私にはすでに妻がある。生活の不便を除くために娶《めと》った、形ばかりの妻がある。だが、私にとって、恋人と妻とは全然別個のものだ。つまり、妻を娶ったからといって、恋人への恨みを忘れる私ではないのだ。

静子さん。今こそ私は君を見つけ出した。

私は喜びに震えている。私は多年の願いを果たす時が来たのだ。私は長いあいだ、小説の筋を組み立てるときと同じ喜びをもって、君への復讐手段を組み立ててきた。最も君を苦しめ、君を怖がらす方法を熟慮してきた。いよいよそれを実行する時がきたのだ。私の歓喜を察してくれたまえ。君は警察そのほかの保護を仰ぎ、私の計画を妨げることはできない。私の方にはあらゆる用意ができているのだ。

ここ一年ばかりというもの、新聞記者、雑誌記者のあいだに私の行方不明が伝えられている。これは何も君への復讐のためにしたことではなく、私の厭人癖《えんじんへき》と秘密好みから出た逃避なのだが、それが計らずも役に立った。私は一そうの綿密さをもって世間から私の姿をくらますであろう。そして、着々君への復讐計画を進めて行くであろう。

君は私の計画を知りたがっているにちがいない。だが、私は今その全貌を洩らすことはできぬ。恐怖は徐々に迫って行くほど効果があるからだ。しかし、君がたって聞きたいというならば、私は私の復讐事業の一端を洩らすことを惜しむものではない。例えば、私は今から四日以前、即ち一月三十一日の夜、君の家の中で君の身辺に起こったあらゆる些事《さじ》を、寸分の間違いもなく君に告げることができる。

午後七時より七時半まで、君は君たちの寝室にあてられている部屋の小机にもたれて小説を読んだ。小説は広津柳浪《ひろつりゅうろう》の短篇集『変目伝《へめでん》』。その中の『変目伝』だけ読了した。

七時半より七時四十分まで、女中に茶菓《さか》を命じ、風月《ふうげつ》の最中を二箇、お茶を三碗喫《きっ》した。

七時四十分より上厠《じょうし》、約五分にして部屋へ戻った。それより九時十分ごろまで、編物をしながら物思いにふけった。

九時十分主人帰宅。九時二十分頃より十時少し過ぎまで、主人の晩酌の相手をして雑談した。その時、君は主人に勧められてグラスに半分ばかり葡萄酒を喫した。その葡萄酒は口をあけたばかりのもので、コルクの小片がグラスにはいったのを、君は指でつまみ出した。晩酌を終るとすぐ、女中に命じて二つの床をのべさせ、両人上厠ののち就寝した。

それから十一時まで両人とも眠らず。君が再び君の寝床に横たわった時、君の家のおくれたボンボン時計が十一時を報じた。

君はこの汽車の時間表のように忠実な記録を読んで、恐怖を感じないでいられるだろうか。

復讐者より

二月三日深夜

我が生涯より恋を奪いし女へ

「わたくし、大江春泥という名前は可なり以前から存じておりましたけれど、それが平田一郎の筆名でしょうとは、ちっとも存じませんでした」

静子は気味わるそうに説明した。

事実、大江春泥の本名を知っている者は、私たち作家仲間にも少ないくらいであった。私にしても、彼の著書の奥付を見たり、私の所へよくくる本田が、本名で彼の噂をするのを聞かなかったら、いつまでも平田という名前を知らなかったであろう。それほど彼は人嫌いで、世間に顔出しをせぬ男であった。

平田のおどかしの手紙は、そのほかに三通ばかりあったが、いずれも大同小異で（消印はどれもこれも違った局のであった）復讐の呪詛《じゆそ》の言葉のあとに、静子の或る夜の行為が、細大洩らさず正確な時間を付け加えて記入してあることに変りはなかった。殊にも、彼女の寝室の秘密は、どのような隠微な点までも、はれがましくもまざまざと描き出されていた。顔の赤らむような或る仕草、或る言葉さえもが、冷酷に描写してあった。

静子はそのような手紙を他人に見せることがどれほど恥かしく苦痛であったか、察するに余りあったが、それを忍んでまで、彼女が私を相談相手に選んだのは、よくよくのことといわねばならぬ。それは一方では、彼女が過去の秘密を、つまり彼女が結婚以前すでに処女でなかったという事実を夫の六郎氏に知られることを、どれほど恐れていたかということを示すものであり、同時にまた一方では、彼女の私に対する信頼がどんなに厚いかということを証するわけでもあった。

「わたくし、主人がわの親類のほかには、身内といっては一人もございませんし、お友だちにこんなことを相談するような親身のかたはありませんし、ほんとうにぶしつけだとは思いましたけれど、わたくし、先生におすがりすれば、私がどうすればいいかを、お教えくださるでしょうと思いましたものですから」

彼女にそんなふうにいわれると、この美しい女がこんなにも私をたよっているのかと、私は胸がワクワクするほど嬉しかった。私が大江春泥と同じ探偵作家であったこと、少なくとも小説の上では、私がなかなか巧みな推理家であったことなどが、彼女が私を相談相手に選んだ幾分の理由をなしていたにはちがいないが、それにしても、彼女が私に対して余程の信頼と好意を持っていないでは、こんな相談がかけられるものではないのだ。

いうまでもなく、私は静子の申し出を容《い》れて、できるだけの助力をすることを承諾した。

大江春泥が静子の行動を、これほど巨細《こさい》に知るためには、小山田家の召使いを買収するか、彼自身が邸内に忍び込んで静子の身近く身をひそめているか、またはそれに近い悪企みが行われていたと考えるほかはなかった。彼の作風から推察しても、春泥はそんな変てこなまねをしかねない男なのだから。

私はそれについて、静子の心当たりを尋ねてみたが、不思議なことには、そのような形跡は少しもないということであった。召使いたちは気心のわかった長年住み込みのものばかりだし、屋敷の門や塀などは、主人が人一倍神経質のほうで、可なり厳重にできているし、それにたとえ邸内に忍び込めたところで、召使いたちの眼にふれないで、奥まった部屋にいる静子の身辺に近づくことは、ほとんど不可能だということであった。

だが、実をいうと、私は大江春泥の実行力を軽蔑していた。高《たか》が探偵小説家の彼に、どれほどのことができるものか。せいぜいお手のものの手紙の文章で静子を怖がらせるくらいのことで、とてもそれ以上の悪企みが実行できるはずはないと、たかを括《くく》っていた。

彼がどうして静子の細かい行動を探り出したかは、いささか不思議ではあったが、これも彼のお手のものの手品使いみたいな機智で、大した手数もかけないで、誰かから聞き出してでもいるのだろうと、軽く考えていた。私はその考えを話して静子をなぐさめ、私にはそのほうの便宜もあるので、大江春泥の所在をつきとめ、できれば彼に意見を加えて、こんなばかばかしいいたずらを中止させるように計らうからと、それはかたく請合って、静子を帰したのであった。

私は大江春泥の脅迫めいた手紙について、あれこれと詮議立てすることよりは、優しい言葉で静子をなぐさめることのほうに力をそそいだ。むろん私にはそれが嬉しかったからだ。そして、別れるときに、私は、

「このことは一切ご主人にお話しなさらん方がいいでしょう。あなたの秘密を犠牲になさるほどの大した事件ではありませんよ」

というようなことを言った。愚かな私は、彼女の主人さえ知らぬ秘密について、彼女と二人きりで話し合う楽しみを、できるだけ長くつづけたかったのだ。

しかし、私は大江春泥の所在をつきとめる仕事だけは、実際やるつもりであった。私は、以前から私と正反対の傾向の春泥を、ひどく虫が好かなかった。女の腐ったような猜疑に満ちた繰り言で、変態読者をやんやといわせて得意がっている彼が、無性

に癪《しゃく》にさわっていた。だから、あわよくば、彼のこの陰険な不正行為をあばいて、吠え面をかかせてやりたいものだとさえ思っていた。私は大江春泥の行方を探すことが、あんなにむずかしかろうとはまるで予想していなかったのだ。

三

大江春泥は彼の手紙にもある通り、今から四年ばかり前、商売違いの畑から突如として現われた探偵小説家であった。

彼が処女作を発表すると、当時日本人の書いた探偵小説というものがほとんどなかった読書界は、物珍らしさに非常な喝采を送った。大げさにいえば彼は一躍して読物界の寵児になってしまったのだ。

彼は非常に寡作ではあったが、それでもいろいろな新聞雑誌につぎつぎと新らしい小説を発表して行った。それは一つ一つ、血みどろで、陰険で、邪悪で、一読肌に粟を生じるていの、無気味ないまわしいものばかりであったが、それがかえって読者を惹きつける魅力となり、彼の人気はなかなか衰えなかった。

私もほとんど彼と同時ぐらいに、従来の少年少女小説から探偵小説の方へ鞍替えしたのであったが、そして人の少ない探偵小説界では、相当名前を知られるようにもなったのであるが、大江春泥と私とは作風が正反対といってもいいほど違っていた。

彼の作風が暗く、病的で、ネチネチしていたのに反して、私のは明るく、常識的であった。当然の勢いとして、私たちは妙に製作を競い合うような形になっていた。そして、お互いに作品をけなし合いさえした。といっても、癪《しゃく》にさわることには、けなすのは多くは私のほうで、春泥はときたま私の議論を反駁してくることもあったが、たいていは超然として沈黙を守っていた。そして、つぎつぎと恐ろしい作品を発表して行った。

私はけなしながらも、彼の作にこもる一種の妖気にうたれないではいられなかった。彼は何かしら燃え立たぬ陰火のような情熱を持っていた。えたいの知れぬ魅力が読者をとらえた。それが彼の手紙にあるように、静子への執念深い怨恨からであったとすれば、やや肯《うなず》くことができるのだが。

実をいうと、私は彼の作品が喝采されるごとに、言いようのない嫉妬を感じずにはいられなかった。私は子供らしい敵意をさえいだいた。どうかしてあいつに打ち勝ってやりたいという願いが、絶えず私の心の隅にわだかまっていた。

だが、彼は一年ばかり前から、ぱったり小説を書かなくなり、所在をさえくらましてしまった。人気が衰えたわけでもなく、雑誌記者などはさんざん彼の行方を探しまわったほどであったが、どうしたわけか、彼はまるで行方不明であった。私は虫の好かぬ彼ではあったが、さていなくなってみれば、ちょっと淋しくもあった。子供らしい言いかたをすれば、好敵手を失ったという物足りなさが残った。

そういう大江春泥の最近の消息が、しかも極めて変てこな消息が、小山田静子によってもたらされたのだ。私は恥かしいことだけれど、かくも奇妙な事情のもとに、昔の競争相手と再会したことを、心ひそかに喜ばないではいられなかった。

だが、大江春泥が探偵物語の組み立てに注いだ空想を、一転して実行にまで押し進めて行ったことは、考えてみれば、或いは当然の成り行きであったかもしれない。

このことは世間ではおおかたは知っているはずだが、或る人がいったように、彼は一個の「空想的犯罪生活者」であった。彼は、ちょうど殺人鬼が人を殺すのと同じ興味をもって、同じ感激をもって、原稿紙の上に彼の血みどろの犯罪生活を営んでいたのだ。

彼の読者は、彼の小説につきまとっていた一種異様の鬼気を記憶するであろう。彼の作品が常に並々ならぬ猜疑心、秘密癖、残虐性をもって満たされていたことを記憶するであろう。彼は或る小説の中で、次のような無気味な言葉をさえ洩らしていた。

「ついに彼は単なる小説では満足できない時がくるのではありますまいか。彼はこの世の味気なさ、平凡さにあきあきして、彼の異常な空想を、せめては紙の上に書き現わすことを楽しんでいたのです。それが彼が小説を書きはじめた動機だったのです。でも、彼はいま、その小説にさえあきあきしてしまいました。この上は、彼はいったいどこに刺戟を求めたらいいのでしょう。犯罪、ああ、犯罪だけが残されていました。あらゆることをしつくした彼の前に、世にも甘美なる犯罪の戦慄だけが残されていました」

彼はまた作家としての日常生活においても、甚《はなは》だしく風変りであった。彼の厭人病《えんじんびょう》と秘密癖は、作家仲間や雑誌記者のあいだに知れわたっていた。訪問者が彼の書斎に通されることは極めて稀であった。彼はどんな先輩にも平気で玄関払いを喰わせた。それに、彼はよく転宅したし、ほとんど年中病気と称して、作家の会合などにも顔を出したことがなかった。

噂によると、彼は昼も夜も万年床の中に寝そべって、食事にしろ、執筆にしろ、すべて寝ながらやっているということであった。そして、昼間も雨戸をしめ切って、わざと五燭《ごしょく》の電燈をつけて、薄暗い部屋の中で、彼一流の無気味な妄想を描きながら、うごめいているのだということであった。

私は彼が小説を書かなくなって、行方不明を伝えられたとき、ひょっとしたら、彼はよく小説の中で言っていたように、浅草あたりのゴミゴミした裏町に巣をくって、彼の妄想を実行しはじめたのではあるまいかと、ひそかに想像をめぐらしていたのだが、果たせるかな、それから半年もたたぬうちに、彼は正《まさ》しく一個の妄想実行者として、私の前に現われたのであった。

私は春泥の行方を探すのには、新聞社の文芸部か雑誌社の外交記者に聞き合わせるのが最も早道であると考えた。それにしても、春泥の日常が甚だしく風変りで、めったに訪問者にも会わなかったというほどだし、雑誌社などでも、一応は彼の行方を探したあとなのだから、よほど彼と昵懇《じっこん》であった記者を捉えなければならぬのだが、幸いにもちょうどおあつらえ向きの人物が、私の心やすい雑誌記者の中にあった。

それはその道では敏腕の聞こえ高い博文館の本田という外交記者で、彼はほとんど春泥係りのように、春泥に原稿を書かせる仕事をやっていた時代があったし、彼はその上、外交記者だけあって、探偵的な手腕もなかなかあなどりがたいものがあるのだ。

そこで、私は電話をかけて、本田にきてもらって、先《ま》ず私の知らない春泥の生活について尋ねたのであるが、すると、本田はまるで遊び友だちのような呼び方で、

「春泥ですか。あいつけしからんやつじゃ」

と大黒様のような顔をニヤニヤさせて、さてこころよく私の問いに答えてくれた。

本田のいうところによると、春泥は小説を書きはじめたころは郊外の池袋の小さな借家に住んでいたが、それから文名が上がり、収入が増すにしたがって、少しずつ手広な家へ（といっても、たいていは借家だったが）転々として移り歩いた。牛込の喜久井町、根岸、谷中初音町《やなかはつねちょう》、日暮里《にっぽり》金杉《かなすぎ》など、本田はそうして春泥の約二年間に転居した場所を七つほど列挙した。

根岸へ移り住んだころから、春泥はようやくはやりっ子となり、雑誌記者などがずいぶんおしかけたものであるが、彼の人嫌いはその当時からで、いつも表戸をしめて、奥さんなどは裏口から出入りしているといったふうであった。

折角訪ねても会ってはくれず、留守を使っておいて、あとから手紙で、「私は人嫌いだから、用件は手紙で申し送ってくれ」という詫状《わびじょう》がきたりするので、たいていの記者はへこたれてしまい、春泥に会って話をしたものは、ほんのかぞえるほどしかなかった。小説家の奇癖には馴れっこになっている雑誌記者も、春泥の人嫌いをもてあましていた。

しかし、よくしたもので、春泥の細君というのが、なかなかの賢夫人で、本田は原稿の交渉や催促なども、この細君を通じてやることが多かった。でも、その細君に逢うのもなかなか面倒で、表戸が締まっている上に、「病中面会謝絶」とか「旅行中」とか、「雑誌記者諸君。原稿の依頼はすべて手紙で願います。面会はお断わりです」などと手厳しい掛け札さえぶら下がっているのだから、さすがの本田も辟易《へきえき》して、空《むな》しく帰る場合も一度ならずあった。

そんなふうだから、転居をしても一々通知状を出すではなく、すべて記者の方で郵便物などを元にして探し出さなければならないのだった。

「春泥と話をしたり、細君と冗談口をきき合ったものは、雑誌記者多しといえども、おそらく僕ぐらいなもんでしょう」

本田はそういって自慢をした。

「春泥って、写真を見るとなかなか好男子だが、実物もあんなかね」

私はだんだん好奇心を起こして、こんなことを聞いて見た。

「いや、どうもあの写真はうそらしい。本人は若い時の写真だっていってましたが、どうもおかしいですよ。春泥はあんな好男子じゃありませんよ。いやにブクブク肥っていて、運動をしないせいでしょう（いつも寝ているんですからね）。顔の皮膚なんか、肥っているくせに、ひどくたるんでいて、シナ人のように無表情で、眼なんか、ドロンとにごっていて、いってみれば土左衛門みたいな感じなんですよ。それに非常な話し下手で無口なんです。あんな男に、どうしてあんなすばらしい小説が書けるかと思われるくらいですよ。

宇野浩二の小説に『人癲癇《ひとでんかん》』というのがありましたね。春泥はちょうどあれですよ。寝胼胝《ねだこ》ができるほども寝たっきりなんですからね。僕は二、三度しか会ってませんが、いつだって、あの男は寝ていて話をするんです。寝ていて食事をするというのも、あの調子ならほんとうですよ。

ところが、妙ですね。そんな人嫌いで、しょっちゅう寝ている男が、時々変装なんかして浅草辺をぶらつくっていう噂ですからね。しかもそれがきまって夜中なんですよ。ほんとうに泥棒かコウモリみたいな男ですね。僕思うに、あの男は極端なはにかみ屋じゃないでしょうか。つまりあのブクブクした自分のからだなり顔なりを、人に見せるのがいやなのではないでしょうか。文名が高まれば高まるほど、あのみっともない肉体がますます恥かしくなってくる。そこで友だちも作らず訪問者にも会わないで、そのうめ合わせには夜などコッソリ雑沓の巷《ちまた》をさまようのじゃないでしょうか。春泥の気質や細君の口裏などから、どうもそんなふうに思われるのですよ」

本田はなかなか雄弁に、春泥の面影を形容するのであった。そして、彼は最後に実に奇妙な事実を報告したのである。

「ところがね、寒川さん、ついこのあいだのことですが、僕、あの行方不明の大江春泥に会ったのですよ。余り様子が変っていたので挨拶もしなかったけれど、確かに春泥にちがいないのです」

「どこで、どこで？」

私は思わず聞き返した。

「浅草公園ですよ。僕その時、実は朝帰りの途中で、酔いがさめきっていなかったのかもしれませんがね」

本田はニヤニヤして頭をかいた。

「ほら来々軒《らいらいけん》っていうシナ料理があるでしょう。あすこの角のところに、まだ人通りも少ない朝っぱらから、まっ赤なとんがり帽に道化服の、よく太った広告ビラくばりが、ヒョコンと立っていたのです。なんとも夢みたいな話だけど、それが大江春泥だったのですよ。ハッとして立ち止まって、声をかけようかどうしようかと思い迷っているうちに、相手のほうでも気づいたのでしょう。しかしやっぱりボヤッとした無表情な顔で、クルッとうしろ向きになると、そのまま大急ぎで向こうの路地へはいって行ってしまいました。よっぽど追っかけようかと思ったけれど、あの風体じゃ挨拶するのもかえって変だと考えなおして、そのまま帰ったのですが」

大江春泥の異様な生活を聞いているうちに、私は悪夢でも見ているような不愉快な気持になってきた。そして、彼が浅草公園で、とんがり帽と道化服をつけて立っていたと聞いたときには、なぜかギョッとして、総毛立つような感じがした。

彼の道化姿と静子への脅迫状とに、どんな因果関係があるのか、私にはわからなかったが、(本田が浅草で春泥に会ったのは、ちょうど第一回の脅迫状がきた時分らしかった)なんにしても、うっちゃってはおけないという気がした。

私はその時ついでに、静子から預かっていた、例の脅迫状のなるべく意味のわからないような部分を、一枚だけ選び出して、それを本田に見せ、果たして春泥の筆蹟かどうかを確かめることを忘れなかった。

するとは彼は、これは春泥の手蹟にちがいないと断言したばかりでなく、形容詞や仮名遣いの癖まで、春泥でなくては書けない文章だといった。彼はいつか、春泥の筆癖《ふでぐせ》をまねて小説を書いてみたことがあるので、それがよくわかるが、「あのネチネチした文章は、ちょっとまねができませんよ」というのだ。私も彼のこの意見には賛成であった。数通の手紙の全体を読んでいる私は、本田以上に、そこに漂っている春泥の匂いを感じていたのである。

そこで、私は本田に、でたらめの理由をつけて、なんとかして春泥のありかをつき止めてくれないかと頼んだのである。

本田は、「いいですとも、僕にお任せなさい」と安請合《やすうけあ》いをしたが、私はそれだけでは安心がならず、私自身も本田から聞いた春泥の住んでいたという、上野桜木町三十二番地へ出かけて行って、近所の様子を探ってみることにした。

四

翌日、私は書きかけの原稿をそのままにしておいて、桜木町へ出かけ、近所の女中だとか出入商人などをつかまえて、いろいろと春泥一家のことを聞きまわってみたが、本田のいったことが決して嘘でなかったことを確かめた以上には、春泥のその後の行方については何事もわからなかった。

あの辺は小さな門などのある中流住宅が多いので、隣同士でも、裏長屋のように話し合うことはなく、行く先を告げずに引越して行ったというくらいのことしか、誰も知らなかった。むろん大江春泥の表札など出していないので、彼が有名な小説家だと知っている人もなかった。トラックを持って荷物を取りにきた引越し屋さえ、どこの店だかわからないので、私は空しく帰るほかはなかった。

　ほかに方法もないので、私は急ぎの原稿を書くひまひまには、毎日のように本田に電話をかけて、捜索の模様を聞くのだが、いっこうこれという手掛りもないらしく、五日六日と日がたって行った。そして、私たちがそんなことをしているあいだに、春泥の方では彼の執念深い企みを着々と進めていたのであった。

　或る日小山田静子から私の宿へ電話がかかって、大変心配なことができたから、一度おいでが願いたい。主人は留守だし、召使いたちも、気のおけるような者は、遠方に使いに出して待っているからということであった。彼女は自宅の電話を使わず、わざわざ公衆電話からかけたらしく、彼女がこれだけのことをいうのに、非常にためらい勝ちであったものだから、途中で三分の時間がきて、一度電話が切れたほどであった。

　主人の留守を幸い、召使いは使いに出して、ソッと私を呼び寄せるという、このなまめかしい形式が、ちょっと私を妙な気持にした。もちろんそれだからというのではないが、私はすぐさま承諾して、浅草山《やま》の宿《しゅく》にある彼女の家を訪ねた。

小山田家は商家と商家のあいだを奥深くはいったところにある、ちょっと昔の寮といった感じの古めかしい建物であった。正面から見たのではわからぬけれど、たぶん裏を大川が流れているのではないかと思われた。だが、寮の見立てにふさわしくないのは、新らしく建て増したと見える建物を取り囲んだ、甚だしく野暮なコンクリート塀と（その塀の上部には盗賊よけのガラスの破片さえ植えつけてあった）、母屋《おもや》の裏の方にそびえている二階建ての西洋館であった。その二つのものが、いかにも昔風の日本建てと不調和で、金持ち趣味の泥臭い感じを与えていた。

刺《し》を通じると、田舎者らしい少女の取次ぎで、洋館の方の応接間へ案内されたが、そこには、静子がただならぬ様子で待ちかまえていた。

彼女は幾度も幾度も、私を呼びつけたぶしつけを詫びたあとで、なぜか小声になって、

「先ずこれを見てくださいまし」

といって一通の封書をさし出した。そして、何を恐れるのか、うしろを見るようにして、私の方へすり寄ってくるのだった。それはやっぱり大江春泥からの手紙であったが、内容がこれまでのものとは少々違っているので、左にその全文を貼りつけておくことにする。

静子、お前の苦しんでいる様子が眼に見えるようだ。

お前が主人には秘密で、私の行方をつきとめようと苦心していることも、ちゃんと私にはわかっている。だが、むだだから止すがいい。たとえお前に私の脅迫を主人に打ち明ける勇気があり、その結果、警察の手をわずらわしたところで、私の所在はわかりっこはないのだ。私がどんなに用意周到な男であるかは、私の過去の作品を見てもわかるはずではないか。

さて、私の小手調べもこの辺で打ち切りどきだろう。私の復讐事業は第二段に移る時期に達したようだ。

それについて、私は少しく君に予備知識を与えておかねばなるまい。私がどうしてあんなにも正確に、夜ごとのお前の行為を知ることができたか、もうお前にもおおかた想像がついているだろう。つまり、私はお前を発見して以来、影のようにお前の身辺につきまとっているのだ。お前のほうからはどうしても見ることはできないけれど、私のほうからはお前が家に居るときも、外出したときも、寸時の絶えまもなくお前の姿を凝視しているのだ。私はお前の影になりきってしまったのだ。現にいま、お前がこの手紙を読んで震えている様子をも、お前の影である私は、どこかの隅から、眼を細めてじっと眺めているかもしれないのだ。

お前も知っている通り、私は夜ごとのお前の行為を眺めているうちに、当然お前たちの夫婦仲の睦まじさを見せつけられた。私はむろん烈しい嫉妬を感じないではいられなかった。

これは最初復讐計画を立てたとき、勘定に入れておかなかった事柄だったが、しかし、そんなことが毫《ごう》も私の計画を妨げなかったばかりか、かえって、この嫉妬は私の復讐心を燃え立たせる油となった。そして私は私の予定にいささかの変更を加えるほうが、一そう私の目的にとって有効であることを悟った。というのは、ほかでもない。最初の予定では、私はお前をいじめにいじめぬき、怖わがらせに怖わがらせぬいた上で、おもむろにお前の命を奪おうと思っていたのだが、此のあいだからお前たちの夫婦仲を見せつけられるに及んで、お前を殺すに先だって、お前を愛している夫の命を、お前の眼の前で奪い、それから、その悲歎を充分に味わせた上で、お前の番にしたほうが、なかなか効果的ではないかと考えるようになった。そして、私はそれにきめたのだ。

だが慌てることはない。私はいつも急がないのだ。第一この手紙を読んだお前が、充分苦しみ抜かぬうちに、その次の手段を実行するというのは、余りにもったいないことだからな。

復讐鬼より

三月十六日深夜

静　子　殿

この残忍酷薄をきわめた文面を読むと、私もさすがにゾッとしないではいられなかった。そして、人でなし大江春泥を憎む心が幾倍するのを感じた。

だが、私が恐れをなしてしまったのでは、あのいじらしく打ちしおれた静子を誰がなぐさめるのだ。私はしいて平気をよそおいながら、この脅迫状が小説家の妄想にすぎないことを、くり返して説くほかはなかった。

「どうか、先生、もっとお静かにおっしゃってくださいまし」

私が熱心にくどき立てるのを聞こうともせず、静子は何かほかのことに気をとられているふうで、時々じっと一つ所を見つめて、耳をすます仕草をした。そして、さも、誰かが立ち聞きでもしているかのように声をひそめるのだった。彼女の唇は、青白い顔色と見分けられぬほど色を失っていた。

「先生、わたくし、頭がどうかしたのではないかと思いますわ。でも、あんなことが、ほんとうだったのでしょうか」

静子は気でも違ったのではないかと疑われる調子で、ささやき声で、わけのわからぬことを口走るのだ。

「何かあったのですか」

私も誘い込まれてつい物々しいささやき声になっていた。

「この家の中に平田さんがいるのでございます」

「どこですか」

私は彼女の意味が呑み込めないで、ぼんやりしていた。

すると、静子は思いきったように立ちあがって、まっ青になって、私をさし招くのだ。それを見ると、私も何かしらワクワクして、彼女のあとに従った。彼女は途中で私の腕時計に気づくと、なぜか私にそれをはずさせ、テーブルの上へ置きに帰った。それから、私たちは足音をさえ忍ばせ、短い廊下を通って、日本建ての方の静子の居間だという部屋へはいって行ったが、そこの襖《ふすま》をあけるとき、静子はすぐその向うがわに、曲者が隠れてでもいるような恐怖を示した。

「変ですね。昼日中、あの男がお宅へ忍び込んでいるなんて、何かの思い違いじゃありませんか」

私がそんなことを言いかけると、彼女はハッとしたように、それを手まねで制して、私の手を取って、部屋の一隅へつれて行くと、眼をその上の天井に向けて、

「だまって聞いてごらんなさい」

というような合図をするのだ。

私たちはそこで、十分ばかりも、じっと眼を見合わせて、耳をすまして立ちつくしていた。

昼間だったけれど、手広い邸の奥まった部屋なので、なんの物音もなく、耳の底で血の流れる音さえ聞こえるほど、シーンと静まり返っていた。

「時計のコチコチという音が聞こえません？」

ややしばらくたって、静子は聞きとれぬほどの小声で私に尋ねた。

「いいえ、時計って、どこにあるんです」

すると、静子はだまったまま、しばらく聞き耳を立てていたが、やっと安心したものか、

「もう聞こえませんわねえ」

といって、また私を招いて洋館の元の部屋に戻ると、彼女は異常な息づかいで、次のような妙なことを話しはじめたのである。

そのとき彼女は居間で、ちょっとした縫物をしていたが、そこへ女中が先に引用した春泥の手紙を持ってきた。もうこのごろでは、上封《うわふう》を見ただけで一と目でそれとわかるようになっているので、彼女はそれを受取ると、なんともいえぬいやあな心持になったが、でも、あけてみないでは、いっそう不安なので、こわごわ封を切って読んでみた。

事が主人の上にまで及んできたのを知ると、もうじっとしてはいられなかった。彼女はなぜということもなく立ち上がって部屋の隅へ歩いて行った。そして、ちょうど

箪笥の前に立ち止まったとき、頭の上から、非常にかすかな、地虫の鳴き声でもあるような物音が聞こえてくるのを感じた。

「わたくし、耳鳴りではないかと思ったのですけれど、じっと辛抱して聞いていますと、耳鳴りとは違った、金属のふれ合うような、カチカチっていう音が、確かに聞こえてくるのでございます」

それは、そこの天井板の上に人が潜んでいるのだ、その人の懐中時計が秒を刻んでいるのだ、としか考えられなかった。

偶然彼女の耳が天井に近くなったのと、部屋が非常に静かであったために、神経が鋭くなっていた彼女には、天井裏のかすかなかすかな金属のささやきが聞こえたのであろう。もしや違った方角にある時計の音が、光線の反射みたいな理窟で、天井裏からのように聞こえたのではないかと、その辺を隈なく調べてみたけれど、近くに時計なぞ置いてなかった。

彼女はふと「現に今、お前がこの手紙を読んで震えている様子をも、お前の影である私は、どこかの隅から、眼を細めてじっと眺めているかもしれないのだ」という手紙の文句を思い出した。すると、ちょうどそこの天井板が少しそり返って、隙間ができているのが彼女の注意を惹いた。その隙間の奥の、まっ暗な中で、春泥の眼が細く光っているようにさえ思われてきた。

「そこにいらっしゃるのは、平田さんではありませんか」

そのとき静子は、ふと異様な興奮におそわれた。彼女は思いきって、敵の前に身を投げ出すような気持で、ハラハラと涙をこぼしながら、屋根裏の人物に話しかけたのであった。

「私、どんなになってもかまいません。あなたのお気のすむように、どんなことでもいたします。たとえあなたに殺されても、少しもお恨みには思いません。でも、主人だけは助けてください。私はあの人に嘘をついたのです。その上、私のためにあの人が死ぬようなことになっては、私、あんまり空恐ろしいのです。助けてください。助けてください」

彼女は小さな声ではあったが、心をこめてかきくどいた。

だが、上からはなんの返事もないのだ。彼女は一時の興奮からさめて、気抜けがしたように、長いあいだそこに立ちつくしていた。しかし、天井裏にはやっぱりかすかに時計の音がしているばかりで、ほかには少しの物音も聞こえてはこないのだ。陰獣は闇の中で、息を殺して、唖のようにだまり返っているのだ。

その異様な静けさに、彼女は突然非常な恐怖を覚えた。彼女はやにわに居間を逃げ出して、家の中にも居たたまらなくて、なんの気であったか、表へかけ出してしまったというのだ。そして、ふと私のことを思いだすと、矢も楯もたまらず、そこにあった公衆電話にはいったということであった。

私は静子の話を聞いているうちに、大江春泥の無気味な小説「屋根裏の遊戯」を思い出さないではいられなかった。もし静子の聞いた時計の音が錯覚でなく、そこに春泥がひそんでいたとすれば、彼はあの小説の思いつきを、そのまま実行に移したものであり、まことに春泥らしいやり方と頷くことができた。

私は「屋根裏の遊戯」を読んでいるだけに、この静子の一見とっぴな話を、一笑に付し去ることができなかったばかりでなく、私自身激しい恐怖を感じないではいられなかった。私は屋根裏の暗闇の中で、まっ赤なとんがり帽と、道化服をつけた、太っちょうの大江春泥が、ニヤニヤと笑っている幻覚をさえ感じた。

五

私たちはいろいろ相談をした末、結局、私が「屋根裏の遊戯」の中の素人探偵のように、静子の居間の天井裏へ上がって、そこに人のいた形跡があるかどうか、もしいたとすれば、いったいどこから出入りしたのであるかを、確かめてみることになった。

静子は、「そんな気味のわるいことを」といって、しきりに止めたけれど、私はそれをふり切って、春泥の小説から教わった通り、押入れの天井板をはがして、電燈工夫のように、その穴の中へもぐって行った。ちょうど家には、さっき取次ぎに出た少女のほかに誰もいなかったし、その少女も勝手元のほうで働いている様子だったから、私は誰に見とがめられる心配もなかったのだ。

屋根裏なんて、決して春泥の小説のように美しいものではなかった。古い家ではあったが、暮れの煤掃《すすは》きのおり灰汁《あく》洗い屋を入れて、天井板をはずしてすっかり洗わせたとのことで、ひどく汚くはなかったけれど、それでも、三月のあいだにはほこりもたまっているし、蜘蛛の巣も張っていた。第一まっ暗でどうすることもできないので、私は静子の家にあった懐中電燈を借りて、苦心して梁《はり》を伝いながら、問題の箇所へ近づいて行った。そこには、天井板に隙間ができていて、たぶん灰汁洗いをしたために、そんなに板がそり返ったのであろう、下から薄い光がさしていたので、それが目印になった。だが、私は半間も進まぬうちにドキンとするようなものを発見した。

私はそうして屋根裏に上がりながらも、実はまさか、まさかと思っていたのだが、静子の想像は決して間違っていなかったのだ。天井板の上に、確かに最近人の通ったらしい跡が残っていた。

私はゾーッと寒気を感じた。小説を知っているだけで、まだ会ったことのない毒蜘蛛のような、あの大江春泥が、私と同じ恰好で、天井裏を這いまわっていたのかと思うと、私は一種名状しがたい戦慄におそわれた。私は堅くなって、梁のほこりの上に残った手だか足だかの跡を追って行った。時計の音のしたという場所は、なるほど、ほこりがひどく乱れて、そこに長いあいだ人のいた形跡があった。

私はもう夢中になって、春泥とおぼしき人物のあとをつけはじめた。彼はほとんど家じゅうの天井裏を歩きまわったらしく、どこまで行っても、怪しい足跡は尽きなかった。そして、静子の居間と、静子らの寝室の天井に、板のすいたところがあって、その箇所だけほこりが余計乱れていた。

私は屋根裏の遊戯者をまねて、そこから下の部屋を覗いて見たが、春泥がそれに陶酔したのも決して無理ではなかった。天井板の隙間から見た「下界」の光景の不思議さは、まことに想像以上であった。殊にも、ちょうど私の眼の下にうなだれていた静子の姿を眺めたときには、人間というものが、眼の角度によっては、こうも異様に見えるものかと驚いたほどであった。

われわれはいつも横の方から見られつけているので、どんなに自分の姿を意識している人でも、真上から見た恰好までは考えていない。そこには非常な隙があるはずだ。隙があるだけに、少しも飾らぬ生地のままの人間が、やや不恰好に曝露されているのだ。静子の艶々した丸髷には（真上から見た丸髷というものの形からして、すでに変であったが）、前髪と髷とのあいだの窪みに、薄くではあったが、ほこりが溜って、ほかの綺麗な部分とは比較にならぬほど汚れていたし、髷につづく項《うなじ》の奥には、着物の襟と背中とが作る谷底を真上から覗くので、背筋の窪みまで見えて、そして、そのねっとり青白い皮膚の上には、例の毒々しいミミズ脹れがずっと奥の暗くなって見えぬところまでも、いたいたしくつづいているのだ。上から見た静子は、やや上品さを失ったようではあったが、その代りに、彼女の持つ一種不可思議なオブシニティが一そう色濃く私に迫ってくるのを感じた。

それはともかく、私は何か大江春泥を証拠立てるようなものが残されていないかと、懐中電燈の光を近づけて、天井板の上を調べまわったが、手型も足跡もみな曖昧で、むろん指紋などは識別されなかった。春泥は定めし「屋根裏の遊戯」をそのままに、足袋《たび》や手袋の用意を忘れなかったのであろう。

ただ一つ、ちょうど静子の居間の上の、梁から天井をつるした支え木の根元の、ちょっと眼につかぬ場所に、小さな鼠色の丸いものが落ちていた。艶消《つやけし》の金属で、うつろな椀の形をしたボタンみたいなもので、表面にR・K・BROS・COという文字が浮き彫りになっていた。

それを拾った時、私はすぐさま「屋根裏の遊戯」に出てくるシャツのボタンを思い出したが、しかしその品はボタンにしては少し変だった。帽子の飾りかなんかではないかとも思ったけれど、確かなことはわからない。あとで静子に見せても、彼女も首をかしげるばかりであった。

むろん私は、春泥がどこから天井裏に忍び込んだかという点をも、綿密に調べてみた。

ほこりの乱れた跡をしたって行くと、それは玄関横の物置きの上で止まっていた。物置きの粗末な天井板は、持ち上げてみると、なんなく取れた。私はそこに投げこんである椅子のこわれを足場にして、下におり、内部から物置きの戸をあけてみたが、その戸には錠前がなくて、わけもなくひらいた。そのすぐそとには、人の背よりは少し高いコンクリートの塀があった。

おそらく大江春泥は、人通りのなくなったころを見はからって、この塀をのり越え（塀の上には前にもいったようにガラスの破片が植えつけてあったけれど、計画的な侵入者にはそんなものは問題ではないのだ）、今の錠前のない物置きから、屋根裏へ忍び込んだものであろう。

そうして、すっかり種がわかってしまうと、私はいささかあっけない気がした。不良少年でもやりそうな子供らしいいたずらじゃないかと、相手を軽蔑してやりたい気持だった。妙なえたいの知れぬ恐怖がなくなって、その代りに現実的な不快ばかりが残った（だが、そんなふうに相手を軽蔑してしまったのは、飛んでもない間違いであったことが、後になってわかった）。

静子は無性に怖がって、主人の身にはかえられぬから、彼女の秘密を犠牲にしても、警察の手をわずらわすほうがよくはないかと言いだしたが、私は相手を軽蔑しはじめていたものだから、彼女を制して、まさか「屋根裏の遊戯」にある天井から毒薬をたらすような、ばかばかしいまねができるはずはないし、天井裏へ忍び込んだからといって、人が殺せるものではない。こんな怖がらせは、いかにも大江春泥らしい稚気で、こうして、さも何か犯罪を企らんでいるように見せかけるのが、彼の手ではないか。高が小説家の彼に、それ以上の実行力があろうとは思われぬ、というふうに彼女をなぐさめたのであった。そして、あまり静子が怖がるものだから、気休めに、そんなことの好きな私の友だちを頼んで、毎夜物置きのあたりの塀そとを見張らせることを約束した。

静子は、ちょうど西洋館の二階に客用の寝室があるのを幸い、何か口実を設けて、当分、彼女たち夫婦の寝間をそこへ移すことにするといっていた。西洋館なれば、天井の隙見《すきみ》なぞできないのだから。

そしてこの二つの防禦方法は、その翌日から実行されたのだが、しかし、陰獣大江春泥の恐るべき魔手は、そのような姑息《こそく》手段を無視して、それから二日後の三月十九日深夜、彼の予告を厳守し、ついに第一の犠牲者を屠《ほふ》ったのである。小山田六郎氏の息の根を絶ったのである。

六

春泥の手紙には小山田氏殺害の予告に付け加えて「だが慌てることはない。私はいつも急がないのだ」という文句があった。それにもかかわらず、彼はどうしてあんなに慌てて、たった二日しかあいだをおかないで、兇行を演じることになったのであろうか。それは或いはわざと手紙では油断をさせておいて意表にでる、一種の策略であったかもしれないのだが、私はふと、もっと別の理由があったのではないかと疑った。静子が時計の音を聞いて、屋根裏に春泥が潜んでいると信じ、涙を流して小山田氏の命乞いをしたということを聞いたとき、すでに私はそれを虞《おそ》れたのだが、春泥はこの静子の純情を知るに及んで、一そうはげしい嫉妬を感じ、同時に身の危険をも悟ったにちがいない。そして「よし、それほどお前の愛している亭主なら、長く待たさないで、早速やっつけて上げることにしよう」という気持になったのであろう。それはともかく、小山田六郎氏の変死事件は、きわめて異様な状態において発見されたのである。

私は静子からの知らせで、その日の夕刻小山田家に駈けつけ、はじめてすべての事情を聞き知ったのであるが、小山田氏はその前日、べつだん変った様子もなく、いつもよりは少し早く会社から帰宅して、晩酌をすませると、川向こうの小梅の友人のうちへ、碁を囲みに行くのだといって、暖かい晩だったので、大島の袷《あわせ》に塩瀬《しおぜ》の羽織だけで、外套は着ず、ブラリと出掛けた。それが午後七時ごろのことであった。

遠いところでもないので、彼はいつものように、散歩かたがた、吾妻橋を迂回して、向島の土手を歩いて行った。そして、小梅の友人の家に十二時ごろまでいて、やはり徒歩でそこを出たというところまではハッキリわかっていた。だがそれから先が一切不明なのだ。

一と晩待ち明かしても帰りがないので、しかも、それがちょうど大江春泥から恐ろしい予告を受けていた際なので、静子は非常に心をいため、朝になるのを待ちかねて、知っている限りの心当たりへ、電話や使いで聞き合わせたが、どこにも立ち寄った形跡がない。彼女はむろん私のところへも電話をかけたのだけれど、ちょうどその前夜から、私は宿を留守にしていて、やっと夕方ごろ帰ったので、この騒動は少しも知らなかったのだ。

やがて、いつもの出勤時刻がきても、小山田氏は会社へも顔を出さないので、会社の方でもいろいろと手を尽して探してみたが、どうしても行方がわからぬ。そんなことをしているうちに、もうお昼近くになってしまった。ちょうどそこへ、象潟《きさがた》警察から電話があって、小山田氏の変死を知らせてきたのであった。

吾妻橋の西詰め、雷門の電車停留所を少し北へ行って、土手をおりた所に、吾妻橋千住大橋間を往復している乗合汽船の発着所がある。一銭蒸汽といった時代からの隅田川の名物で、私はよく用もないのに、あの発動機船に乗って、言問《こととい》だとか白鬚《しらひげ》だとかへ往復してみることがある。汽船商人が絵本や玩具などを船の中へ持ちこんで、スクリュウの音に合わせて、活動弁士のようなしわがれ声で、商品の説明をしたりする、あの田舎々々した、古めかしい味がたまらなく好もしいからだ。その汽船発着所は、隅田川の水の上に浮かんでいる四角な船のようなもので、待合客のベンチも客用の便所も、皆そのブカブカと動く船の上に設けられている。私はその便所へもはいったことがあって知っているのだが、便所といっても婦人用の一つきりの箱みたいなもので、木の床が長方形に切り抜いてあって、その下のすぐ一尺ばかりのところを、大川の水がドブリドブリと流れている。

ちょうど汽車か船の便所と同じで、不潔物が溜るようなことはなく、綺麗といえば綺麗だが、その長方形に区切られた穴から、じっと下を見ていると、底のしれない青黒い水がよどんでいて、時々ごもくなどが、検微鏡の中の微生物のように、穴の端から現われて、ゆるゆると他の端へ消えて行く。それが妙に無気味な感じなのだ。

三月二十日の朝八時ごろ、浅草仲店《なかみせ》の商家のおかみさんが、千住へ用達しに行くために、吾妻橋の汽船発着所へきて、船を待ち合わせるあいだに、その便所へはいった。そして、はいったかと思うと、いきなりキャッと悲鳴を上げて飛び出してきた。

切符切りの爺さんが聞いてみると、便所の長方形の穴の真下に、青い水の中から、一人の男の顔が彼女の方を見上げていたというのだ。

切符切りの爺さんは、最初は、船頭か何かのいたずらだと思ったが（そういう水の中の出歯亀《でばかめ》事件は、時たま無いでもなかったので）、とにかく便所へはいって調べてみると、やっぱり穴の下一尺ばかりの間ぢかに、ポッカリと人の顔が浮いていて、水の動揺につれて、顔が半分隠れるかと思うと、またヌッと現われる。まるでゼンマイ仕掛けの玩具のようで、凄いったらなかったと、あとになって爺さんが話した。

それが人の死骸だとわかると、爺さんは俄《にわ》かに慌て出して、大声で発着所にいた若い者を呼んだ。

船を待ち合わせていた客の中にも、いなせな肴屋《さかなや》さんなどがいて、若い者と協力して死体の引き上げにかかったが、便所の中からではとても上げられないので、そとがわから竿で死骸を広い水の上までつき出したところが、妙なことには、死骸は猿股《さるまた》一つきりで、まるはだかなのだ。

四十前後の立派な人品だし、まさかこの陽気に隅田川で泳いでいたとも受けとれぬので、変だと思ってなおよく見ると、どうやら背中に刃物の突き傷があるらしく、水死人にしては水も呑んでいないようなあんばいである。

ただの水死人ではなくて殺人事件だとわかると、騒ぎはいっそう大きくなったが、さて、水から引き上げる段になって、また一つ奇妙なことが発見された。

知らせによって駈けつけた、花川戸交番の巡査の指図で、発着所の若い者が、モジャモジャした死骸の頭の毛をつかんで引き上げようとすると、その頭髪が頭の地肌から、ズルズルとはがれてきたのだ。

若い者は、余りの気味わるさに、ワッといって手を離してしまったが、入水してからそんなに時間がたっているようでもないのに、髪の毛がズルズルむけてくるのは変だと思って、よく調べてみると、なんのことだ、髪の毛だと思ったのは、かつらで、本人の頭はテカテカに禿げ上がっていたのであった。

これが静子の夫であり、碌々商会の重役である小山田六郎氏の悲惨な死にざまであった。

つまり、六郎氏の死体は、裸体にされた上、禿げ頭に、ふさふさとしたかつらまでかぶせて、吾妻橋下に投げ込まれていたのだった。しかも、死体が水中で発見されたにもかかわらず、水を呑んだ形跡はなく、致命傷は背中の左肺部に受けた、鋭い刃物の突き傷であった。致命傷のほかに背中に数カ所浅い突き傷があったところをみると、犯人は幾度も突きそこなったものにちがいなかった。

警察医の検診によると、その致命傷を受けた時間は、前夜の一時ごろらしいということであったが、なにぶん死体には着物も持ち物もないので、どこの誰ともわからず、警察でも途方に暮れていたところへ、幸いにも昼ごろになって、小山田氏を見知るものが現われたので、さっそく小山田邸と碌々商会とへ、電話をかけたということであった。

夕刻私が小山田家を訪ねたときには、小山田氏がわの親戚の人たちや、碌々商会の社員、故人の友人などがつめかけていて、家の中は非常に混雑していた。ちょうど今しがた警察から帰ったところだといって、静子はそれらの見舞客にとり囲まれて、ぼんやりしているのだ。

小山田氏の死体は都合によっては解剖しなければならないというので、まだ警察から下げ渡されず、仏壇の前の白布で覆われた台には、急ごしらえの位牌ばかりが置かれ、それに物々しく香華《こうげ》がたむけてあった。

私はそこで、静子や会社の人から、右に述べた死体発見の顚末を聞かされたのであるが、私は春泥を軽蔑して、二、三日前静子が警察に届けようといったのをとめたばかりに、このような不祥事をひき起こしたかと思うと、恥と後悔とで座にもいたたまれぬ思いがした。

私は下手人は大江春泥のほかにはないと思った。春泥はきっと、小山田氏が小梅の碁友だちの家を辞して、吾妻橋を通りかかったおり、彼を汽船発着所の暗がりへ連れ込み、そこで兇行を演じ、死体を河中へ投棄したものにちがいない。時間の点からいっても、春泥が浅草辺にうろうろしていたという本田の言葉から推しても、いや、現に彼は小山田氏の殺害を予告さえしていたのだから、下手人が春泥であることに疑いをはさむ余地はないのだ。

だが、それにしても、小山田氏はなぜまっぱだかになっていたのか、また変なかつらなどをかぶっていたのか、もしそれも春泥の仕業《しわざ》であったとすれば、彼はなぜそのような途方もないまねをしなければならなかったのか、まことに不思議というほかはなかった。

私は折を見て、静子と私だけが知っている秘密について相談をするために、「ちょっと」といって、彼女に別室へきてもらった。静子はそれを待っていたように、一座の人に会釈すると、急いで私のあとに従ってきたが、人目がなくなると、「先生」と小声で叫んで、いきなり私にすがりつき、じっと私の胸の辺を見つめていたかと思うと、長いまつげが、ギラギラと光って、まぶたのあいだがふくれ上がったと見るまに、それがやがて大きな水の玉になって、青白い頬の上をツルッ、ツルッと流れるのだ。涙はあとからあとからと、ふくれ上がってきては、止めどもなく流れるのだ。

「僕はあなたに、なんといってお詫びしていいかわからない。まったく僕の油断からです。あいつに、こんな実行力があろうとは、ほんとうに思いがけなかった。僕がわるいのです。僕がわるいのです……」

私もつい感傷的になって、泣き沈む静子の手をとると、力づけるように、それを握りしめながら、繰り返し繰り返し詫言《わびごと》をした。私が静子の肉体にふれたのは、あの時がはじめてだった。そんな際ではあったけれど、私はあの青白く弱々しいくせに、芯の方で火でも燃えているのではないかと思われる、熱っぽく弾力のある彼女の手先の不思議な感触を、はっきりと意識し、いつまでもそれを覚えていた。

「それで、あなたはあの脅迫状のことを、警察でおっしゃいましたか」

やっとしてから、私は静子の泣き止むのを待って尋ねた。

「いいえ、私どうしていいかわからなかったものですから」

「まだ言わなかったのですね」

「ええ、先生にご相談しようと思って」

あとから考えると変だけれど、私はその時もまだ静子の手を握っていた。静子もそれを握らせたまま、私にすがるようにして立っていた。

「あなたもむろん、あの男の仕業だと思っているのでしょう」

「ええ、それに、ゆうべ妙なことがありましたの」

「妙なことって？」

「先生のご注意で、寝室を洋館の二階に移しましたでしょう。これでもう覗かれる心配はないと安心していたのですけれど、やっぱりあの人、覗いていたようですの」

「どこからです」

「ガラス窓のそとから」

そして、静子はその時の怖かったことを思い出したように、眼を大きく見ひらいて、ポツリポツリと話すのであった。

「ゆうべは十二時ごろベッドにはいったのですけれど、主人が帰らないものですから、心配で心配で、それに天井の高い洋室にたった一人でやすんでいますのが怖くなってきて、妙に部屋の隅々が眺められるのです。窓のブラインドが、一つだけ降りきっていないので、一尺ばかり下があいているので、そこからまっ暗なそとの見えているのが、もう怖くって、怖いと思えば、余計その方へ眼が行って、しまいには、そこのガラスの向こうに、ボンヤリ人の顔が見えてくるじゃありませんか」

「幻影じゃなかったのですか」

「少しのあいだで、すぐ消えてしまいましたけれど、今でも私、見違いやなんかではなかったと思っていますわ。モジャモジャした髪の毛をガラスにピッタリくっつけて、うつむき気味になって、上目遣いにじっと私の方を睨んでいたのが、まだ見えるようですわ」

「平田でしたか」

「ええ、でも、ほかにそんなまねをする人なんて、あるはずがないのですもの」

私たちはその時、こんなふうの会話を取りかわしたあとで、小山田氏の殺人犯人が大江春泥の平田一郎にちがいないと判断し、彼がこの次には静子をも殺害しようと企らんでいることを、静子と私とが同道で警察に申しいで、保護を願うことに話をきめた。

この事件の係りの検事は、糸崎という法学士で、幸いにも、私たち探偵作家や、医学者や、法律家などで作っている猟奇会の会員だったので、私が静子といっしょに、捜査本部である象潟警察へ出頭すると、検事と被害者の家族というような、しかつめらしい関係ではなく、友だちつき合いで、親切に私たちの話を聞いてくれた。

彼もこの異様な事件にはよほど驚いた様子で、また深い興味をも感じたらしかったが、ともかく全力を尽して大江春泥の行方を探させること、小山田家には特に刑事を張り込ませ、警官の巡廻の回数を増して、充分静子を保護するという約束をしてくれた。大江春泥の人相については、世に流布している写真は余り似ていないという私の注意から、博文館の本田を呼んで、詳しく彼の知っている容貌を聞き取ったのであった。

七

それから約一カ月のあいだ、警察は全力をあげて大江春泥を捜索していたし、私も本田に頼んだり、そのほかの新聞記者、雑誌記者など、会う人ごとに、春泥の行方について、何か手掛りになるような事実を聞き出そうと骨折っていたにもかかわらず、春泥はいかなる魔法を心得ていたのであるが、杳《よう》としてその消息がわからないのであった。

彼一人なればともかく、足手まといの妻君と二人つれで、彼はどこにどうして隠れていたのであるか。彼は果たして、糸崎検事が想像したように、密航を企て、遠く海外へ逃げ去ってしまったものであろうか。

それにしても、不思議なのは、六郎氏変死以来、例の脅迫状がぱったりこなくなってしまったことであった。春泥は警察の捜索が怖くなって、次の予定であった静子の殺害を思いとどまり、ただ身を隠すことに汲々としていたのであろうか、いや、いや、彼のような男に、そのくらいのことがあらかじめわからなかったはずはない。すると、彼は今なお東京のどこかに潜伏していて、じっと静子殺害の機会を窺っているのではあるまいか。

象潟警察署長は、部下の刑事に命じて、かつて私がしたように、春泥の最後の住居《すまい》であった上野桜木町三十二番地付近を調べさせたが、さすがは専門家である、その刑事は苦心の末、春泥の引越し荷物を運搬した運送店を発見して（それは同じ上野でもずっと隔たった黒門町辺の小さな運送店であったが）、それからそれへと彼の引越し先を追って行った。

その結果わかったところによると、春泥は桜木町を引き払ってから、本所区柳島町、向島須崎町と、だんだん品の悪い場所へ移って行って、最後の須崎町などは、バラック同然の、工場と工場にはさまれた汚らしい一軒建ちの借家《しゃくや》であったが、彼はそこを数カ月の前家賃で借り受け、刑事が行った時にも、家主の方へはまだ彼が住まっていることになっていたが、家の中を調べてみると、道具も何もなく、ほこりだらけで、いつから空家になっていたかわからぬほど荒れ果てていた。近所で聞き合わせても、両隣とも工場なので、観察好きのおかみさんというようなものもなく、いっこう要領をえないのであった。

博文館の本田は本田で、彼はだんだん様子がわかってくると、根がこうしたことの好きな男だものだから、非常に乗り気になってしまって、浅草公園で一度春泥に会ったのを元にして、原稿取りの仕事のひまひまには、熱心に探偵のまねごとをはじめたものである。

彼は先《ま》ず、かつて春泥が広告ビラを配っていたことから、浅草付近の広告屋を、二、三軒歩きまわって、春泥らしい男を雇った店はないかと調べてみたが、困ったことには、それらの広告屋では、忙しい時には浅草公園あたりの浮浪人を臨時に雇って、衣裳を着せて一日だけ使うようなこともあるので、人相を聞いても思い出せぬところをみると、あなたの探していらっしゃるのも、きっとその浮浪人の一人だったのでしょう、ということであった。

そこで、本田は今度は、深夜の浅草公園をさまよって、暗い木蔭のベンチなどを一つ一つ覗きまわってみたり、浮浪人が泊りそうな本所あたりの木賃宿《きちんやど》へ、わざわざ泊り込んで、そこの宿泊人たちと懇意を結んで、もしや春泥らしい男を見かけなかったかと尋ねまわってみたり、それはそれは苦労をしたのであるが、いつまでたっても、少しの手掛りさえ摑むことはできなかった。

本田は一週間に一度ぐらいは、私の宿に立ち寄って、彼の苦心談を話して行くのであったが、あるとき、彼は例の大黒様のような顔をニヤニヤさせて、こんな話をしたのである。

「寒川さん。僕このあいだ、ふっと見世物というものに気がついたのですよ。そしてね、すばらしいことを思いついたのですよ。近ごろ蜘蛛女だとか、首ばかりで胴のない女だとかいう見世物が、方々ではやっているのを知っているでしょう。あれと類似のものでね、首ではなくて、反対に胴ばかりの人間っていう見世物があるんですよ。横に長い箱があって、それが三つに仕切ってあって、二つの区切りの中に、大抵は女なんですが、胴と足とが寝ているのです。そして、胴の上に当たる一つの区切りはガランドウで、そこに首から上が見えていなければならないのに、それがまるっきりないのです。つまり女の首なし死体が長い箱の中に横たわっていて、しかも、そいつが生きている証拠には、時々手足を動かすのです。とても無気味で、且《か》つまたエロチックな代物ですよ。種は例の鏡を斜《ななめ》に張って、そのうしろをガランドウのように見せかける、幼稚なものだけれど。

ところが、僕はいつか、牛込の江戸川橋ね、あの橋を護国寺の方へ渡った角の所の空地で、その首なしの見世物を見たんですが、そこの胴ばかりの人間は、ほかの見世物のような女ではなくて、垢《あか》で黒光りに光った道化服を着た、よく肥った男だったのです」

本田はここまでしゃべって、思わせぶりに、ちょっと緊張した顔をして、しばらく口をつぐんだが、私が充分好奇心を起こしたのを確かめると、また話しはじめるのであった。

「わかるでしょう、僕の考えが。僕はこう思ったのです。一人の男が、万人にからだを曝《さら》しながら、しかも完全に行方をくらます一つの方法として、この見世物の首なし男に雇われるというのは、なんとすばらしい名案ではないでしょうか。彼は目印になる首から上を隠して、一日寝ていればいいのです。これは如何《いか》にも大江春泥の考えつきそうな、お化けじみたやり方じゃないでしょうか。殊《こと》に春泥はよく見世物の小説を書いたし、この類《たぐい》のことは大好きなんですからね」

うながした。

「それで？」

私は本田が実際春泥を見つけたにしては、落ちつき過ぎていると思いながら、先を

「そこで、僕はさっそく江戸川橋へ行ってみたんですが、仕合わせとその見世物はまだありました。僕は木戸銭を払って中へはいり、例の太った首なし男の前に立って、どうすればこの男の顔を見ることができるかと、いろいろ考えてみたんです。で、気づいたのは、この男だって一日に幾度かは便所へ立たなければならないだろうということでした。僕は、そいつの便所へ行くのを、気長く待ち構えていたんですよ。しばらくすると多くもない見物がみな出て行ってしまって、僕一人になった。それでも辛抱して立っていますとね。首なし男が、ポンポンと拍手《かしわで》を打ったのです。

妙だなと思っていると、説明をする男が、僕の所へやってきて、ちょっと休憩をするからそとへ出てくれと頼むのです。そこで、僕はこれだなと感づいて、そとへ出てから、ソッとテント張りのうしろへ廻って、布の破れ目から中を覗いていると、首なし男は、説明者に手伝ってもらって箱からそとへ出ると、むろん首はあったのですが、見物席の土間の隅の所へ走って行って、シャアシャアとはじめたんです。さっきの拍手は、笑わせるじゃありませんか、小便の合図だったのですよ。ハハハハハ」

「落とし噺《ばなし》かい。ばかにしている」

私が少々怒って見せると、本田は真顔になって、

「いや、そいつはまったく人違いで、失敗だったけれど……苦心談ですよ。僕が春泥探しでどんなに苦労しているかという、一例をお話ししたんですよ」

と弁解した。

これは余談だけれど、われわれの春泥捜索は、まあそんなふうで、いつまでたっても、いっこう曙光《しょこう》を認めないのであった。

だが、たった一つだけ、これが事件解決の鍵ではないかと思われる、不思議な事実がわかったことを、ここに書き添えておかねばなるまい。というのは、私は小山田氏の死体のかぶっていた例のかつらに着眼して、その出所がどうやら浅草付近らしく思われたので、その辺のかつら師を探しまわった結果、千束町の松居《まつい》というかつら屋で、とうとうそれらしいのを探し当てたのだが、ところがそこの主人のいうところによると、かつらその物は死体のかぶっていたのとすっかり当てはまるのだけれど、それを注文した人物は、私の予期に反して、いや私の非常な驚きにまで、大江春泥ではなくて、小山田六郎その人であったのだ。

人相もよく合っていた上に、その人は注文する時、小山田という名前をあからさまに告げて、出来上がると（それは昨年の暮れも押しつまったころであった）、彼自身足を運んで受取りにきたということであった。そのとき、小山田氏は禿げ頭を隠すの

だといっていた由《よし》であるが、それにしては、彼の妻であった静子でさえも、小山田氏が生前かつらをかぶっていたのを見なかったのは、いったいどうしたわけであろう。私はいくら考えても、この不可思議な謎を解くことができなかった。

一方静子（今は未亡人であったが）と私との間柄は、六郎氏変死事件を境にして、俄《にわ》かに親密の度を加えて行った。行き掛り上、私は静子の相談相手であり、保護者の立場にあった。小山田氏がわの親戚の人たちも、私の屋根裏調査以来の心尽しを知ると、無下《むげ》に私を排斥することはできなかったし、糸崎検事などは、そういうことなればちょうど幸いだから、ちょいちょい小山田家を見舞って、未亡人の身辺に気をつけて上げてくださいと、口添えをしたほどだから、私は公然と彼女の家に出入することができたのである。

静子は初対面のときから、私の小説の愛読者として、私に少なからぬ好意を持っていたことは、先にしるした通りであるが、その上に、二人のあいだにこういう複雑な関係が生じてきたのだから、彼女が私を二なきものに頼ってきたのは、まことに当然のことであった。

そうして、しょっちゅう会っていると、殊に彼女が未亡人という境遇になってみると、今までは何かしら遠いところにあるもののように思われていた、彼女のあの青白い情熱や、なよなよと消えてしまいそうな、それでいて不思議な弾力を持つ肉体の魅力が、俄かに現実的な色彩を帯びて、私に迫ってくるのであった。殊にも、私が偶然彼女の寝室から、外国製らしい小型の鞭を見つけ出してからというものは、私の悩ましい欲望は、油を注がれたように、恐ろしい勢いで燃え上がったのである。

私は心なくも、その鞭を指さして、

「ご主人は乗馬をなすったのですか」

と尋ねたのだが、それを見ると、彼女はハッとしたように、一瞬まっ青になったかと思うと、見る見る火のように顔を赤らめたのである。そして、いともかすかに、

「いいえ」

と答えたのである。

私は迂闊《うかつ》にも、そのときになってはじめて、彼女の項《うなじ》のミミズ脹れの、あの不思議な謎を解くことができた。思い出してみると、彼女のあの傷痕《きずあと》は、見るたびごとに少しずつ位置と形状が変っていたようである。当時変だなとは思ったのだけれど、まさか彼女のあの温厚らしい禿げ頭の夫が、世にもいまわしい惨虐《ざんぎやく》色情者であったとは気づかなかったのである。

いやそればかりではない。六郎氏の死後一カ月の今日では、いくら探しても、彼女の項には、あの醜いミミズ脹れが見えぬではないか。それこそ思い合わせれば、たとえ彼女の明らさまな告白を聞かずとも、私の想像の間違いでないことはわかりきって

いるのだ。

だが、それにしても、この事実を知ってからの、私の心の耐えがたき悩ましさは、どうしたことであったか。もしや私も、非常に恥かしいことだけれど、故小山田氏と同じ変質者の一人ではなかったのであろうか。

八

四月二十日、故人の命日に当たるので、静子は仏参をしたのち、夕刻から親戚や故人と親しかった人々を招いて、仏の供養をいとなんだ。私もその席に連なったのであるが、その晩わき起こった二つの新らしい事実（それはまるで性質の違う事柄であったにもかかわらず、後に説き明かす通り、それらには、不思議にも運命的な、或るつながりがあったのだが）、おそらく一生涯忘れることのできない、大きな感動を私に与えたのである。

そのとき、私は静子と並んで、薄暗い廊下を歩いていた。客がみな帰ってしまってからも、私はしばらく静子と私だけの話題（春泥捜索のこと）について話し合ったのち、十一時ごろであったか、あまり長居をしては、召使いの手前もあるので、別れを告げて、静子が呼んでくれた自動車にのって帰宅したのであるが、そのとき、静子は私を玄関まで見送るために、私と肩を並べて廊下を歩いていた。廊下には庭に面して、幾つかのガラス窓がひらいていたが、私たちがその一つの前を通りかかったとき、静子は突然恐ろしい叫び声を立てて私にしがみついてきたのである。

「どうしました。何を見たんです」

私は驚いて尋ねると、静子は片手では、まだしっかりと私に抱きつきながら、一方の手でガラス窓のそとを指さすのだ。

私も一時は春泥のことを思い出して、ハッとしたが、だが、それはなんでもなかったことが、間もなくわかった。見ると、窓のそとの庭の樹立《こだち》のあいだを、一匹の白犬が、木の葉をカサカサいわせながら、暗闇の中へ消えていくではないか。

「犬ですよ。犬ですよ。怖がることはありませんよ」

私は、なんの気であったか、静子の肩をたたきながら、いたわるように言ったものだが、そうして、なんでもなかったことがわかってしまっても、静子の片手が私の背中を抱いていて、生温かい感触が、私の身内まで伝わっているのを感じると、ああ、私はとうとう、やにわに彼女を抱き寄せ、八重歯のふくれ上がった、あのモナ・リザの唇を盗んでしまったのである。

そして、それは私にとって幸福であったか不幸であったか、彼女の方でも、決して私をしりぞけなかったばかりか、私を抱いた彼女の手先に、私は遠慮勝ちな力をさえ覚えたのであった。

それが亡き人の命日であっただけに、私たちは罪を感じることがひとしお深かった。二人はそれから私が自動車に乗ってしまうまで、一ことも口をきかず、眼さえもそらすようにしていたのを覚えている。

私は自動車が動き出しても、今別れた静子のことで頭が一杯になっていた。熱くなった私の唇には、まだ彼女の唇が感じられ、鼓動する私の胸には、まだ彼女の体温が残っているように思われた。

私の心には、飛び立つばかりの嬉しさと、深い自責の念とが、複雑な織模様《おりもよう》みたいに交錯していた。車がどこをどう走っているのだか、表の景色などは、まるで眼にはいらなかった。

だが、不思議なことには、そんな際にもかかわらず、さきほどから、ある一つの小さな物体が、異様に私の眼の底に焼きついていた。私は車にゆられながら、ちょうどその視線のことばかり考えて、ごく近くの前方をじっと見つめていたのだが、ちょうどその視線の中心に、私の注意を惹かないではおかぬような、或る物体がチロチロと動いていた。はじめは無関心にただ眺めていたのだけれど、だんだんその方へ神経が働いて行った。

「なぜかな。なぜおれは、これをこんなに眺めているのかな」

ボンヤリとそんなことを考えているうちに、やがて事の次第がわかってきた。私は偶然にしては余りに偶然な、二つの品物の一致をいぶかしがっていたのだった。

私の前には、古びた紺の春外套を着込んだ、大男の運転手が、猫背になって前方を見つめながら運転していた。そのよく太った肩の向こうに、ハンドルに掛けた両手が、チロチロと動いているのだが、武骨な手先に似合わしからぬ上等の手袋がかぶさっている。

しかもそれが時候はずれの冬物なので、ひとしお私の眼を惹いたのでもあろうが、それよりも、その手袋のホックの飾りボタン……私はやっと此のときになって悟ることができた。かつて私が小山田家の天井裏で拾った金属の丸いものは、手袋の飾りボタンにほかならぬのであった。

私はあの金属のことを糸崎検事にもちょっと話はしたのだったが、ちょうどそこに持ち合わせていなかったし、それに、犯人は大江春泥と明らかに目星がついていたので、検事も私も遺留品なんか問題にせず、あの品は今でも私の冬服のチョッキのポケットにはいっているはずなのだ。

あれが手袋の飾りボタンであろうとは、まるで思いも及ばなかった。考えてみると犯人が指紋を残さぬために、手袋をはめていて、その飾りボタンが落ちたのを気づかないでいたということは、いかにもありそうなことではないか。

だが、運転手の手袋の飾りボタンには、私が屋根裏で拾った品物を教えてくれた以上に、もっともっと驚くべき意味が含まれていた。形といい、大きさといい、それらはあまりに似過ぎていたばかりでなく、運転手の右手にはめた手袋の飾りボタンがとれてしまって、ホックの座金《ざがね》だけしか残っていないのは、これはどうしたことだ。私の屋根裏で拾った金物が、もしその座金にピッタリ一致するとしたら、それは何を意味するのだ。

「君、君」

私はいきなり運転手に呼びかけた。

「君の手袋をちょっと見せてくれないか」

運転手は私の奇妙な言葉に、あっけにとられたようであったが、でも、車を徐行させながら、素直に両手の手袋をとって、私に手渡してくれた。見ると、一方の完全なほうの飾りボタンの表面には、例のR・K・BROS・COという刻印まで、寸分違わず現われているのだ。私はいよいよ驚きを増し、一種の変てこな恐怖をさえ覚えはじめた。

運転手は私に手袋を渡しておいて、見向きもせず車を進めている。そのよく太ったうしろ姿を眺めると、私はふと或る妄想におそわれたのである。

「大江春泥……」

私は運転手に聞こえるほどの声で、独り言のようにいった。そして運転手台の上の小さな鏡に映っている、彼の顔をじっと見つめたものであった。だが、それが私のばかばかしい妄想であったことはいうまでもない。鏡に映る運転手の表情は少しも変らなかったし、第一、大江春泥が、そんなルパンみたいなまねをする男ではないのだ。だが、車が私の宿についたとき、私は運転手に余分の賃銭を握らせて、こんな質問をはじめた。

「君、この手袋のボタンのとれた時を覚えているかね」

「それははじめからとれていたんです」

運転手は妙な顔をして答えた。

「貰いものなんでね、ボタンがとれて使えなくなったので、まだ新らしかったけれど、亡くなった小山田の旦那が私にくださったのです」

「小山田さんが？」

私はギクンと驚いて、あわただしく聞き返した。

「いま僕の出てきた小山田さんかね」

「ええ、そうです。あの旦那が生きている時分には、会社への送り迎いは、たいてい私がやっていたんで、ごひいきになったもんですよ」

「それ、いつからはめているの？」

「貰ったのは寒い時分だったけれど、上等の手袋でもったいないので、大事にしていたんですが、古いのが破けてしまって、きょうはじめて運転用におろしたのです。これをはめていないとハンドルが辷《すべ》るもんですからね。でも、どうしてそんなことをお聞きなさるんです」

「いや、ちょっとわけがあるんだ。君、それを僕に譲ってくれないだろうか」

というようなわけで、結局私はその手袋を、相当の代価で譲り受けたのであるが、部屋にはいって、例の天井裏で拾った金物を出して比べてみると、やっぱり寸分も違わなかったし、その金物は手袋のホックの座金にもピッタリとはまったのである。

これは先にもいった通り、偶然にしては余りに偶然過ぎる二つの品物の一致ではなかったか。大江春泥と小山田六郎氏とが、飾りボタンのマークまで同じ手袋をはめていたということは、しかも、そのとれた金物とホックの座金とがシックリ合うなどということが、考えられるであろうか。

これは後にわかったことであるが、私はその手袋を持って行って、市内でも一流の銀座の泉屋洋物店で鑑定してもらった結果、それは内地では余り見かけない作り方で、おそらくは英国製であろう、R・K・BROS・COなんていう兄弟商会は内地には一軒もないことがわかった。この洋物店の主人の言葉と、六郎氏が一昨年九月まで海外にいた事実とを考え合わせてみると、六郎氏こそその手袋の持ち主で、したがって、あのはずれた飾りボタンも、小山田氏が落としたことになりはしないか。大江春泥が、そんな内地では手に入れることのできない、しかも偶然小山田氏と同じ手袋を所有していたことは、まさか考えられないのだから。

「すると、どういうことになるのだ」

私は頭をかかえて、机の上によりかかり、「つまり、つまり」と妙な独りごとを言いつづけながら、頭の芯の方へ私の注意力をもみ込んで行って、そこからなんらかの解釈を見つけ出そうとあせるのであった。

やがて、私はふっと変なことを思いついた。それは、山の宿《しゅく》というのは、隅田川に沿った細長い町で、そこの隅田川寄りにある小山田家は、当然大川の流れに接していなければならないということであった。考えるまでもなく、私はたびたび小山田家の洋館の窓から、大川を眺めていたのだが、なぜか、その時、はじめて発見したかのように、それが新らしい意味を持って、私を刺戟するのであった。

私の頭のモヤモヤの中に、大きなUの字が現われた。

Uの字の左端上部には山の宿がある。右端の上部には小梅町（六郎氏の碁友だちの家の所在地）がある。そして、Uの底に当たる所はちょうど吾妻橋に該当するのだ。あの晩、六郎氏はUの右端上部を出て、Uの底の左側までやってきて、そこで春泥のために殺害されたと、われわれは今の今まで信じていた。だが、われわれは河の流れというものを閑却してはいなかったであろうか。大川はUの上部から下部に向かって流れているのだ。投げ込まれた死骸が殺された現場にあるというよりは、上流から流れてきて、吾妻橋下の汽船発着所につき当たり、そこの澱《よど》みに停滞していたと考えるほうが、より自然な見方ではないだろうか。

死体は流れてきた。死体は流れてきた。では、どこから流れてきたか。兇行はどこで演ぜられたか……そうして、私は深く深く妄想の泥沼へと沈み込んで行くのであった。

（作者申す）本篇は短篇小説であって分載すべき性質のものでないのに、編輯の都合で切ることになりました。それにつき一言申添えますが、敏感な読者は、今月分を読んですでにおよそ結果が分ってしまった様に感じられるかも知れません。しかし、それはおそらく間違いなのです。もっとも、作中の「私」も、読者が陥られるであろうと同じ錯誤に陥ったのではありますけれど。

九

私は幾晩も幾晩も、そのことばかりを考えつづけた。静子の魅力もこの奇怪なる疑いには及ばなかったのか、私は不思議にも静子のことを忘れてしまったかのように、ひたすら奇妙な妄想の深みへおち込んで行った。

私はそのあいだにも、或ることを確かめるために、二度ばかり静子を訪ねは訪ねたのだけれど、用事をすませると、至極あっさりと別れをつげて大急ぎで帰ってしまうので、彼女はきっと妙に思っていたにちがいない。私を玄関に見送る彼女の顔が、淋しく悲しげにさえ見えたほどだ。

そして、五日ばかりのあいだに、私は実に途方もない妄想を組み立ててしまったのである。私はそれをここに叙述する煩を避けて、そのとき糸崎検事に送るために書いた私の意見書が残っているから、それにいくらか書き入れをして、左に写しておくことにするが、この推理は、私たち探偵小説家の空想力をもってでなければ、おそらく組み立て得ない種類のものであった。そして、そこに一つの深い意味が存在していたことが、のちになってわかってきたのだが。

（前略）小山田邸の静子の居間の天井裏で拾った金具が、小山田氏の手袋のホックから脱落したものと考えるほかはないことを知りますと、今まで私の心の隅のわだかまりとなっていたいろいろの事実が、続々思い出されてくるのでありました。小山田氏の死骸がかつらをかぶっていたこと、そのかつらは同氏自身注文して拵《こし》らえさせたものであったこと（死体がはだかであったことは、後に述べますような理由で、私にはさして問題ではありませんでした）、小山田氏の変死と同時に、まるで申し合わせたように、平田の脅迫状がパッタリこなくなったこと、小山田氏が見かけによらぬ（こうしたことは多くの場合見かけによらぬものです）恐ろしい惨虐色情者（サディスト）であったことなど、これらの事実は、偶然さまざまの異常が集合したかに見えますけれど、よくよく考えますと、ことごとく或る一つの事柄を指し示していることがわかるのであります。

私はそこへ気がつきますと、私の推理を一そう確実にするため、できるだけの材料を集めることに着手しました。私は先《ま》ず小山田家を訪ね、夫人の許しを得て、小山田氏の書斎を調べさせてもらいました。書斎ほど、その主人公の性格なり秘密なりを如実に語ってくれるものはないのですから。私は夫人に怪しまれるのも構わず、ほとんど半日がかりで、書棚という書棚、引出しという引出しを調べまわったことですが、間もなく、私は、数ある本棚の中に、たった一つだけ、さも厳重に鍵のかかっている箇所のあるのを発見しました。鍵を尋ねますと、それは小山田氏が生前、時計の鎖につけて始終持ち歩いていたこと、変死の日にも兵児《へこ》帯《おび》に巻きつけて家を出たままだということがわかりました。仕方がないので、私は夫人を説いて、やっとその本棚の戸を破壊する許しを得ました。

あけて見ますと、その中には、小山田氏の数年間の日記帳、幾つかの袋にはいった書類、手紙の束、書籍などが一杯はいっていましたが、私はそれをいちいち丹念に調べた結果、この事件に関係ある三冊の書冊《しょさつ》を発見したのであります。第一は静子夫人との結婚の年の日記帳で、婚礼の三日前の日記の欄外に、赤インキで、次のような注意すべき文句が記入してあったのです。

「(前略)余は平田一郎なる青年と静子との関係を知れり。されど、静子は中途その青年を嫌いはじめ、彼がいかなる手段を講ずるもその意に応ぜず、遂には、父の破産を好機として彼の前より姿を隠せる由なり。それにてよし。余は既往の詮議立てはせぬつもりなり」

つまり六郎氏は結婚の当初から、なんらかの事情により、夫人の秘密を知悉していたのです。そして、それを夫人には一こともいわなかったのです。

第二は大江春泥著短篇集「屋根裏の遊戯」であります。このような書物を、実業家小山田六郎氏の書斎に発見するとは、なんという驚きでありましょう。静子夫人から、六郎氏が生前なかなかの小説好きであったということを聞くまでは、私は自分の眼を疑ったほどでした。さて、この短篇集の巻頭にはコロタイプ版の春泥の肖像が掲げられ、奥付には著者平田一郎と彼の本名が印刷されてあったことを注意すべきであります。

第三は博文館発行の雑誌「新青年」第六巻第十二号です。これには春泥の作品は掲載されていませんでしたけれど、その代り、口絵に彼の原稿の写真版が原寸のまま、原稿紙半枚分ほど、大きく出ていて、余白に「大江春泥氏の筆蹟」と説明がついていました。妙なことは、その写真版を光線に当てて見ますと、厚いアートペーパーの上に、縦横に爪の跡のようなものがついているのです。これは誰かが写真の上に薄い紙を当てて、鉛筆で春泥の筆蹟を幾度もなすったものとしか考えられません。私の想像が次々と的中して行くのが怖いようでした。

その同じ日、私は夫人に頼んで、六郎氏が外国から持ち帰った手袋を探してもらいました。それは探すのに可なり手間取ったのですけれど、ついに私が運転手から買い取ったものと、寸分違わぬ品が一と揃いだけ出てきました。夫人は、それを私に渡した時、確かに同じ手袋がもう一と揃いあったはずなのにと、不審顔でした。これらの証拠品、日記帳、短篇集、雑誌、手袋、天井裏で拾った金具などは、お指図によって、いつでも提出することができます。

さて、私の調べ上げた事実は、このほかにも数々あるのですが、それらを説明する前に、仮りに上述の諸点だけによって考えましても、小山田六郎氏が世にも無気味な性格の所有者であり、温厚篤実なる仮面の下《もと》に、甚《はなは》だ妖怪じみた陰謀をたくましくしていたことは明かであります。われわれは大江春泥という名前に執着し過ぎていはしなかったでしょうか。彼の血みどろな作品、彼の異様な日常生活の知識などが、われわれをして、このような犯罪は春泥でなくてはできるものでないと、てんから独りぎめにきめさせてしまったのではありますまいか。彼はどうしてかくも完全に姿をくらましてしまうことができたのでしょう。彼が犯人であったとしては、少し妙ではありませんか。彼が無実であればこそ、単に彼の持ち前の厭人癖《えんじんへき》から（彼が有名になればなるほど、その名に対しても、この種の厭人病は極度に昂進するものであります）行方をくらましたのであればこそ、このように探しにくいのではないでしょうか。彼はいつかあなたがいわれたように海外に逃げ出したのかもしれません。そして、例えば上海のシナ人町の片隅に、シナ人になりすまして、水煙草でも吸っているのかもしれません。そうでなくても、もし春泥が犯人であったとすれば、あのようにも綿密に、執拗に、長年月をついやして企らまれた復讐計画が、彼にしては道草のようなものであった小山田氏殺害のみをもって、肝腎の目的を忘れたように、パッタリと中絶されたことを、なんと説明したらいいのでしょう。彼の小説を読み、彼の日常生活を知っているものは、これは余りに不自然な、ありそうもないことに思われるのです。いや、それよりも、もっと明白な事実があります。彼はどうして小山田氏所有の手袋のボタンを、あの天井裏へ落としてくることができたのでしょう。手袋が内地では手に入らぬ外国製のものであること、小山田氏が運転手に与えた手袋の飾りボタンがとれていたことなど思い合わせれば、かの屋根裏に潜んでいた者は、その小山田氏ではなくて、大江春泥であったなどと、そんな不合理なことが考えられるでしょうか（ではそれが小山田氏であったとしたら、彼はなぜその大切な証拠品を、迂闊にも運転手などに与えたか、との御反問があるかもしれません。しかし、それは後に述べますように、彼は別段法律上の罪悪を犯してなどいなかったからです。変態好みの一種の遊戯をやっていたにすぎなかったからです。ですから、手袋のボタンがとれたところで、たとえそれが天井裏に残されていたところで、彼にとってはなんでもなかったのです。犯罪者のように、このボタンのとれたのは、もしや天井裏を歩いていた時ではなかったかしら、それが証拠になりはしないかしら、などと心配する必要は少しもなかったからです）。

春泥の犯罪を否定すべき材料は、まだそればかりではありません。右に述べた日記帳、春泥の短篇集、「新青年」などの証拠品が、小山田氏の書斎の錠前つきの本棚にあったこと、その錠前の鍵は一つしかなく、同氏が常に身辺をはなさなかったことは、それらの品が同氏の陰険な悪戯を証拠立てているばかりでなく、一歩譲って、春泥が小山田氏に疑いをかけるために、その品々を偽造し、同氏の本棚へ入れておいたと考えることさえ、全然不可能なのです。第一、日記帳の偽造なぞできるものではありませんし、その本棚は小山田氏でなければあけることも閉めることもできなかったのではありませんか。

かく考えてきますと、われわれが今まで犯人と信じきっていた大江春泥こと平田一郎は、意外にも最初からこの事件に存在しなかったと判断するほかはありません。われわれをしてそのように信じさせたものは、小山田六郎氏の驚嘆すべき欺瞞であったとしか考えられないのであります。金満紳士小山田氏が、かくの如き綿密陰険なる稚気の所有者であったことは、彼が表に温厚篤実をよそおいながら、その寝室においては、世にも恐るべき悪魔と形相を変じ、可憐なる静子夫人を外国製乗馬鞭をもって、打擲《ちようちやく》しつづけていたことと共に、われわれのまことに意外とするところではありますけれど、温厚なる君子と陰険なる悪魔とが、一人物の心中に同居したためしは、世にその例が乏しくないのであります。人は、彼が温厚でありお人好しであればあるほど、かえって悪魔に弟子入りしやすいともいえるのではありますまいか。

さて、私はこう考えるのであります。小山田六郎氏は今より約四年以前、社用を帯びて欧州に旅行をし、ロンドンを主として、其のほか二、三の都市に二年間滞在していたのですが、彼の悪癖は、おそらくそれらの都市のいずれかにおいて芽生え、発育したものでありましょう（私は碌々商会の社員から、彼のロンドンでの情事の噂を洩れ聞いております）。そして、一昨年九月、帰朝と共に、彼の治しがたい悪癖は、彼の溺愛する静子夫人を対象として、猛威をたくましくしはじめたものでありましょう。私は昨年十月、静子夫人と初対面のおり、すでに彼女の項《うなじ》に無気味な傷痕を認めたほどですから。

この種の悪癖は、例えばかのモルヒネ中毒のように、一度なじんだら一生涯止められないばかりでなく、日と共に、月と共に、恐ろしい勢いでその病勢が昂進して行くものです。より強烈な、より新らしい刺戟をと、追い求めるものであります。きょうはきのうのやり方では満足できず、あすはまたきょうの仕草では物足りなく思われてくるのです。小山田氏も同様、静子夫人を打擲するばかりでは満足ができなくなってきたことは、容易に想像できるではありませんか。そこで彼は物狂わしく新らしい刺戟を探し求めなければならなかったでありましょう。ちょうどそのとき、彼は何かのきっかけで、大江春泥作「屋根裏の遊戯」という小説のあることを知り、その奇怪なる内容を聞いて、一読してみる気になったのかもしれません。ともかく、彼はそこに、不思議な知己を発見したのです。異様な同病者を見つけ出したのです。彼がいかに春泥の短篇集を愛読したか、その本の手摺《てず》れのあとでも想像することができるではありませんか。春泥はあの小説の中で、たった一人でいる人を（殊に女を）少しも気づかれぬように隙見することの、世にも不思議な楽しさを、繰り返し説いていますが、小山田氏がこの彼にとってはおそらく新発見であったところの、あたらしい趣味に共鳴したことは想像にかたくありません。彼は遂に春泥の小説の主人公をまねて、自から屋根裏の遊戯者となり、自宅の天井裏に忍んで、静子夫人の独居《ひとりい》を隙見しようと企てたのであります。

小山田家は門から玄関まで相当の距離がありますので、外出から帰ったおりなど、召使いたちに知れぬよう、玄関脇の物置きに忍び込み、そこから天井伝いに、静子の居間の上に達するのは、まことに造作もないことです。私は、六郎氏が夕刻から、よく小梅の友だちの所へ碁を囲みに出かけたのは、この屋根裏の遊戯の時間をごまかす手段ではなかったかと邪推するのであります。

一方、そのように「屋根裏の遊戯」を愛読していた小山田氏が、その奥付で作者の本名を発見し、それがかつて静子にそむかれた彼女の恋人であり、彼女に深い恨みを抱いているにちがいない平田一郎と、同一人物ではないかと疑いはじめたのは、さもありそうなことではありませんか。そこで、彼は大江春泥に関するあらゆる記事、ゴシップをあさり、ついに春泥がかつての静子の恋人と同一人物であったこと、また彼の日常生活が甚だしく厭人的であり、当時すでに筆を絶って行方をさえくらましていたことを知るに至ったのでありましょう。つまり小山田氏は、一冊の「屋根裏の遊戯」によって、一方では彼の病癖のこよなき知己を、一方では彼にとっては憎むべき昔の恋の仇敵《きゅうてき》を、同時に発見したのです。そして、その知識に基づいて、実に驚くべき悪戯《いたずら》を思いついたのであります。

静子の独居《ひとりい》の隙見は、なるほど甚《はなは》だ彼の好奇心をそそったにはちがいないのですが、惨虐色情者の彼がそれだけで、そんな生ぬるい興味だけで満足しようはずはありません。鞭の打擲《ちょうちゃく》に代るべき、もっと新らしい、もっと残酷な何かの方法がないものかと、彼は病人の異常に鋭い空想力を働かせたことでしょう。そして、結局、平田一郎の脅迫状という、まことに前例のないお芝居を思いつくに至ったのであります。それには、彼はすでに「新青年」第六巻十二号巻頭の写真版のお手本を手に入れておりました。お芝居をいやが上にも興深く、まことしやかにするために、彼はその写真版によって、丹念に春泥の筆蹟の手習いをはじめました。あの写真版の鉛筆の痕《あと》がそれを物語っております。

小山田氏は平田の脅迫状を作製すると、適当な日数をおいて、一度一度ちがった郵便局から、その封書を送りました。商用で車を走らせている途中、もよりのポストへそれを投げ込ませるのはわけのないことでした。脅迫状の内容については、彼は新聞雑誌の記事によって春泥の経歴の大体に通じていましたし、静子の細かい動作も、天井からの隙見と、それで足らぬところは、彼自身静子の夫であったのですから、あのくらいのことはわけもなく書けたのです。つまり彼は、静子と枕を並べて、寝物語りをしながら、その時の静子の言葉や仕草を記憶しておいて、それをさも春泥が隙見したかの如く書きしるしたわけなのです。なんという悪魔でありましょう。かくして彼は、人の名を騙《かた》って脅迫状をしたため、それを自分の妻に送るという犯罪めいた興味と、妻がそれを読んで震えおののくさまを、天井裏から胸をとどろかせながら隙見するという悪魔の喜びとを、経験することができたのです。しかも、彼はそのあいだあいだには、やはりかの鞭の打擲をつづけていたと信ずべき理由があります。なぜといって、静子の項《うなじ》の傷は、同氏の死後になって、はじめてその痕が見えなくなったのですから。彼はこのように妻の静子を責めさいなんではいましたけれども、それは決して彼女を憎むがゆえではなく、むしろ静子を溺愛すればこそ、この惨虐を行なったのであります。この種の変態性慾者の心理は、むろん、あなたも充分ご承知のことと思います。

さて、かの脅迫状の作製者が小山田六郎であったという、私の推理は以上で尽きましたが、では、単に変態性慾者の悪戯にすぎなかったものが、どうしてあのような殺人事件となって現われたか。しかも殺されたものは小山田氏自身であったばかりでなく、彼はなにゆえにあの奇妙なかつらをかぶり、まっぱだかになって、吾妻橋下に漂っていたのであるか。彼の背中の突き傷は何者の仕業であったのか。大江春泥がこの事件に存在しなかったとすれば、では、ほかに別の犯罪者がいたのであるか、などの疑問が続出してくるでありましょう。それについて、私はさらに、私の観察と推理とを申し述べなければなりません。

簡単に申せば、小山田六郎氏は、彼のあまりにも悪魔的な所業が、神の怒りに触れたのでもありましょうか、天罰を蒙《こうむ》ったのであります。そこにはなんらの犯罪も、下手人もなく、ただ小山田氏の過失死があったばかりであります。では、背中の致命傷はとのお尋ねがありましょうけれど、その説明はあとに廻して、先ず順序を追って、私がそのような考えを抱くに至った筋道からお話ししなければなりません。

私の推理の出発点は、ほかならぬ彼のかつらでありました。あなたは多分、三月十七日、私が天井裏の探険をした翌日から、静子は隙見をされぬよう、洋館の二階へ寝室を移したことをご記憶でありましょう。それには静子がどれほど巧みに夫を説いたか、小山田氏がどうしてその意見に従う気になったかは明瞭ではありませんが、ともかく、その日から同氏は天井の隙見ができなくなってしまったのです。しかし、想像をたくましくするならば、彼はそのころは、もう天井の隙見にも、やや飽きがきていたのかもしれません。そして、寝室が洋館にかわったのを幸いに、また別の悪戯を考案しなかったとはいえません。なぜといって、ここにかつらがあります。彼自身注文したところのふさふさとしたかつらがありま す。彼がそのかつらを注文したのは昨年末ですから、むろん最初からそのつもりではなく、別に用途があったのでしょうが、それが今、計らずも間に合ったのです。

彼は「屋根裏の遊戯」の口絵で、春泥の写真を見ております。その写真は春泥の若い時分のものだといわれているほどですから、むろん小山田氏のように禿げ頭ではなく、ふさふさとした黒髪があります。ですから、もし小山田氏が手紙や屋根裏の蔭に隠れて静子を怖がらせることから一歩を進め、彼自身大江春泥に化け、静子がそこにいるのを見すまして、洋館の窓のそとからチラッと顔を見せて、あの不思議な快感を味わおうと企らんだならば、彼は何よりも先《ま》ず、彼の第一の目印である禿げ頭を隠す必要に迫られたにちがいありませんが、ちょうどそれには持ってこいのかつらがあったのです。かつらさえかぶれば、顔などは、暗いガラスのそとではあり、チラッと見せるだけでよいのですから(そして、その方が一そう効果的なのです)、恐怖におののいている静子に見破られる心配はありません。

その夜(三月十九日)小山田氏は小梅の碁友だちから帰り、まだ門があいていたので、召使いたちに知れぬよう、ソッと庭を廻って洋館の階下の書斎に入り(これは静子から聞いたのですが、彼はそこの鍵を例の本棚の鍵と一緒に鎖に下げて持っていたのです)そのときはもう階上の寝室にはいっていた静子に悟られぬよう、闇の中で例のかつらをかぶり、そとに出て、立木を伝って洋館の軒蛇腹《のきじゃばら》にのぼり、寝室の窓のそとへ廻って行って、そこのブラインドの隙間から、ソッと中を覗いたのであります。のちに静子が窓のそとに人の顔が見えたと私に語ったのは、この時のことだったのです。

さて、それでは、小山田氏はどうして死ぬようなことになったのか、それを語る前に、私は一応、私が同氏を疑い出してから二度目に小山田家を訪ね、洋館の問題の窓から、そとを覗いてみた時の観察を申し述べねばなりません。これはあなた自身行ってごらんなさればわかることですから、くだくだしい描写は省《はぶ》くことにいたしますが、その窓は隅田川に面していて、そとはほとんど軒下ほどの空地もなく、すぐ例の表側と同じコンクリート塀に囲まれ、塀は直ちにかなり高い石崖につづいています。地面を倹約するために、塀は石崖のはずれに立ててあるのです。水面から塀の上部までは約二間、塀の上部から二階の窓までは一間ほどあります。そこで小山田氏が軒蛇腹（それは幅が非常に狭いのです）から足を踏みはずして転落したとしますと、よほど運がよくて、塀の内側へ（そこは人一人やっと通れるくらいの細い空地です）落ちることも不可能ではありませんが、そうでなければ、一度塀の上部にぶっつかって、そのままそとの大川へ墜落するほかはないのです。そして、六郎氏の場合はむろん後者だったのであります。

私は最初、隅田川の流れというものに思い当たったときから、死体が投げこまれた現場にとどまっていたと考えるよりは、上流から漂ってきたと解釈するほうが、より自然だとは気づいていました。そして、小山田家の洋館のそとは、すぐ隅田川であり、そこは吾妻橋よりも上流に当たることをも知っていました。それゆえ、もしかしたら、小山田氏はその窓から落ちたのではないかと、考えたことは考えたのですが、彼の死因が水死ではなくて、背中の突き傷だったものですから、私は長いあいだ迷わなければなりませんでした。

ところが、ある日、私はふと、かつて読んだ南波《なんば》杢三郎《もくさぶろう》氏著「最新犯罪捜査法」の中にあった、この事件と似よりの一つの実例を思い出したのです。同書は私が探偵小説を考える際、よく参考にしますので、中の記事も覚えていたわけですが、その実例というのは次の通りであります。

「大正六年五月中旬頃、滋賀県大津市太湖汽船株式会社防波堤付近ニ男ノ水死体漂着セルコトアリ死体頭部ニハ鋭器ヲ以テシタルガ如キ切創アリ。検案ノ医師ガ右ハ生前ノ切傷ニシテ死因ヲ為シ、尚腹部ニ多少ノ水ヲ蔵セルハ、殺害ト同時ニ水中ニ投棄セラレタルモノナル旨ヲ断定セルニ依リ、茲《ココ》ニ大事件トシテ俄《ニワカ》ニ捜査官ノ活動ハ始マレリ。被害者ノ身元ヲ知ランガ為メニアラユル方法ハ尽サレ遂ニ端緒ヲ得ザリシ所、数日ヲ経テ、京都市上京区浄福寺通金箔業斎藤方ヨリ同人方雇人小林茂三（二三）ノ家出保護願ノ郵書ヲ受理シタル大津警察署ニ於テハ、偶々其人相着衣ト本件被害者ノ夫ト符合スル点アルヲ以テ、直ニ斎藤某ニ通知シ死体ヲ一見セシメタルニ全ク其雇人ナルコト判明シタルノミナラズ、他殺ニ非ズシテ実ハ自殺ナル事ヲモ確定セラレヌ。何トナレバ水死者ハ主家ノ金円ヲ多ク消費シ遺書ヲ残シテ家出セルモノナリシヲ知レバ也、同人ガ頭部ニ切傷ヲ蒙リ居タルハ、航行中ノ汽船ノ船尾ヨリ湖上ニ投身セル際、廻転セルすくりうニ触レ、切創様ノ損傷ヲ受ケタ事明白ト《ソレ》ナレリ」

もし私がこの実例を思い出さなかったら、私はあのようなとっぴな考えを起こさなかったかもしれません。しかし、多くの場合、事実は小説家の空想以上なのです。そして、はなはだありそうもない頓狂なことが、実際にはやすやすと行われているのです。といっても、私は小山田氏がスクリューに傷つけられたと考えるものではありません。この場合は右の実例とは少々違って、死体はまったく水を呑んでいなかったのですし、それに夜中の一時ごろ、隅田川を汽船が通ることはめったにないのですから。

では、小山田氏の背中の肺部に達するほどもひどい突き傷は何によって生じたか、あんなにも刃物と似た傷をつけるものは一体なんであったか。それはほかでもない、小山田家のコンクリート塀の上部に植えつけてあった、ビール壜の破片なのです。それは表門の方も同様に植えつけてありますから、あなたも多分ごらんなすったことがありましょう。あの盗賊よけのガラス片は、ところどころに飛んでもない大きなやつがありますから、場合によっては、充分肺部に達するほどの突き傷をこしらえることができます。小山田氏は軒蛇腹から転落した勢いで、それにぶっつかったのです。ひどい傷を受けたのも無理はありません。なおこの解釈によれば、あの致命傷の周囲のたくさんの浅い突き傷の説明もつくわけであります。

かようにして、小山田氏は自業自得、彼のあくどい病癖のために、軒蛇腹から足を踏みはずし、塀にぶっつかって致命傷を受け、その上隅田川に墜落し、流れと共に吾妻橋汽船発着所の便所の下へ漂いつき、とんだ死に恥をさらしたわけであります。以上で本件に関する私の新解釈を大体陳述しました。一、二申し残したことをつけ加えますと、六郎氏の死体がどうして裸体にされていたかという疑問については、吾妻橋界隈は浮浪者、乞食、前科者の巣窟であって、溺死体が高価な衣類を着用していたなら（六郎氏はあの夜、大島の袷《あわせ》に塩瀬《しおぜ》の羽織を重ね、白金《プラチナ》の懐中時計を所持しておりました）、深夜人なきを見て、それをはぎ取るくらいの無謀者は、ごろごろしていると申せば充分でありましょう（註、この私の想像は、後に事実となって現われ、一人の浮浪人があげられたのだ）。それから、静子が寝室にいて、なぜ六郎氏の墜落した物音を気づかなかったかという点は、その時彼女が極度の恐怖に気も顚倒していたこと、コンクリート作りの洋館のガラス窓が密閉されていたこと、窓から水面までの距離が非常に遠いこと、また、たとえ水音が聞こえたとしても、隅田川はときどき徹夜の泥舟などが通るので、その櫓櫂《ろかい》の音と混同されたかもしれないこと、などをご一考願いたいと存じます。なお注意すべきは、この事件が毫《ごう》も犯罪的の意《い》味を含まず、不幸変死事件を誘発したとはいえ、まったく悪戯《いたずら》の範囲を出でなかったという点であります。もしそうでなかったならば、小山田氏が証拠品の手袋を運転手に与えたり、本名を告げてかつらを注文したり、錠前つきとは申せ、自宅の本棚に大切な証拠物を入れておいたりした、ばかばかしい不注意を、説明のしようがないからであります。

（後略）

以上、私は余りに長々と私の意見書を写し取ったが、これをここに挿入したのは、あらかじめ右の私の推理を明らかにしておかなければ、これからあとの私の記事が甚だ難解なものになるからである。

私はこの意見書で、大江春泥は最初から存在しなかったといった。だが、事実は果たしてそうであったかどうか。もしそうだとすれば、私がこの記録の前段において、あんなにも詳しく彼の人となりを説明したことが、まったく無意味になってしまうのだが。

十

糸崎検事に提出するために、右の意見書を書き上げたのは、それにある日付によると、四月二十八日であったが、私はまずこの意見書を静子に見せて、もはや大江春泥の幻影におびえる必要のないことを知らせ、安心させてやろうと、書き上げた翌日、小山田家を訪ねたのである。私は小山田氏を疑ってからも、二度も静子を訪ねて家宅捜索みたいなことをやっていながら、実はまだ彼女には何も知らせてはいなかったのだ。

当時、静子の身辺には、小山田氏の遺産処分につき、毎日のように親族の者が寄り集まって、いろいろの面倒な問題が起こっているらしかったが、ほとんど孤立状態の静子は、よけい私をたよりにして、私が訪問すれば、大騒ぎをして歓迎してくれるのだった。私は例によって、静子の居間に通されると、甚だ唐突に、

「静子さん。もう心配はなくなりましたよ。大江春泥なんて、はじめからいなかったのです」

と言い出して、静子を驚かせた。むろん彼女にはなんのことだか意味がわからぬのだ。そこで、私は私が探偵小説を書き上げたとき、いつもそれを友だちに読みきかせ

るのと同じ気持で、持参した意見書の草稿を、静子のために朗読したのである。というのは、一つには静子に事の仔細《しさい》を知らせて安心させるため、また一つには、これに対する彼女の意見も聞き、私自身でも草稿の不備な点を見つけ、充分訂正をほどこしたいからであった。

小山田氏の惨虐色情を説明した箇所は、甚だ残酷であった。静子は顔赤らめて消えも入りたい風情を見せた。手袋の箇所では、彼女は「私は、確かにもう一と揃いあったのに、変だ変だと思っていました」と口を入れた。六郎氏の過失死のところでは、彼女は非常に驚いて、まっ青になり、口もきけない様子であった。

だが、すっかり読んでしまうと、彼女はしばらくは「まあ」といったきり、ぼんやりしていたが、やがて、その顔にはほのかな安堵の色が浮かんできた。彼女は大江春泥の脅迫状が贋物であって、もはや彼女の身には危険がなくなったと知って、ほっと安心したものにちがいない。

私の手前勝手な邪推が許されるならば、彼女はまた、小山田氏の醜悪な自業自得を聞いて、私との不義の情交について抱いていた自責の念を、いくらか軽くすることができたにちがいない。「あの人がそんなひどいことをして私を苦しめていたのだもの、私だって……」という弁解の道がついたことを、彼女はむしろ喜んだにちがいないのである。

ちょうど夕食時だったので、気のせいか彼女はいそいそとして、洋酒などを出して、私をもてなしてくれた。

私は私で、意見書を彼女が認めてくれたのが嬉しく、勧められるままに、思わず酒を過ごした。酒に弱い私は、じきまっ赤になって、すると私はいつもかえって憂鬱になってしまうのだが、あまり口もきかず、静子の顔ばかり眺めていた。

静子は可なり面《おも》やつれをしていたけれど、その青白さは彼女の生地であったし、からだ全体にしなしなした弾力があって芯に陰火の燃えているような、あの不思議な魅力は、少しも失せていなかったばかりか、そのころはもう毛織物の時候で、古風なフランネルを着ている彼女のからだの線が、今までになくなまめかしくさえ見えたのである。私は、その毛織物をふるわせて、くねくねとうごめく彼女の四肢の曲線を眺めながら、まだ知らぬ着物に包まれた部分の肉体を、悩ましくも心のうちに描いてみるのだった。

そうしてしばらく話しているうちに、酒の酔いが私にすばらしい計画を思いつかせた。それは、どこか人目につかぬ場所に、家を一軒借りて、そこを静子と私との逢引きの場所と定め、誰にも知られぬように、二人だけの秘密の逢う瀬を楽しもうということであった。

そのとき私は、女中が立ち去ったのを見とどけて、浅ましいことを白状しなければならぬが、いきなり静子を引き寄せ、彼女と第二の接吻をかわしながら、そして、私の両手は彼女の背中のフランネルの手ざわりを楽しみながら、私はその思いつきを彼女の耳にささやいたのだ。すると彼女は私のこのぶしつけな仕草を拒まなかったばかりでなく、わずかに首をうなずかせて、私の申し出を受けいれてくれたのである。

それから二十日あまりの、彼女と私との、あのしばしばの逢引きを、ただれきった悪夢のようなその日その日を、なんと書きしるせばよいのであろう。

私は根岸御行《おぎょう》の松のほとりに、一軒の古めかしい土蔵つきの家を借り受け、留守は近所の駄菓子屋のお婆さんに頼んでおいて、静子としめし合わせては、多くは昼日中《ひるひなか》、そこで落ち合ったのである。

私は生れてはじめて、女というものの情熱の烈《はげ》しさ、すさまじさを、しみじみと味わった。あるときは、静子と私とは幼い子供に返って、古ぼけた化物屋敷のように広い家の中を、猟犬のように舌を出して、ハッハッと肩で息をしながら、もつれ合って駈けまわった。私が摑もうとすると、彼女はイルカみたいに身をくねらせて、巧みに私の手の中をすり抜けては走った。グッタリと死んだように折りかさなって倒れてしまうまで、私たちは息を限りに走りまわった。

あるときは、薄暗い土蔵の中にとじこもって、一時間も二時間も静まり返っていた。

もし人あって、その土蔵の入口に耳をすましていたならば、中からさも悲しげな女のすすり泣きにまじって、二重唱のように、太い男の手離しの泣き声が、長いあいだつづいているのを聞いたであろう。

だが、ある日、静子が芍薬《しやくやく》の大きな花束の中に隠して、例の小山田氏常用の外国製乗馬鞭を持ってきたときには、私はなんだか怖くさえなった。彼女はそれを私の手に握らせて、小山田氏のように彼女のはだかの肉体を打擲《ちようちやく》せよと迫るのだ。

長いあいだの六郎氏の惨虐《ざんぎやく》が、とうとう彼女にその病癖をうつし、彼女は被害色情者の耐えがたい慾望に、さいなまれる身となり果てていたのである。そして、私もまた、もし彼女との逢う瀬がこのまま半年もつづいたなら、きっと小山田氏と同じ病にとりつかれてしまったにちがいない。

なぜといって、彼女の願いをしりぞけかねて、私がその鞭を彼女のなよやかな肉体に加えたとき、その青白い皮膚の表面に、俄《にわ》かにふくれ上がってくる毒々しいミミズ脹《ば》れを見た時、ゾッとしたことには、私はある不可思議な愉悦をさえ覚えたからである。

しかし、私はこのような男女の情事を描写するために、この記録を書きはじめたのではなかった。それらは、他日私がこの事実を小説に仕組むおり、もっと詳しく書きしるすこととして、ここには、その情事生活のあいだに、私が静子から聞きえた、一つの事実を書き添えておくことにとどめよう。

それは例の六郎氏のかつらのことであったが、あれは正しく六郎氏がわざわざ注文して拵《こし》らえさせたもので、そうしたことには極端に神経質であった彼は、静子との寝室の遊戯の際、絵にならぬ彼の禿頭を隠すため、静子が笑って止めたにもかかわらず、子供のように真剣になって、それを注文しに行ったとのことであった。「なぜ今まで隠していたの」と私が尋ねたら、静子は「だって、そんなこと恥かしくって、いえませんでしたわ」と答えた。

さて、そんな日が二十日ばかりつづいたころ、あまり顔を見せないのも変だというので、私は口をぬぐって小山田家を訪ね、静子に会って、一時間ばかりしかつめらしい談話をかわしたのち、例のお出入りの自動車に送られて、帰宅したのであったが、その自動車の運転手が、偶然にもかつて私が手袋を買い取った青木民蔵であったことが、またしても、私があの奇怪な白昼夢へと引き込まれて行くきっかけとなったのである。

手袋は違っていたが、ハンドルにかかった手の形も、古めかしい紺の春外套も（彼はワイシャツの上にすぐそれを着ていた）、その張り切った肩の恰好も、前の風よけガラスも、その上の小さな鏡も、すべて約一カ月以前の様子と少しも違わなかった。

それが私を変な気持にして行った。

私はあの時、この運転手に向かって「大江春泥」と呼びかけてみたことを思い出した。すると、私は妙なことに、大江春泥の写真の顔や、彼の作品の変てこな筋や、彼の不思議な生活の記憶で、頭の中が一杯になってしまった。しまいには、クッションの私のすぐ隣に春泥が腰かけているのではないかと思うほど、彼を身近に感じ出した。そして、一瞬間、ボンヤリしてしまって、私は変なことを口走った。

「君、君、青木君。このあいだの手袋ね、あれはいったいいつごろ小山田さんに貰ったのだい」

「へえ?」

と運転手は、一カ月前の通りに顔をふり向けて、あっけにとられたような表情をしたが、

「そうですね、あれは、むろん去年でしたが、十一月の……たしか帳場から月給を貰った日で、よく貰いものをする日だと思ったことを覚えていますから、十一月の二十八日でしたよ。間違いありませんよ」

「へえ、十一月のねえ、二十八日なんだね」

私はまだボンヤリしたまま、うわごとのように相手の返事を繰り返した。

「だが、旦那、なぜそう手袋のことばかり気になさるんですね。何かあの手袋に曰《いわ》くでもあったのですか」

運転手はニヤニヤ笑ってそんなことをいっていたが、私はそれに返事もしないで、じっと風よけガラスについた小さなほこりを見つめていた。車が四、五丁走るあいだ、そうしていた。だが、突然、私は車の中で立ち上がって、いきなり運転手の肩をつかんで、どなった。

「君、それはほんとうだね、十一月二十八日というのは。君は裁判官の前でもそれが断言できるかね」

車がフラフラとよろめいたので、運転手はハンドルを調節しながら、

「裁判官の前ですって。冗談じゃありませんよ。だが、十一月二十八日に間違いはありません。証人だってありますよ。私の助手もそれを見ていたんですから」

青木は、私があんまり真剣なので、あっけにとられながらも、まじめに答えた。

「じゃあ、君、もう一度引っ返すんだ」

運転手はますます面くらって、やや恐れをなした様子だったが、それでも私のいうがままに、車を帰して、小山田家の門前についた。私は車を飛び出すと、玄関へかけつけ、そこにいた女中をとらえて、いきなりこんなことを聞きただすのであった。

「去年の暮れの煤掃《すすは》きのおり、ここのうちでは、日本間の方の天井板をすっかりはがして、灰汁《あく》洗《あら》いをしたそうだね。それはほんとうだろうね」

先にも述べた通り、私はいつか天井裏へあがったとき、静子にそれを聞いて知って

いたのだ。女中は私が気でも違ったと思ったかも知れない。しばらく私の顔をまじまじと見ていたが、

「ええ、ほんとうでございます。灰汁洗いではなく、ただ水で洗わせたのですけれど、灰汁洗い屋が来たことは来たのです。あれは暮れの二十五日でございました」

「どの部屋の天井も？」

「ええ、どの部屋の天井も」

それを聞きつけたのか、奥から静子も出てきたが、彼女は心配そうに私の顔を眺めて、

「どうなすったのです」

と尋ねるのだ。

私はもう一度さっきの質問を繰り返し、静子からも女中と同じ返事を聞くと、挨拶もそこそこに、また自動車に飛びこんで、私の宿へ行くように命じたまま、深々とクッションにもたれ込み、私の持ち前の泥のような妄想におちいって行くのだった。

小山田家の日本間の天井板は昨年十二月二十五日、すっかり取りはずして水洗いをした。それでは、例の飾りボタンが天井裏へ落ちたのは、そののちでなければならない。

しかるに一方では、十一月二十八日に手袋が運転手に与えられている。天井裏に落

ちていた飾りボタンが、その手袋から脱落したことは、先にしばしば述べた通り、疑うことのできない事実だ。

すると、問題の手袋のボタンは、落ちぬ先になくなっていたということになる。このアインシュタイン物理学めいた不可思議な現象は、そも何を語るものであるか、私はそこへ気がついたのであった。

私は念のためにガレージに青木民蔵を訪ね、彼の助手の男にも会って、聞きただしてみたけれど、十一月二十八日に間違いはなく、また小山田家の天井洗いを引受けた請負人をも訪ねてみたが、十二月二十五日に思い違いはなかった。彼は、天井板をすっかりはがしたのだから、どんな小さな品物にしろ、そこに残っているはずはないと請合ってくれた。

それでもやはり、あのボタンは小山田氏が落としたものだと強弁するためには、こんなふうにでも考えるほかはなかった。

すなわち、手袋からとれたボタンが小山田氏のポケットに残っていた。小山田氏はそれを知らずにボタンのない手袋は使用できぬので運転手に与えた。それから少なく見て一カ月後、多分は三カ月後に（脅迫状がきはじめたのは二月からであった）、同氏が天井裏へ上がった時、偶然にもボタンがそのポケットから落ちたという、持って廻った順序なのだ。

手袋のボタンが外套でなくて服のポケットに残っていたというのも変だし（手袋は多く外套のポケットへしまうものだ。そして、小山田氏が天井裏へ外套を着て上がったとは考えられぬ。いや、背広を着て上がったと考えることさえ、可なり不自然だ）、それに小山田氏のような金満紳士が、暮れに着ていた服のままで春を越したとも思われぬではないか。

これがきっかけとなって、私の心には又しても陰獣大江春泥の影がさしてきた。

小山田氏が惨虐色情者であったという近代の探偵小説めいた材料が、私にとんでもない錯覚を起こさせたのではなかったか（彼が外国製乗馬鞭で静子を打擲したことだけは、疑いもない事実だけれど）。そして、彼はやっぱり何者かのために殺害されたのではあるまいか。

大江春泥、ああ、怪物大江春泥の俤《おもかげ》が、しきりに私の心にねばりついてくるのだ。ひとたびそんな考えが芽ばえると、すべての事柄が不思議に疑わしくなっている。一介の空想小説家にすぎない私に、意見書にしるしたような推理が、あんなにやすやすと組み立てられたということも、考えてみればおかしいのだ。現に、私はあの意見書のどこやらに、とんでもない錯誤が隠れているような気がしたものだから、一つは静子との情事に夢中だったせいもあるけれど、草稿のまま清書もしないでほうってある。事実私はなんとなく気が進まなかった。そして、今ではそれがかえってよかったと思うようにさえなってきたのだ。

考えてみると、この事件には証拠が揃い過ぎていた。私の行く先々に、待ちかまえていたように、おあつらえ向きの証拠品がゴロゴロしていた。大江春泥自身も彼の作品でいっていた通り、探偵は多過ぎる証拠に出会ったときこそ、警戒しなければならないのだ。

第一あの真に迫った脅迫状の筆蹟が、私の妄想したように、小山田氏の偽筆《ぎひつ》だったというのは、甚だ考えにくいことではないか。かつて本田もいったことだが、たとえ春泥の文字は似せることができても、あの特徴のある文章を、しかも方面違いの実業家であった小山田氏に、どうしてまねることができたのであろう。

私はその時まで、すっかり忘れていたけれど、春泥作「一枚の切手」という小説には、ヒステリーの医学博士夫人が、夫を憎むあまり、博士が彼女の筆蹟を手習いして、贋の書置きを作ったような証拠を作り上げ、博士を殺人罪におとしいれようと企らんだ話がある。ひょっとしたら、春泥はこの事件にも、その同じ手を用いて、小山田氏を陥れようと計ったのではないだろうか。

見方によっては、この事件はまるで大江春泥の傑作集の如きものであった。例えば、天井裏の隙見は「屋根裏の遊戯」であり、証拠品のボタンも同じ小説の思いつきであるし、春泥の筆蹟を手習いしたのは「一枚の切手」だし、静子の項《うなじ》の生傷が惨虐色情者を暗示したのは「B坂の殺人」の方法である。それから、ガラスの破片が突き傷をこしらえたことといい、はだかの死体が便所の下に漂っていたことといい、そのほか事件全体が大江春泥の体臭に充ち満ちていたのだ。

これは偶然にしては余りに奇妙な符合ではなかったか。はじめから終りまで、事件の上に春泥の大きな影がかぶさっていたではないか。私はまるで、大江春泥の指図に従って、彼の思うがままの推理を組み立ててきたような気がするのだ。春泥が私にのりうつったのではないかとさえ思われるのだ。

春泥はどこかにいる。そして、事件の底から蛇のような眼を光らせているにちがいない。私は理窟ではなく、そんなふうに感じないではいられなかった。だが、彼はどこにいるのだ。

私はそれを下宿の部屋で、蒲団《ふとん》の上に横になって考えていたのだが、さすが肺臓の強い私も、この果てしのない妄想にはうんざりした。考えながら、私は疲れ果ててウトウトと眠ってしまった。そして、妙な夢を見てハッと眼が醒《さ》めたとき、ある不思議なことを思い浮かべたのだ。

夜がふけていたけれど、私は彼の下宿に電話をかけて、本田を呼び出してもらった。

「君、大江春泥の細君は丸顔だったといったねえ」

私は本田が電話口に出ると、なんの前置きもなく、こんなことを尋ねて、彼を驚かした。

「ええ、そうでしたよ」

本田はしばらくして、私だとわかったのか、眠むそうな声で答えた。

「いつも洋髪に結《ゆ》っていたのだね」

「ええ、そうでしたよ」

「近眼鏡をかけていたのだね」

「ええ、そうですよ」

「金歯を入れていたのだね」

「ええ、そうですよ」

「歯がわるかったのだね。そして、よく頬に歯痛止めの貼り薬をしていたというじゃないか」

「よく知ってますね、春泥の細君に会ったのですか」

「いいや、桜木町の近所の人に聞いたのだよ。だが、君の会った時も、やっぱり歯痛をやっていたのかね」

「ええ、いつもですよ。よっぽど歯の性がわるいのでしょう」

「それは右の頬だったかね」

「よく覚えないけれど、右のようでしたね」

「しかし、洋髪の若い女が、古風な歯痛止めの貼り薬は少しおかしいね。今どきそんなもの貼る人はないからね」

「そうですね。だが、いったいどうしたんです。例の事件、何か手掛りが見つかったのですか」

「まあ、そうだよ。詳しいことはそのうち話そうよ」

といったわけで、私は前に聞いて知っていたことを、もう一度念のために本田にただして見たのだった。

それから、私は机の上の原稿紙に、まるで幾何の問題でも解くように、さまざまの形や文字や公式のようなものを、ほとんど朝まで書いては消し、書いては消ししていたのである。

十一

そんなことで、いつも私の方から出す逢引きの打ち合わせの手紙が三日ばかり途切れたものだから、待ちきれなくなったのか、静子からあすの午後三時ごろ、きっと例の隠れがへきてくれるようにとの速達がきた。それには「私という女のあまりにもみだらな正体を知って、あなたはもう私がいやになったのではありませんか、私が怖くなったのではありませんか」と怨《えん》じてあった。

私はこの手紙を受取っても、妙に気が進まなかった。彼女の顔を見るのがいやでしようがなかった。だが、それにもかかわらず、私は彼女の指定してきた時間に、御行《おぎょう》の松の下の、あの化物屋敷へ出向いて行った。

それはもう六月にはいっていたが、梅雨の前の、そこひのように憂鬱な空が、押しつけるように頭の上に垂れ下がって、気違いみたいにむしむしと暑い日だった。電車をおりて、三、四丁歩くあいだに、腋《わき》の下や背筋などが、ジクジクと汗ばんで、さわってみると、富士絹のワイシャツがネットリと湿っていた。

静子は、私よりもひと足先にきて、涼しい土蔵の中のベッドに腰かけて待っていた。土蔵の二階にはジュウタンを敷きつめ、ベッドや長椅子を置き、幾つも大型の鏡を並べなどして、私たちの遊戯の舞台をできるだけ効果的に飾り立てたのだが、静子は私が止めるのを聞かず、長椅子にしろ、ベッドにしろ、ばかばかしく高価な品を、惜しげもなく買い入れたものだ。

静子は、派手な結城紬《ゆうきつむぎ》の一重物《ひとえもの》に、桐の落葉の刺繍を置いた黒繻子《くろじゅす》の帯をしめて、例によって艶々とした丸髷のつむりをふせ、ベッドの純白のシーツの上に、フーワリと腰をおろしていたが、洋風の調度と、江戸好みな彼女の姿とが、ましてその場所が薄暗い土蔵の二階なので、甚だしく異様な対照を見せていた。

私は、夫をなくしても変えようともしない、彼女の好きな丸髷が、匂やかに艶々しく輝いているのを見ると、すぐさま、その髷がガックリとして、前髪がひしゃげたように乱れて、ネットリしたおくれ毛が、首筋のあたりにまきついている、あのみだらがましき姿を眼に浮かべないではいられなかった。彼女はその隠れがから帰るときには、乱れた髪をときつけるのに、鏡の前で三十分もついやすのが常であったから。

「このあいだ、灰汁洗い屋のことを、わざわざ聞きに戻っていらしったのは、どうしたんですの。あなたの慌てようったらなかったのね。あたし、どういうわけだかと、考えてみたんですけど、わかりませんのよ」

私がはいって行くと、静子はすぐそんなことを聞いた。

「わからない？　あなたには」私は洋服の上衣を脱ぎながら答えた。「大変なことなんだよ。僕は大間違いをやっていたのさ。天井を洗ったのが十二月の末で、小山田さんの手袋のボタンのとれたのがそれよりひと月以上も前なんですよ。だってあの運転手に手袋をやったのが十一月の二十八日だっていうから、ボタンのとれたのはその以前にきまっているんだからね。順序がまるであべこべなんですよ」

「まあ」

と静子は非常に驚いた様子であったが、まだはっきりとは事情がのみこめぬらしく、

「でも天井裏へ落ちたのは、ボタンがとれたよりはあとなんでしょう」

「あとにはあとだけれど、そのあいだの時間が問題なんだよ。つまりボタンは小山田

さんが天井裏へ上がったとき、その場でとれたんでなければ、変だからね。正確にいえばなるほどあとだけれど、とれると同時に天井裏へ落ちて、そのままそこに残されていたのだからね。それがとれてから、落ちるまでのあいだに一と月以上もかかるなんて、物理学の法則では説明できないじゃないか」

「そうね」

彼女は少し青ざめて、まだ考え込んでいた。

「とれたボタンが、小山田さんの服のポケットにでもはいっていて、それが一と月のちに偶然天井裏へ落ちたとすれば、説明がつかぬことはないけれど、それにしても、小山田さんは去年の十一月に着ていた服で、春を越したのかい」

「いいえ。あの人おしゃれさんだから、年末には、ずっと厚手の温かい服に替えていましたわ」

「それごらんなさい。だから変でしょう」

「じゃあ」

と彼女は息を引いて、

「やっぱり平田が……」

と言いかけて、口をつぐんだ。

「そうだよ。この事件には、大江春泥の体臭があまり強すぎるんだよ。で、僕はこのあいだの意見書を、まるで訂正しなければならなくなった」

私はそれから前章にしるした通り、この事件が大江春泥の傑作集の如きものであること、証拠の揃いすぎていたこと、偽筆が余りにも真に迫っていたことなどを、彼女のために簡単に説明した。

「あなたは、よく知らないだろうが、春泥の生活というものが、実に変なんだ。あいつはなぜ訪問者に会わなかったか。なぜあんなにもたびたび転居したり、旅行をしたり、病気になったりして、訪問者を避けようとしたか。おしまいには、向島須崎町の家を無駄な費用をかけて、なぜ借りっぱなしにしておいたか。いくら人厭いの小説家にもしろ、あんまり変じゃないか。人殺しでもやる準備行為でなかったとしたら、あんまり変じゃないか」

私は、ベッドの静子の隣に腰をおろして話していたのだが、彼女は、やっぱり春泥の仕業であったかと思うと、俄かに怖くなった様子で、ぴったり私の方へからだをすり寄せて、私の左の手首を、むず痒《がゆ》く握りしめるのであった。

「考えてみると、僕はあいつの思うままに、なぶられていたんだよ。あいつのあらかじめ拵らえておいた偽証を、そのまま、あいつの推理をお手本にして、おさらいさせられたも同然なんだよ。アハハハ」

私は自から嘲るように笑った。

「あいつは恐ろしいやつですよ。僕の物の考え方をちゃんと呑みこんでいて、その通りに証拠を拵らえ上げたんだからね。普通の探偵やなんかでは駄目なんだ。僕のような、推理好みの小説家でなくては、こんな廻りくどい、とっぴな想像ができるものではないのだから。だが、もし犯人が春泥だとすると、いろいろ無理ができてくる。その無理ができてくるところが、この事件の難解なゆえんで、春泥が底のしれない悪者だというわけだけれどね。

無理というのはね、せんじつめると、二つの事柄なんだが、一つは例の脅迫状が小山田さんの死後パッタリこなくなったこと、もう一つは、日記帳だとか、春泥の著書、『新青年』なんかが、どうして小山田さんの本棚にはいっていたかということです。

この二つだけは、春泥が犯人だとすると、どうも辻褄が合わなくなるんだよ。たとえ日記帳の例の欄外の文句は、小山田さんの筆癖をまねて書きこめるにしたところが、また『新青年』の口絵の鉛筆のあとなんかも、偽証を揃えるためにあいつが作っておいたとしたところが、どうにも無理なのは、小山田さんしか持っていない、あの本棚の鍵を、春泥がどうして手に入れたかということだよ。そして、あの書斎へ忍びこめたかということだよ。

僕はこの三日のあいだ、その点を頭の痛くなるほど考え抜いたのだがね。その結果、どうやら、たった一つの解決法を見つけたように思うのだけれど。

僕はさっきもいったように、この事件に春泥の作品の匂いが充ち満ちていることから、あいつの小説をもっとよく研究してみたら、何か解決の鍵がつかめやしないかと思って、あいつの著書を出して読んでみたんだよ。それからね、あなたにはまだ言ってないけれど、博文館の本田という男の話によると、春泥がとんがり帽に道化服という変な恰好で、浅草公園をうろついていたというんだ、しかも、それが広告屋で聞いてみると、公園の浮浪人だったとしか考えられないんだ。春泥が浅草公園の浮浪人の中にまじっていたなんて、まるでスチブンソンの『ジーキル博士とハイド』みたいじゃないか。僕はそこへ気づいて、春泥の著書の中から、似たようなのを探してみると、あなたも知っているでしょう、あいつが行方不明になるすぐ前に書いた『パノラマ国』という長篇と、それよりも前の作の『一人二役』という短篇と、二つもあるのです。それを読むと、あいつが『ジーキル博士』式なやり方に、どんな魅力を感じていたか、よくわかるのだ。つまり、一人でいながら、二人の人物にばけることにね」

「あたし怖いわ」

静子はしっかり私の手を握りしめて言った。

「あなたの話しかた、気味がわるいのね。もうよしましょうよ、そんな話。こんな薄暗い蔵の中じゃいやですわ。その話はあとにして、きょうは遊びましょうよ。あたし、あなたとこうしていれば、平田のことなんか、思い出しもしないのですもの」

「まあお聞きなさい。あなたにとっては、命にかかわることなんだよ。もし春泥がまだあなたをつけねらっているとしたら」

私は恋愛遊戯どころではなかった。

「僕はまた、この事件のうちから、ある不思議な一致を二つだけ発見した。学者くさい言いかたをすれば、一つは空間的な一致で、一つは時間的な一致なんだけれど、ここに東京の地図がある」

私はポケットから、用意してきた簡単な東京地図を取り出して、指でさし示しながら、

「僕は大江春泥の転々として移り歩いた住所を、本田と象潟署の署長から聞いて覚えているが、それは、池袋、牛込喜久井町、根岸、谷中初音町、日暮里金杉、神田末広町、上野桜木町、本所柳島町、向島須崎町と、大体こんなふうだった。このうち池袋と、牛込喜久井町だけは大変離れているけれど、あとの七カ所は、こうして地図の上で見ると、東北の隅の狭い地域に集まっている。これは春泥の大変な失策だったのですよ。池袋と牛込が離れているのは、春泥の文名が上がって訪問記者などがおしかけはじめたのは、根岸時代からだという事実を考え合わせると、よくその意味がわかる。つまりあいつは喜久井町時代までは、すべて原稿の用事を手紙だけですませていたのだからね。ところで、根岸以下の七カ所を、こうして線でつないでみると、不規則な

円周を描いていることがわかるが、その円の中心を求めたならば、そこにこの事件解決の鍵が隠れているのだよ。なぜそうだかということは、いま説明するがね」

その時、静子は何を思ったのか、私の手を離して、いきなり両手を私の首にまきつけると、例のモナ・リザの唇から、白い八重歯を出して、

「怖い」

と叫びながら、彼女の頰を私の頰に、彼女の唇を私の唇に、しっかりとくっつけてしまった。ややしばらくそうしていたが、唇を離すと、今度は私の耳を人差指で巧みにくすぐりながら、そこへ口を近づけて、まるで子守歌のような甘い調子で、ボソボソとささやくのだった。

「あたし、そんな怖い話で、大切な時間を消してしまうのが、惜しくてたまらないのですわ。あなた、あなた、私のこの火のような唇がわかりませんの、この胸の鼓動が聞こえませんの。さあ、あたしを抱いて、ね、あたしを抱いて」

「もう少しだ。もう少しだから辛抱して僕の考えを聞いてください。その上できょうはあなたとよく相談しようと思ってきたのだから」

私はかまわず話しつづけて行った。

「それから時間的の一致というのはね。春泥の名前がパッタリ雑誌に見えなくなったのは、私はよく覚えているが、おととしの暮れからなんだ。それとね、小山田さんが

外国から帰朝したときと——あなたはそれがやっぱり、おととしの暮れだっていったでしょう。この二つがどうして、こんなにぴったり一致しているのかしら。これが偶然だろうかね。あなたはどう思う?」

私がそれを言い切らぬうちに、静子は部屋の隅から例の外国製乗馬鞭を持ってきて、無理に私の右手に握らせると、いきなり着物を脱いで、うつむきにベッドの上に倒れ、むき出しのなめらかな肩の下から、顔だけを私の方へふりむけて、

「それがどうしたの。そんなこと、そんなこと」

と何かわけのわからぬことを、気違いみたいに口走ったが、

「さあ、ぶって! ぶって!」

と叫びながら、上半身を波のようにうねらせるのであった。

小さな蔵の窓から、鼠色の空が見えていた。電車の響きであろうか、遠くの方から遠雷のようなものが、私自身の耳鳴りにまじって、オドロオドロと聞こえてきた。それはちょうど、空から魔物の軍勢が押しよせてくる陣太鼓でもあるかのように、気味わるく思われた。おそらくあの天候と、土蔵の中の異様な空気が、私たち二人を気ちがいにしたのではなかったか。静子も私も、あとになってみると、正気の沙汰《さた》ではなかったのだ。私はそこに横たわってもがいている彼女の汗ばんだ青白い全身を眺めながら、執拗にも私の推理をつづけて行った。

「一方ではこの事件の中に大江春泥がいることは、火のように明らかな事実なんだ。だが、一方では日本の警察力がまる二カ月かかっても、あの有名な小説家を探し出すことができず、あいつは煙みたいに完全に消えうせてしまったのだ。

ああ、僕はそれを考えるさえ恐ろしい。こんなことが悪夢でないのが不思議なくらいだ。なぜ彼は小山田静子を殺そうとはしないのだ。ふっつりと脅迫状を書かなくなってしまったのだ。あいつはどんな忍術で小山田さんの書斎へはいることができたんだ。そして、あの錠前つきの本棚をあけることができたんだ……

僕は或る人物を思い出さないではいられなかった。ほかでもない、女流探偵小説家平山日出子だ。世間ではあれを女だと思っている。作家や記者仲間でも、女だと信じている人が多い。日出子のうちへは毎日のように愛読者の青年からのラブ・レターが舞い込むそうだ。ところがほんとうは彼は男なんだよ。しかも、れっきとした政府のお役人なんだよ。

探偵作家なんてみんな、僕にしろ、春泥にしろ、平山日出子にしろ、怪物なんだ。男でいて女に化けてみたり、猟奇の趣味が嵩《こう》じると、そんなところまで行ってしまうのだ。ある作家は、夜、女装をして浅草をぶらついた。そして、男と恋のまねごとさえやった」

私はもう夢中になって、気ちがいのようにしゃべりつづけた。顔じゅうに一杯汗が浮かんで、それが気味わるく口の中へ流れ込んだ。

「さあ、静子さん。よく聞いてください。僕の推理が間違っているかいないか。春泥の住所をつないだ円の中心はどこだ。この地図を見てください。あなたの家だ。浅草山の宿だ。皆あなたの家から十分以内のところばかりだ。

小山田さんの帰朝と一緒に、なぜ春泥は姿を隠したのだ。もう茶の湯と音楽の稽古に通よえなくなったからだ。わかりますか。あなたは小山田さんの留守中、毎日午後から夜に入るまで、茶の湯と音楽の稽古に通よったのです。

ちゃんとお膳立をしておいて、僕にあんな推理を立てさせたのは誰だった。あなたですよ。僕を博物館で捉えて、それから自由自在にあやつったのは。

あなたなれば、日記帳に勝手な文句を書き加えることだって、そのほかの証拠品を小山田さんの本棚へ入れることだって、天井へボタンを落としておくことだって、自由にできるのです。僕はここまで考えたのです。ほかに考えようがありますか。さあ、返事をしてください。返事をしてください」

「あんまりです。あんまりです」

裸体の静子が、ワッと悲鳴を上げて、私にとりすがってきた。そして、私のワイシャツの上に頰をつけて、熱い涙が私の肌に感じられるほども、さめざめと泣き入るのだった。

「あなたはなぜ泣くのです。さっきからなぜ僕の推理をやめさせようとしたのです。あたりまえなれば、あなたには命がけの問題なのだから、聞きたがるはずじゃありませんか。これだけでも、僕はあなたを疑わないではいられぬのだ。お聞きなさい。まだ僕の推理はおしまいじゃないのだ。

大江春泥の細君はなぜ目がねをかけていた？　金歯をはめていた？　歯痛止めの貼り薬をしていた？　洋髪に結って丸顔に見せていた？　あれは春泥の『パノラマ国』の変装法そっくりじゃありませんか。春泥はあの小説の中で、日本人の変装の極意を説いている。髪形を変えること、目がねをかけること、含み綿をすること、それから又、『一銭銅貨』の中には丈夫な歯の上に、夜店の鍍金《めつき》の金歯をはめる思いつきが書いてある。

あなたは人目につき易い八重歯を持っている。それを隠すために鍍金の金歯をかぶせたのだ。あなたの右の頰には大きな黒子《ほくろ》がある。それを隠すために、あなたは歯痛止めの貼り薬をしたのだ。洋髪に結って瓜実顔《うりざねがお》を丸顔に見せるくらいなんでもないことだ。そうしてあなたは春泥の細君に化けたのだ。

僕はおととい、本田にあなたを隙見させて、春泥の細君に似ていないかを確かめた。本田はあなたの丸髷を洋髪に換え、目がねをかけ、金歯を入れさせたら、春泥の細君にそっくりだといったじゃありませんか。さあ、言っておしまいなさい。すっかりわかってしまったのだ。これでもあなたは、まだ僕をごまかそうとするのですか」

私は静子をつき離した。彼女はグッタリとベッドの上に倒れかかり、激しく泣き入って、いつまで待っても答えようとはしない。私はすっかり興奮してしまって、思わず手にしていた乗馬鞭をふるって、ピシリと彼女のはだかの背中へ叩きつけた。私は夢中になって、これでもか、これでもかと、幾つも幾つも打ちつづけた。

見る見る彼女の青白い皮膚は赤み走って、やがてミミズの這った形に、まっ赤な血がにじんできた。彼女は私の足の下に、いつもするのと同じみだらな恰好で、手足をもがき、身をくねらせた。そして、絶え入るばかりの息の下から、

「平田、平田」

と細い声で口走った。

「平田？　ああ、あなたはまだ私をごまかそうとするんだな。あなたが春泥の細君に化けていたなら、春泥という人物は別にあるはずだとでもいうのですか。春泥なんているものか。あれはまったく架空の人物なんだ。それをごまかすために、あなたは彼の細君に化けて雑誌記者なんかに会っていたのだ。あんなにもたびたび住所を変えたのだ。しかし或る人には、まるで架空の人物ではごまかせないものだから、浅草公園の浮浪人を雇って、座敷に寝かしておいたんだ。春泥が道化服の男に化けたのではなくて、道化服の男が春泥に化けていたんだ」

静子はベッドの上で死んだようになってだまりこんでいた。ただ、彼女の背中の赤ミミズだけがまるで生きているかのように、彼女の呼吸につれてうごめいていた。彼女がだまってしまったので、私もいくらか興奮がさめて行った。

「静子さん。僕はこんなにひどくするつもりではなかった。もっと静かに話してもよかったのだ。だが、あなたがあんまり私の話を避けよう避けようとするものだから、そして、あんな嬌態《きようたい》でごまかそうとするものだから、僕もつい興奮してしまったのですよ。勘弁してくださいね。ではね、あなたは口をきかなくてもいい。僕があなたのやってきたことを、順序を立てていってみますからね。もし間違っていたら、そうでないとひとことといってくださいね」

そうして、私は私の推理を、よくわかるように話し聞かせたのである。

「あなたは女にしては珍らしい理智と文才に恵まれていた。それは、あなたが私にくれた手紙を読んだだけでも、充分わかるのです。そのあなたが、匿名で、しかも男名前で、探偵小説を書いてみる気になったのは、ちっとも無理ではありません。だが、その小説が意外に好評を博した。そして、ちょうどあなたが有名になりかけた時分に、小山田さんが、二年間も外国へ行くことになった。その淋しさをなぐさめるため、且《か》つまた、あなたの猟奇癖を満足させるため、あなたはふと一人三役という恐ろしいトリックを思いついた。あなたは『一人二役』という小説を書いているが、その上を行って、一人三役というすばらしいことを思いついたのです。

あなたは平田一郎の名前で、根岸に家を借りた。その前の池袋と牛込とはただ手紙の受け取り場所を造っておいただけでしょう。そして、厭人病や旅行などで、平田という男性を世間の眼から隠しておいて、あなたが変装をして平田夫人に化け、平田に代って原稿の話まで一切きりまわしていた。つまり原稿を書くときには大江春泥の平田になり、雑誌記者に会ったり、うちを借りたりするときには、平田夫人になり、山の宿の小山田家では、小山田夫人になりすましていたのです。つまり一人三役なのです。

そのために、あなたはほとんど毎日のように午後一ぱい、茶の湯や音楽を習うのだといってうちをあけなければならなかった。半日は小山田夫人、半日は平田夫人と、一つからだを使い分けていたのです。それには髪も結いかえる必要があり、着物を着換えたり変装をしたりする時間が要《い》るので、あまり遠方では困るのです。そこで、あなたは住所を変えるときは、山の宿を中心に、自動車で十分ぐらいの所ばかり選んだわけですよ。

僕は同じ猟奇の徒なんだから、あなたの心持がよくわかります。ずいぶん苦労な仕事ではあるけれど、世の中にこんなにも魅力ある遊戯は、おそらくほかにはないでしょうからね。

僕は思い当たることがありますよ。いつか或る批評家が春泥の作を評して、女でなければ持っていない不愉快なほどの猜疑心に充ち満ちている。まるで暗闇にうごめく陰獣のようだといったのを思い出しますよ。あの批評家はほんとうのことをいっていたのですね。

そのうちに、短い二年が過ぎ去って、小山田さんが帰ってきた。もうあなたは元のように一人三役を勤めることはできない。そこで大江春泥の行方不明ということになったのです。でも、春泥が極端な厭人病者だということを知っている世間は、その不自然な行方不明をたいして疑わなかった。

だが、あなたがどうしてあんな恐ろしい罪を犯す気になったか、その心持は男の僕にはよくわからないけれど、変態心理学の書物を読むと、ヒステリイ性の婦人は、しばしば自分で自分に当てて脅迫状を書き送るものだそうです。日本にも外国にもそんな実例はたくさんあります。

つまり自分でも怖がり、他人にも気の毒がってもらいたい心持なんですね。あなたもきっとそれなんだと思います。自分が化けていた有名な男性の小説家から、脅迫状を受け取る、なんというすばらしい着想でしょう。

同時にあなたは年をとったあなたの夫に不満を感じてきた。そして、夫の不在中に経験した変態的な自由の生活にやみがたいあこがれをいだくようになった。いや、もっと突っ込んでいえば、かつてあなたが春泥の小説の中に書いた通り、犯罪そのものに、殺人そのものに、言い知れぬ魅力を感じたのだ。それにはちょうど春泥という完全に行方不明になった架空の人物がある。この者に嫌疑をかけておいたならば、あなたは永久に安全でいることができる上、いやな夫には別れ、莫大な遺産を受け継いで、半生を勝手気ままに振舞うことができる。

だが、あなたはそれだけでは満足しなかった。万全を期するため、二重の予防線を張ることを考えついた。そして、選び出されたのが僕なんです。あなたはいつも春泥の作品を非難する僕をあやつり人形にして、かたき討ちをしてやろうと思ったのでしょう。だから僕があの意見書を見せたときには、あなたはどんなにか、おかしかったことでしょうね。僕をごまかすのは造作もなかったですね。手袋の飾りボタン、日記帳、新青年、『屋根裏の遊戯』それで充分だったのですからね。

だが、あなたがいつも小説に書いているように、犯罪者というものは、どこかにほんのつまらないしくじりを残しておくものです。あなたは小山田さんの手袋からとれたボタンを拾って、大切な証拠品に使ったけれど、それがいつとれたかをよく調べてみなかった。その手袋がとっくの昔、運転手に与えられたことを少しも知らずにいたのです。なんというつまらないしくじりだったでしょう。小山田さんの致命傷はやっぱり僕の前の推察通りだと思います。ただ違うのは小山田さんが窓のそとからのぞいたのではなくて、多分はあなたと情痴の遊戯中に(だからあのかつらをかぶっていたのでしょう)あなたが窓の中からつきおとしたのです。

さあ、静子さん。僕の推理が間違っていましたか。なんとか返事をしてください。できるなら僕の推理を打ち破ってください。ねえ、静子さん」

私はグッタリしている静子の肩に手をかけて、軽くゆすぶった。だが、彼女は恥と後悔のために顔を上げることができなかったのか、身動きもせず、ひとことも物をいわなかった。

私は言いたいだけ言ってしまうと、ガッカリして、その場に茫然と立ちつくしていた。私の前には、きのうまで私の無二の恋人であった女が、傷つける陰獣の正体をあらわにして倒れている。それをじっと眺めていると、いつか私の眼は熱くなった。

「では僕はこれで帰ります」私は気を取りなおしていった。「あなたは、あとでよく考えてください。そして正しい道を選んでください。僕はこのひと月ばかりのあいだ、あなたのお蔭で、まだ経験しなかった情痴の世界を見ることができました。そして、それを思うと、今でも僕はあなたと離れがたい気がするのです。しかし、このままあなたとの関係を続けて行くことは、僕の良心が許しません……ではさようなら」

私は静子の背中のミミズ脹れの上に、心をこめた接吻を残して、しばらくのあいだ彼女との情痴の舞台であった、私たちの化物屋敷をあとにした。空はいよいよ低く、気温は一層高まってきたように思われた。私はからだじゅう無気味な汗にひたりながら、そのくせ歯をカチカチいわせて、気ちがいのようにフラフラと歩いて行った。

十二

そして、その翌日の夕刊で、私は静子の自殺を知ったのだった。

彼女はおそらくは、あの洋館の二階から、小山田六郎氏と同じ隅田川に身を投じて、覚悟の水死をとげたのである。運命の恐ろしさは、隅田川の流れ方が一定しているために起こったことではあろうけれど、彼女の死体は、やっぱり、あの吾妻橋下の汽船発着所のそばに漂っていて、朝、通行人に発見されたのであった。

何も知らぬ新聞記者は、その記事のあとへ、「小山田夫人は、おそらく夫六郎氏と同じ犯人の手にかかって、あえない最期をとげたものであろう」と付け加えた。

私はこの記事を読んで、私のかつての恋人の可哀そうな死に方を憐れみ、深い哀愁を覚えたが、それはそれとして、静子の死は、彼女が彼女の恐ろしい罪を自白したも同然で、まことに当然の成り行きであると思っていた。ひと月ばかりのあいだは、そんなふうに信じきっていた。

だが、やがて、私の妄想の熱度が、徐々に冷えて行くにしたがって、恐ろしい疑惑が頭をもたげてきた。

私はひとことさえも、静子の直接の懺悔を聞いたわけではなかった。さまざまの証拠が揃っていたとはいえ、その証拠の解釈はすべて私の空想であった。二に二を加えて四になるというような、厳正不動のものではあり得なかった。現に私は、運転手の言葉と、灰汁洗《あくあら》い屋の証言だけをもって、あの一度組み立てたまことしやかな推理を、さまざまの証拠を、まるで正反対に解釈することができたではないか。それと同じことが、もう一つの推理にも起こらないとどうして断言できよう。

事実、私はあの土蔵の二階で静子を責めた際にも、最初は何もああまでするつもりではなかった。静かにわけを話して、彼女の弁明を聞くつもりだった。それが、話の半ばから、彼女の態度が変に私の邪推を誘ったので、ついあんなに手ひどく、断定的に物を言ってしまったのだ。そして、最後にたびたび念を押しても、彼女が押しだまって答えなかったので、てっきり彼女の罪を肯定したものと独り合点をしてしまったのだった。だが、それはあくまでも独り合点ではなかったであろうか。

なるほど、彼女は自殺をした(だが果たして自殺であったか。他殺！ 他殺だとしたら下手人は何者だ。恐ろしいことだ)。自殺をしたからといって、それが果たして彼女の罪を証することになるであろうか。もっとほかに理由があったかもしれないではないか。例えば、たよりに思う私から、あのように疑い責められ、まったく言い解くすべがないと知ると、心の狭い女の身では、一時の激動から、つい世を果敢《はか》なむ気になったのではあるまいか。

とすれば、彼女を殺したものは、手こそ下さね、明らかにこの私であったではないか。私はさっき他殺ではないかといったけれど、これが他殺でなくてなんであろう。

だが、私がただ一人の女を殺したかもしれないという疑いだけなれば、まだしも忍ぶことができる。ところが、私の不幸な妄想癖は、もっともっと恐ろしいことさえ考えるのだ。

彼女は明らかに私を恋していた。恋する人に疑われ、恐ろしい犯罪人として責めさいなまれた女の心を考えてみなければならない。彼女は私を恋すればこそ、その恋人の解きがたい疑惑を悲しめばこそ、ついに自殺を決心したのではないだろうか。

また、たとえ私のあの恐ろしい推理が当たっていたとしてもだ。彼女はなぜ長年つれ添った夫を殺す気になったのであろう。自由か、財産か、そんなものが、一人の女を殺人罪におとしいれるほどの力を持っているだろうか。それは恋ではなかったか。そして、その恋人というのは、ほかならぬ私ではなかったか。

ああ、私はこの世にも恐ろしい疑惑をどうしたらよいのであろう。静子が他殺者であったにしろ、なかったにしろ、私はあれほど私を恋い慕っていた可哀そうな女を殺してしまったのだ。私は私のけちな道義の念を呪わずにはいられない。世に恋ほど強く美しいものがあろうか。私はその清く美しい恋を、道学者のようなかたくなな心で、無残にもうちくだいてしまったのではないか。

だがもし彼女が私の想像した通り大江春泥その人であって、あの恐ろしい殺人罪を犯したのであれば、私はまだいくらか安んずるところがある。

とはいえ、今となって、それがどうして確かめられるのだ。小山田六郎氏は死んでしまった。

小山田静子も死んでしまった。そして、大江春泥は永久にこの世から消え去ってしまったとしか考えられぬではないか。本田は静子が春泥の細君に似ているといった。だが似ているというだけで、それがなんの証拠になるのだ。

私は幾度も糸崎検事を訪ねて、その後の経過を聞いてみたけれど、彼はいつも曖昧な返事をするばかりで、大江春泥捜索の見込みがついているとも見えない。私はまた、人を頼んで、平田一郎の故郷である静子の町を調べてもらったけれど、まったく架空の人物であってくれればよいという空頼《そらだの》みの甲斐もなく、今は行方不明の平田一郎なる人物があったことを報じてきた。だが、たとえ平田という人物が実在していたところで、彼がほんとうに静子のかつての恋人であったところで、それが大江春泥であり小山田氏殺害の犯人であったと、どうして断定することができよう。彼はいま現にどこにもいないのだし、静子はただ昔の恋人の名を、一人三役の一人の本名に利用しなかったとはいえないのだから。さらに、私は親戚の人の許しを得て、静子の持ち物、手紙類などをすっかり調べさせてもらった。そこからなんらかの事実を探り出そうとしたものだ。しかしこの試みもなんのもたらすところもなかった。

私は私の推理癖を、妄想癖を、悔んでも悔んでも悔み足りないほどであった。そして、できるならば、平田一郎の大江春泥の行方を探すために、たとえそれがむだだとわかっていても、日本全国を、いや世界の果てまでも、一生涯巡礼をして歩きたいほどの気持になっている。

だが、春泥が見つかって、彼が下手人であったとしても、またなかったとしても、それぞれ違った意味で、私の苦痛は一そう深くなるかもしれないのだが。

静子が悲惨な死をとげてから、もう半年にもなる。だが、平田一郎はいつまでたっても現われなかった。そして私の取りかえしのつかぬ恐ろしい疑惑は、日と共に深まって行くばかりであった。

●解説——

絶妙のカップリング

山前 譲

虚と実の狭間で二転三転のミステリアスなストーリーを展開した『陰獣』。江戸川乱歩ならではの触覚芸術を展開しながら猟奇の果てに到達する『盲獣』。タイトルに「獣」が共通しているけれど、この二作にそれ以上の密接な関係はない。しかし、乱歩の創作活動全体を俯瞰してみれば、この二作を併せて読むことにひとつ意味があると言えるだろう。

「二銭銅貨」でデビューしてまだ三年余り、創作活動に早くも行き詰まりを感じ、また「朝日新聞」に連載した『一寸法師』に自己嫌悪を抱き、一九二七年三月、乱歩は休筆宣言をする。下宿屋を妻に営ませ、放浪の旅に出るのだった。その最初の休筆にピリオドを打ったのが『陰獣』である。デビューの場であった「新青年」の一九二八年八月増刊から九月、十月と三回連載された。

『探偵小説四十年』では執筆の経緯と反響にかなりページが割かれている。当時「新青年」の編集長だった横溝正史は、エッセイ「『パノラマ島奇譚』と『陰獣』が出来る話」（一九七五）で発表までの経緯を詳しく述べている。最初は「改造」の依頼で書いたとか、元々のタイトルが「恐ろしき復讐」だったとか、分載になったのは雑誌の制作費の関係だったとか、興味深いエピソードは色々あるが、なんといっても正史の熱の入れようが半端ではない。

第一回の掲載号の「編輯局より」には〝探偵小説壇はこの一篇によって、第二期の活動期に入るだろう〟と思ったとして、〝こうした小説を何人にも先んじて読得た僕自身の幸福を思う〟と書かれている。そして、目次裏の次号予告では、〝これを以て、作者の自伝的小説と迄は言い得ないとしても、作中に現れたる江戸川乱歩、並びに著名なる探偵作家某々氏の風格以上のものを知り得ることは確かである〟と、そのメタミステリー的な仕掛けを強調し、読者の興味をこれでもかとそそっているのだ。

休筆明けということもあって、『陰獣』は当然ながら探偵文壇で大きな話題となった。完結の翌月には「新青年」（編集長は延原謙に替わっていたが）に、探偵小説諸家の感想が掲載されている。ただ、それは必ずしも賞賛ばかりではなかった。平林初之輔は評価する一方で〝作者があまりに技巧にこり過ぎ、あまりに手を加え過ぎたために、ちょうど、女が化粧の度を過ごして醜くなったのと同じような感じを与える〟

と、あるいは主人公の探偵作家のモデルと目された甲賀三郎は〝この「私」と云う男が道徳性の敏感を売りものにしているが、どうも附焼刃のように思える。作者は道徳性と云う事を、殊更に誤解しているのではないか〟と、ちょっと辛口の評を寄せている。

いつもの乱歩ならここで自己嫌悪に陥ってしまうのかもしれないが、従来の作品の総決算というような気持ちで書き、小説の中で自己虐殺を試みたのが『陰獣』だった。一九二九年に長編の『孤島の鬼』、短編の「芋虫」（発表時は「悪夢」）、「押絵と旅する男」、「蟲」、「何者」と多彩な作品を発表してひとつの区切りをつけ、乱歩の創作活動は新たなステージを迎えるのである。「講談倶楽部」に連載した『蜘蛛男』でいわゆる通俗長編の道を拓いたのだ。

売文業を大いにやろうと開き直ってのその長編はスリルとサスペンスに富み、乱歩ならではの語り口の妙によって読者を興奮させた。りゅうとした紳士の名探偵・明智小五郎の活躍も際立っていた。一九三〇年に連載がスタートした『魔術師』、『黄金仮面』、『吸血鬼』などの長編で、その明智小五郎の名声はますます高まっていく。

そうした流れのなか、『盲獣』は一九三一年二月から翌年三月まで「朝日」に連載された。桃源社版『江戸川乱歩全集』の「あとがき」には、〝ひどい変態ものである。私の作がエログロといわれ、探偵小説を毒するものと非難されたのは、こういう作があるからだと思う〟と記している。だが、逆に言えば、それだけ乱歩が自由な発想で書いた長編と言えるだろう。『陰獣』と同じように――。

ただ、乱歩の高揚は長続きしなかった。虚名に早くも嫌悪感を抱いてしまったのだ。一九三一年五月にスタートした全十三巻の平凡社版『江戸川乱歩全集』がひとつの区切りとなる。『盲獣』を含む連載中の作品をすべて収録し、一九三二年五月の全集完結をもって第二の休筆期に入ってしまったのだ。

一九三三年十一月から「新青年」に連載された（ただし中絶してしまったが）『悪霊』でその休筆期間は明ける。だが、一九三一年の満洲事変以降、ひたひたと日本に迫る戦争が、探偵小説に、そして乱歩の創作活動に影を投げかけていく。とすれば、『陰獣』と『盲獣』に挟まれた三年余りが、乱歩の創作活動においてとりわけ輝いているのは明らかだろう。

『陰獣』の発端は上野の帝室博物館である。そして『盲獣』の発端は上野公園の美術館だ。ここにも乱歩作品のなかでこの二作を併せて読む意味を見出せるかもしれない。


（やままえ　ゆずる・推理小説研究家）

＊「盲獣」は、『朝日』（一九三一年二月号〜一九三三年三月号）連載、「陰獣」は『新青年』（一九二八年八月増刊号、同年九月号、十月号）分載。「盲獣」は『江戸川乱歩推理文庫13　盲獣』（講談社、一九八八年八月）、「陰獣」は『日本探偵小説全集2　江戸川乱歩集』（東京創元社、一九八四年十月）を底本とする。表記などは発表時の時代状況と著者物故を鑑みそのままとした。

盲獣《もうじゅう》・陰獣《いんじゅう》

二〇一八年一〇月一〇日　初版印刷
二〇一八年一〇月二〇日　初版発行

著　者　江《え》戸《ど》川《がわ》乱歩《らんぽ》
発行者　小野寺優
発行所　株式会社河出書房新社
〒一五一－〇〇五一
東京都渋谷区千駄ヶ谷二－三二－二
電話〇三－三四〇四－八六一一（編集）
〇三－三四〇四－一二〇一（営業）
http://www.kawade.co.jp/

ロゴ・表紙デザイン　粟津潔
本文フォーマット　佐々木暁
印刷・製本　中央精版印刷株式会社

落丁本・乱丁本はおとりかえいたします。

本書のコピー、スキャン、デジタル化等の無断複製は著作権法上での例外を除き禁じられています。本書を代行業者等の第三者に依頼してスキャンやデジタル化することは、いかなる場合も著作権法違反となります。

Printed in Japan　ISBN978-4-309-41642-7

黒死館殺人事件

小栗虫太郎　40905-4

黒死館を襲った血腥い連続殺人事件の謎に、刑事弁護士法水麟太郎がエンサイクロペディックな学識を駆使して挑む。本邦三大ミステリの一つ、悪魔学と神秘科学の一大ペダントリー。

神州纐纈城

国枝史郎　40875-0

信玄の寵臣・土屋庄三郎は、深紅の布が発する妖気に導かれ、奇面の城主が君臨する富士山麓の纐纈城の方へ誘われる。〈業〉が蠢く魔境を秀麗妖美な名文で描く、伝奇ロマンの最高峰。

日影丈吉傑作館

日影丈吉　41411-9

幻想、ミステリ、都市小説、台湾植民地もの…と、類い稀なユニークな作風で異彩を放った独自な作家の傑作決定版。「吉備津の釜」「東天紅」「ひこばえ」「泥汽車」など全13篇。

日影丈吉　幻影の城館

日影丈吉　41452-2

異色の幻想・ミステリ作家の傑作短編集。「変身」「匂う女」「異邦の人」「歩く木」「ふかい穴」「崩壊」「蟻の道」「冥府の犬」など、多様な読み味の全十一篇。

白骨の処女

森下雨村　41456-0

乱歩世代の最後の大物の、気宇壮大な代表作。謎が謎を呼び、クロフツ風のアリバイ吟味が楽しめる、戦前に発表されたまま埋もれていた、雨村探偵小説の最高傑作の初文庫化。

消えたダイヤ

森下雨村　41492-8

北陸・鶴賀湾の海難事故でダイヤモンドが忽然と消えた。その消えたダイヤをめぐって、若い男女が災難に巻き込まれる。最期にダイヤにたどり着く者は、意外な犯人とは？　傑作本格ミステリ。

悲の器

高橋和巳　41480-5

39歳で早逝した天才作家のデビュー作。妻が神経を病む中、家政婦と関係を持った法学部教授・正木。妻の死後知人の娘と婚約し、家政婦から婚約不履行で告訴された彼の孤立と破滅に迫る。亀山郁夫氏絶賛！

わが解体

高橋和巳　41526-0

早逝した天才作家が、全共闘運動と自己の在り方を“わが内なる告発”として追求した最後の長編エッセイ、母の祈りにみちた死にいたる闘病の記など、“思想的遺書”とも言うべき一冊。赤坂真理氏推薦。

日本の悪霊

高橋和巳　41538-3

特攻隊の生き残りの刑事・落合は、強盗容疑者・村瀬を調べ始める。八年前の火炎瓶闘争にもかかわった村瀬の過去を探る刑事の胸に、いつしか奇妙な共感が……“罪と罰”の根源を問う、天才作家の代表長篇！

我が心は石にあらず

高橋和巳　41556-7

会社のエリートで組合のリーダーだが、一方で妻子ある身で不毛な愛を続ける信藤。運動が緊迫するなか、女が妊娠し……五十年前の高度経済成長と政治の時代のなか、志の可能性を問う高橋文学の金字塔！

埋れ木

吉田健一　41141-5

生誕百年をむかえる「最後の文士」吉田健一が遺した最後の長篇小説作品。自在にして豊穣な言葉の彼方に生と時代への冷徹な眼差しがさえわたる、比類なき魅力をたたえた吉田文学の到達点をはじめて文庫化。

英霊の聲

三島由紀夫　40771-5

繁栄の底に隠された日本人の精神の腐敗を二・二六事件の青年将校と特攻隊の兵士の霊を通して浮き彫りにした表題作と、青年将校夫妻の自決を題材とした「憂国」、傑作戯曲「十日の菊」を収めたオリジナル版。

久生十蘭ジュラネスク　珠玉傑作集

久生十蘭　41025-8

「小説というものが、無から有を生ぜしめる一種の手品だとすれば、まさに久生十蘭の短篇こそ、それだという気がする」と澁澤龍彥が評した文体の魔術師の、絢爛耽美なめくるめく綺想の世界。

十蘭万華鏡

久生十蘭　41063-0

フランス滞在物、戦後世相物、戦記物、漂流記、古代史物……。華麗なる文体を駆使して展開されるめくるめく小説世界。「ヒコスケと艦長」「三笠の月」「贖罪」「川波」など、入手困難傑作選。

パノラマニア十蘭

久生十蘭　41103-3

文庫で読む十蘭傑作選、好評第三弾。ジャンルは、パリ物、都会物、戦地物、風俗小説、時代小説、漂流記の十篇。全篇、お見事。

十蘭レトリカ

久生十蘭　41126-2

文体の魔術師・久生十蘭の中でも、異色の短篇集。収録作品「胃下垂症と鯨」「モンテカルロの下着」「フランス感れたり」「ブゥレ＝シャノアル事件」「心理の谷」「三界万霊塔」「花賊魚」「亜墨利加討」。

十蘭錬金術

久生十蘭　41156-9

東西、古今の「事件」に材を採った、十蘭の透徹した「常識人」の眼力が光る傑作群。「犂氏の友情」「勝負」「悪の花束」「南極記」「爆風」「不滅の花」など。

内地へよろしく

久生十蘭　41385-3

久生十蘭の全集でしか読めなかった傑作長篇の初文庫化。南洋の報道班員の従軍小説。戦況をつぶさに記述、内地との往還。戦後七十年記念企画。

枯木灘

中上健次　41339-6

熊野を舞台に繰り広げられる業深き血のサーガ…日本文学に新たな碑を打ち立てた著者初長編にして圧倒的代表作。後日談「覇王の七日」を新規収録。毎日出版文化賞他受賞。解説／柄谷行人・市川真人。

十九歳の地図

中上健次　41340-2

「俺は何者でもない、何者かになろうとしているのだ」——東京で生活する少年の拠り所なき鬱屈を瑞々しい筆致で捉えたデビュー作。全ての十九歳に捧ぐ青春小説の金字塔。解説／古川日出男・高澤秀次。

千年の愉楽

中上健次　40350-2

熊野の山々のせまる紀州南端の地を舞台に、高貴で不吉な血の宿命を分かつ若者たち——色事師、荒くれ、夜盗、ヤクザら——の生と死を、神話的世界を通し過去・現在・未来に自在に映しだす新しい物語文学。

無知の涙

永山則夫　40275-8

四人を射殺した少年は獄中で、本を貪り読み、字を学びながら、生れて初めてノートを綴った——自らを徹底的に問いつめつつ、世界と自己へ目を開いていくかつてない魂の軌跡として。従来の版に未収録分をすべて収録。

小松左京セレクション 1 日本

小松左京　東浩紀〔編〕　41114-9

小松左京生誕八十年記念／追悼出版。代表的短篇、長篇の抜粋、エッセイ、論文を自在に編集し、ＳＦ作家であり思想家であった小松左京の新たな姿に迫る、画期的な傑作選。第一弾のテーマは「日本」。

小松左京セレクション 2 未来

小松左京　東浩紀〔編〕　41137-8

いまだに汲み尽くされていない、深く多面的な小松左京の「未来の思想」。「神への長い道」など名作短篇から論考、随筆、長篇抜粋まで重要なテクストのみを集め、その魅力を浮き彫りにする。

裁判狂時代　喜劇の法廷★傍聴記

阿曽山大噴火　40833-0

世にもおかしな仰天法廷劇の数々！　大川興業所属「日本一の裁判傍聴マニア」が信じられない珍妙奇天烈な爆笑法廷を大公開！　石原裕次郎の弟を自称する窃盗犯や極刑を望む痴漢など、報道のリアルな裏側。

裁判狂事件簿　驚異の法廷★傍聴記

阿曽山大噴火　41020-3

報道されたアノ事件は、その後どうなったのか？　法廷で繰り広げられるドラマを日本一の傍聴マニアが記録した驚異の事件簿。監禁王子、ニセ有栖川宮事件ほか全三十五篇。〈裁判狂〉シリーズ第二弾。

ミッキーマウスはなぜ消されたか　核兵器からタイタニックまで封印された10のエピソード

安藤健二　41109-5

小学校のプールに描かれたミッキーはなぜ消されたのか？　父島には核兵器が封じられている？　古今東西の密やかな噂を突き詰めて見えてくる奇妙な符号——書き下ろしを加えた文庫オリジナル版。

黒田清　記者魂は死なず

有須和也　41123-1

庶民の側に立った社会部記者として闘い抜き、ナベツネ体制と真っ向からぶつかった魂のジャーナリスト・黒田清。鋭くも温かい眼差しを厖大な取材と証言でたどる唯一の評伝。

毎日新聞社会部

山本祐司　41145-3

『運命の人』のモデルとなった沖縄密約事件＝「西山事件」をうんだ毎日新聞の運命とは。戦後、権力の闇に挑んできた毎日新聞の栄光と悲劇の歴史を事件記者たちの姿とともに描くノンフィクションの傑作。

宮武外骨伝

吉野孝雄　41135-4

あらためて、いま外骨！　明治から昭和を通じて活躍した過激な反権力のジャーナリスト、外骨。百二十以上の雑誌書籍を発行、罰金発禁二十九回に及ぶ怪物ぶり。最も信頼できる評伝を待望の新装新版で。

サンカの民を追って

岡本綺堂 他　41356-3

近代日本文学がテーマとした幻の漂泊民サンカをテーマとする小説のアンソロジー。田山花袋「帰国」、小栗風葉「世間師」、岡本綺堂「山の秘密」など珍しい珠玉の傑作十篇。

弾左衛門とその時代

塩見鮮一郎　40887-3

幕藩体制下、関八州の被差別民の頭領として君臨し、下級刑吏による治安維持、死牛馬処理の運営を担った弾左衛門とその制度を解説。被差別身分から脱したが、職業特権も失った維新期の十三代弾左衛門を詳説。

異形にされた人たち

塩見鮮一郎　40943-6

差別・被差別問題に関心を持つとき、避けて通れない考察をここにそろえる。サンカ、弾左衛門から、別所、俘囚、東光寺まで。近代の目はかつて差別された人々を「異形の人」として、「再発見」する。

賤民の場所　江戸の城と川

塩見鮮一郎　41052-4

徳川入府以前の江戸、四通する川の随所に城郭ができる。水運、馬事、監視などの面からも、そこは賤民の活躍する場所となる。浅草の渡来民から、太田道灌、弾左衛門まで。もう一つの江戸の実態。

陰陽師とはなにか

沖浦和光　41512-3

陰陽師は平安貴族の安倍晴明のような存在ばかりではなかった。各地に、差別され、占いや呪術、放浪芸に従事した賤民がいた。彼らの実態を明らかにする。

家光は、なぜ「鎖国」をしたのか

山本博文　41539-0

東アジア情勢、貿易摩擦、宗教問題、特異な為政者——徳川家光政権時に「鎖国」に至った道筋は、現在の状況によく似ている。世界的にも「内向き」傾向の今、その歴史の流れをつかむ。

●河出文庫●

KAWADE ノスタルジック

探偵・怪奇・幻想シリーズ

既刊案内

＊好評既刊＊

『紅殻駱駝の秘密』小栗虫太郎　41634-2

『黒死館殺人事件』の原型ともいえる本格探偵長篇第一作。　解説＝山前譲

『三面鏡の恐怖』木々高太郎　41598-7

別れた女とそっくりな妹が現れた。その目的は何か。初文庫化。　推薦＝二階堂黎人

『人外魔境』小栗虫太郎　41586-4

魔境小説の集大成。『新青年』に発表された、幻想SF冒険小説。　推薦＝小川哲

『いつ殺される』楠田匡介　41584-0

地道で過酷な捜査とトリックに満ちた本格推理代表傑作。　推薦＝有栖川有栖

『海鰻荘奇談』香山滋　41578-9

怪奇絢爛、異色の探偵作家にしてゴジラ原作者の傑作選。　編・解説＝日下三蔵

『鉄鎖殺人事件』浜尾四郎　41570-3

質屋の殺人現場に西郷隆盛の肖像画が……　推薦＝法月綸太郎

『疑問の黒枠』小酒井不木　41566-6

擬似生前葬のはずが…長篇最高傑作文庫化。　推薦＝東川篤哉

『蟇屋敷の殺人』甲賀三郎　41533-8

トリック、プロット、スケール！〈本格の雄〉の最高傑作。　推薦＝三津田信三

『見たのは誰だ』大下宇陀児　41521-5

〈変格の雄〉による倒叙物の最高傑作、初の文庫化！　推薦＝芦辺拓

『白骨の処女』森下雨村　41456-0

著訳者名の後の数字はISBNコードです。頭に「978-4-309」を付け、お近くの書店にてご注文下さい。